国家出版基金项目
NATIONAL PUBLICATION FOUNDATION

沈德潛全集

6

（清）沈德潛　編著
賀嚴　整理

鳳凰出版社

本册目録

唐詩宗卷四

唐詩宗卷五

唐詩宗卷七

唐詩宗卷八 …… 二三六

唐詩宗卷九……二八六

唐詩宗卷十 …… 三三一

唐詩宗卷十五

唐詩宗卷十七……五八六

唐詩宗

唐詩宗序

有唐一代詩，凡流傳至今者，自大家、名家而外，即旁蹊曲徑，亦各有精神面目流行其間。不得謂正變盛衰不同，而變者、衰者，可盡廢也。然備一代之詩，取其宏博。而學詩者沿流討源，則必尋究其指歸。何者？人之作詩，將求詩教之本原也。唐人之詩，有優柔平中、順成和動之音，亦有志微噍殺、流僻邪散之響。由志微噍殺、流僻邪散，而欲上溯乎詩教之本原，猶南轅而之幽薊、北轅而之閩粵，不可得也。即或從事於聲之正者矣，而仍泛泛焉嘈囋叢襍之紛逐，猶笙鏞琴瑟與秦箏羌笛之類並奏競陳，而謂韶英之可聞，亦不得也。然則分別去取，使後人心目有所準則而不惑者，唯編詩者責矣。

顧自有明以來，選古人之詩者，意見各殊。嘉隆而後，主復古者，拘於方隅；主標新者，偭而先矩。入主出奴，二百年間，迄無定論。而時賢之競尚華詞者，復取前人所編秾纖浮艷之習，揚其餘燼以易斯人之耳目，此又與于岐趨之甚。而詩教之衰，未必不自編詩者誤之也。夫編詩者之責，能去鄭存雅。而誤用之者，轉使人去雅而群趨乎鄭。則分別去取之間，顧不重乎！尚安用意見自私、求新好異於一時，以自誤而誤人也！

德潛於束髮後即喜鈔唐人詩集，時競尚宋元，適相笑也。迄今幾三十年，風氣駸上，學者知唐爲正軌矣。第簡編紛雜，無可據依，故有志復古而未得其宗。因偕樹滋陳子，取向時所録五十餘卷，删而存之。復於唐詩全帙中，網羅佳什，補所未備。日月既久，卷帙遂定。既審其宗旨、復觀其體裁、徐諷其音節，未嘗立異，不求苟同，大約去淫濫以歸雅正。於古人所云『微而婉、和而莊』者，庶幾一合焉，此微意所存也。同志者往復是編，而因之以遞親乎風雅，如適遠道者，陸行之有車馬，水行之有舟楫。嗚呼！其或可至也哉。

康熙五十六年春正二十有六日長洲沈德潛撰

例言

詩至有唐，菁華極盛，體製大備。學者宜從唐人詩入，以宋元流於卑靡，而西京暨當塗典午諸家，每從博涉後，上探其原，未易驟領略也。愚與恥菴陳子覽唐詩全帙，芟夷繁蝟，裒成是編，爲學詩者發軔之助焉。

讀詩者心平氣和，涵泳浸漬，則意味自出。不宜自立意見，勉强求合也。況古人之言，包含無盡。後人讀之，隨其性情淺深、高下，各有會心。如好《晨風》而慈父感悟，講《鹿鳴》而兄弟同食，斯爲得之。董子云『詩無達詁』，此物、此志也。評點箋釋，皆後人方隅之見。此本不廢評點，間存箋釋，略示軌途，俾讀者知所從入耳，識者諒諸！

前輩謂説詩惟虚者、活者可以體度發明，至於有事迹而事迹已亡，有典故而典故無考，强爲註釋，彼此互譏，不如姑闕其疑。愚於詩人托興微婉，隱而不露者，隨所翫習中有所得，聊爲箋釋數言。至於事迹、典故無可援據，姑從闕疑，猶前人之志也。

朱子云：『楚詞不皆是怨君，被後人多説成怨君。』此言最中病痛。如唐人中，少陵固多忠愛之詞，義山間作風刺之語，然必動輒牽入，即小小賦物、對境詠懷，亦必云某詩指其事、某詩刺某人，水月鏡花，多成粘皮帶骨，亦何取耶？鈔中概爲删却。

唐人選唐詩，多不及李、杜，蜀韋縠《才調集》，收李而不收杜。宋姚鉉《唐文粹》，祇收老杜《莫相疑行》《花卿歌》等十篇，真不可解也。元楊伯謙《唐音》，群推善本，亦不收李、杜。明李于鱗《詩删》，收李、杜浸廣，而未極其盛。是集以李、杜爲宗，玄圃夜光、五湖原泉，彙集卷内，别於諸家選本。

唐詩選自殷璠、高仲武，後雖不皆盡善，然觀其去取，途徑自一。唯王介甫《百家詩選》雜出不倫。若近人選本，但備唐賢姓名，風旨安在。集中所收，不專一格，要以雅正爲歸。

詩有膾炙人口而集中未及收者，如七言古詩，初唐《帝京篇》《長安道》等作，婉轉環生，極工富麗，後如張、王之恬縟，元、白之近情，長吉之荒誕詭奇，飛卿之穠纖秀麗，皆一時傑作。恐途徑多岐，俱未入選，此中微意可參。

五言古體發源於西京，流衍於魏、晋，頽靡於梁、陳。至唐顯慶、龍朔間，不振極矣！陳伯玉力埽俳優，直追曩哲，讀《感遇》等章，何啻在黄初間也！張曲江、李供奉繼起，風裁各異，原本阮公。唐體中能復古者，以三家爲最。

過江以後，淵明詩胸次浩然，天真絶俗，當於語言意象外求之。唐人祖述者，王右丞得其清腴、孟山人得其閑遠、儲太祝得其真朴、韋蘇州得其冲和、柳柳州得其峻潔，氣體風神，倏然埃𡏖之外。

蘇、李、《十九首》以後，五言所貴，大率優柔善入、婉而多風。少陵材力標舉，篇幅恢張，直前揮霍，縱横潦倒，詩品又一變矣。要其爲國、愛君、感時、傷亂，憂黎元、希稷卨，生平種種抱負，無不流露於楮墨中，詩之變、情之正者也。新寧高氏列爲大家，具有特識。

《大風》《柏梁》，七言權輿也。厥後，魏、宋之間，時多傑作。唐人出，而變態極焉。初唐，風調可歌，氣格未上。至如王、李、高、岑四家，馳騁有餘，安詳合度，爲一體。李供奉鞭撻海岳、驅走風霆，非人力可及，爲一體。杜工部沉雄激壯、奔放險幻，如萬寶雜陳、千軍競逐，天地渾奧之氣至此盡洩，爲一體。錢、劉以降，漸趨薄弱。韓文公拔出於貞元、元和間，踔厲風發，直欲上掩前人，爲一體。七言楷式稱大備云。

五言律，陰鏗、何遜、庾信、徐陵已開其體。唐初人研揣聲音、穩順體勢，其製大備。神龍之世，陳、杜、沈、宋如渾金璞玉，不須追琢，自饒名貴。開、寶以來，李太白之穠麗，王摩詰、孟浩然之自得，分道揚鑣，並推極勝；少陵獨開生面，寓從横顛倒於嚴整中，故應超然拔萃。外是，曲徑旁門，雅非正軌，雖有搜羅，概從其略。

七言律，平叙易於徑直，雕鏤失之佻巧，比五言爲更難。初唐，英華乍啓，門户未開，不用意而自勝。後此，摩詰、東川春容大雅。時崔司勳、高散騎、岑補闕諸公實爲同調。而大曆十子及劉賓客、柳柳州，其紹述也。少陵胸次閎闊，議論開闢，一時盡掩諸家。而義山詠史，其餘響也。

終唐之世，變態雖多，無有越諸家之範圍者矣。以此求之，有餘師焉。

五言長律，貴嚴整、貴勻稱、貴屬對工切、貴血脉動盪。唐初應制、贈送諸篇，王、楊、盧、駱、陳、杜、沈、宋、張、許、曲江，並皆佳妙。少陵出，而瑰奇宏麗、變動開合。後此，無能爲役。元、白長律，滔滔百韵，使事亦復工穩，但流易有餘，變化不足，故寧舍旃。温李以下，自鄶無譏已。

五言絶句，右丞之自然、太白之高妙、蘇州之古澹，純是化機，不關人力。他如崔顥《長干曲》、金昌緒《春怨》、王建《新嫁孃》、張祜《宫詞》等篇，雖非專家，亦稱絶調。後人當於此問津。

七言絶句，貴言微旨遠、語淺情深，如清廟之瑟，一唱而三歎，有遺音者矣，斯爲正宗。開元之時，龍標、供奉，允稱神品。外此，高、岑起激壯之音，右丞多凄惋之調，以至『蒲桃美酒』之詞、『黄河遠上』之曲，皆擅場也。後，李庶子、劉賓客、杜司勳、李樊南、鄭都官諸家，托興幽微，克稱嗣響。

詩不可無法，亂雜而無章，非詩也。然所謂法者，行所不得不行、止所不得不止，而起伏照應、承接轉换，自神明變化於其中。若泥定此處應如何、彼處應如何，則死法矣。兹於評釋中偶示紀律，要不以一定之法繩之。試看天地間，水流自行、雲生自起，何處更着得死法？

長篇詩指出段落，乃見眉目，如杜詩中《北征》《奉先縣詠懷》《送重表姪》《謁先主廟》等作，略爲標出，使閲者心目了然，舉一反三，待善悟者。

詩貴渾渾灝灝、元氣結成，乍讀之，不見其佳，久而味之，骨幹開張、意趣洋溢，斯爲上乘。若但工于琢句，巧于着詞，全局必多不振。故有不着圈點而氣味渾成者，收之；有佳句可傳而中多敗闕者，汰之。領略此意，便可讀漢、魏人詩。

唐人詩，無論大家、名家，不能諸體兼善。如少陵絶句少唱歎之音，左司七言詘渾厚之力，劉賓客不工古詩，韓吏部不專近體，其大校也。録其所長，遺其所短，學者知所注力。

唐人達樂者已少，其樂府題不過借古人體製寫自己胸臆耳，未必盡可被之管絃也。故雜録於各體中，不另標樂府名目。

陳正字《幽州臺歌》、韓吏部《琴操》，或屬四言、或屬六言。王右丞《送友人還山》、李翰林《鳴皋歌》、韓吏部《羅池廟迎神詞》，皆屬《騷》體。因篇什甚少，附七言古中。

《詩》本六籍之一，王者以之觀民風、考得失，非爲艷情發也。雖《三百》以後，《離騷》興美人之思，平子有定情之詞，然詞則托之男女，義實關乎君臣友朋。自《子夜》《讀曲》專詠艷情，而唐末西崑香奩抑又甚焉，去風人遠矣。集中所載，間及夫婦男女之詞，要得好色不淫之旨，而淫哇私褻，概從闕如。凡以見詩教之尊，非尋常裘𩍐輩所能講説耳。

唐人詩，雖各出機杼，實憲章八代。如李陵《録》別開《陽關三叠》之先聲，王粲《七哀》爲《垂老别》《無家别》之祖武，子昂原本於阮公，左司嗣音夫彭澤。揆厥由來，精神符合。讀唐詩而不更求其所從出，猶登山不造其極，觀水不窮其源也。余與陳子選唐人詩畢，嗣有漢魏六朝之選，俾讀者由中葉而溯初祖，未必無少助云。

唐詩宗卷一 五言古

長洲沈德潛確士選　門人盧鉉鼎臣手録

魏徵

述懷

中原還逐鹿，投筆事戎軒。縱横計不就，慷慨志猶存。仗策謁天子，驅馬出關門。請纓繫南越，憑軾下東藩。鬱紆陟高岫，出没望平原。古木鳴寒鳥，空山啼夜猿。既傷千里目，還驚九折魂。豈不憚艱險，深懷國士恩。季布無二諾，侯嬴重一言。人生感意氣，功名誰復論。

《魏書》：『戎軒四出。』

氣骨高古，變從前纖靡之習，盛唐風格，發源於此。

章懷太子

黃臺瓜詞

武后殺太子弘，而立賢爲太子。賢日夜憂懼，知不能保全，無由敢言，乃作是詞。命樂工歌之，冀后聞而感悟。後終爲所逐，死於黔中。

種瓜黃臺下，瓜熟子離離。一摘使瓜好，再摘令瓜稀。三摘尚自可，摘絶抱蔓歸。古質似漢人歌辭。

劉庭芝

將軍行

將軍闢轅門，耿介當風立。諸將欲言事，逡巡不敢入。劍氣射雲天，鼓聲振原隰。黃塵塞路起，走馬追兵急。彎弓從此去，飛箭如雨集。截圍一百重，斬首五千級。代馬流血死，胡人抱鞍泣。古來養甲兵，有事常討襲。乘我廟堂運，坐使干戈戢。獻凱歸京師，軍容何翕習。

喬知之

苦寒行

胡天夜清迥，孤雲獨飄揚。揺曳出雁關，逶迤含晶光。陰陵久徘徊，幽都無多陽。初寒凍巨海，殺氣流大荒。朔馬飲寒冰，行子履胡霜。路有從役倦，卧死黄沙場。羈旅因相依，慟之淚沾裳。由來從軍行，賞存不賞亡。亡者誠已矣，徒令存者傷。哀痛。

宋之問

題老松樹

歲晚東巖下，周顧何悽惻。日落西山陰，衆草起寒色。中有喬松樹，使我長歎息。百尺無寸枝，一生自孤直。

別之望後獨宿藍田山莊

脊令有舊曲，調苦不成歌。自歎兄弟少，常嗟離别多。爾尋北京路，予卧南山阿。泉晚更幽咽，雲秋尚嵯峨。藥闌聽蟬噪，書幌見禽過。愁至願甘寢，其如鄉夢何！少陵『反畏消息來』，一種落想。

見南山夕陽召監師不至

夕陽黯晴暮，山翠互明滅。此中意無限，要與開士説。徒鬱仲舉思，詎回道林轍。孤興欲待誰，待此湖上月。

薛稷

秋日還京陝西十里作

驅車越陝郊，比顧臨大河。隔河見鄉邑，秋風水增波。西登咸陽塗，日暮憂思多。傅巖既紆鬱，首山亦嵯峨。操築無昔老，采薇有遺歌。客遊既迴换，人生知幾何。

高渾超詣、火色俱融。少陵云：『少保有古風，得之《郊陝篇》。』見重於哲匠，不偶然也。

陳子昂

追建安之風骨，變齊梁之綺靡，寄興無端，别有天地。

昌黎《薦士詩》云：『國朝盛文章，子昂始高蹈。』良然。

感遇

蘭若生春夏，芊蔚何青青。幽獨空林色，朱蕤冒紫莖。遲遲白日晚，嫋嫋秋風生。歲華竟搖落，芳意竟何成。

白日每不歸，青陽時暮矣。茫茫吾何思，林卧觀無始。衆芳委時晦，鶗鴂悲鳴耳。鴻荒古已頽，誰識巢居子。

林居病時久，水木澹孤清。閑卧觀物化，悠然念無生。青春始萌達，朱火已滿盈。徂落方自此，感歎何時平。

臨岐泣世道，天命良悠悠。昔日殷王子，玉馬遂朝周。寶鼎淪伊穀，瑶臺成故丘。西山傷遺老，東陵有故侯。

逶迤世已久，骨鯁道斯窮。豈無感激者，時俗頽此風。灌園何其鄙，皎皎於陵中。世道不相容，嗟嗟張長公。

玄蟬號白露，兹歲已蹉跎。群物從大化，孤英將奈何。瑶臺有青鳥，遠食玉山禾。崑崙見玄鳳，豈復虞雲羅。

可憐瑶臺樹，灼灼佳人姿。碧華映朱實，攀折青春時。豈不盛光寵，榮君白玉墀。但恨紅芳歇，凋傷感所思。

深居觀元化，悱然争朶頤。群動相啖食，利害紛嶷嶷。便便夸毗子，榮耀更相持。務光讓天下，商賈競刀錐。已矣行採芝，萬世同一時。曠甚。

本爲貴公子，平生實愛才。感時思報國，拔劍起蒿萊。西馳丁零塞，北上單于臺。登山見千里，懷古心悠哉。誰言未忘禍，磨滅成塵埃。蒼莽。

吾觀龍變化，乃是至陽精。石林何冥密，幽洞無留行。古之得仙道，信與元化并。玄感非象識，誰能測沈溟。世人拘目見，酣酒笑丹經。崑崙有瑶樹，安得采其英。

吾愛鬼谷子，青溪無垢氛。囊括經世道，遺身在白雲。有體、有用，盡此十字。七雄方龍鬬，天下亂無君。浮榮不足貴，遵養晦時文。舒之彌宇宙，卷之不盈分。豈徒山木壽，空與麋鹿群。

翡翠巢南海，雄雌珠樹林。何知美人意，驕愛比黃金。殺身炎洲裏，委羽玉堂陰。旖旎光首飾，葳蕤爛錦衾。豈不在遐遠，虞羅忽見尋。多材信爲累，歎息此珍禽。

朝發宜都渚，浩然思故鄉。故鄉不可見，路隔巫山陽。巫山彩雲没，高丘正微茫。佇立望已久，涕泪沾衣裳。豈兹越鄉感，五字從上轉下通體得力。憶昔楚襄王。朝雲無處所，荆國亦淪亡。

朅來豪遊子，勢利禍之門。如何蘭膏歎，感激自生冤。衆趨明所避，時棄道猶存。雲泉既已失，羅網與誰論。箕山有高節，湘水有清源。唯應白鷗鳥，可與洗心言。

聖人不利己，憂濟在元元。黄屋非堯意，瑶臺安可論。吾聞西方化，清浄道彌敦。奈何窮金玉，雕刻以爲尊。雲構山林盡，瑶圖珠翠煩。鬼功尚未可，人力安能存。夸愚適增累，矜智道逾昏。

幽居觀大運，悠悠念群生。終古代興没，豪聖莫能争。三季淪周赧，七雄滅秦嬴。復聞赤精子，提劍入咸京。炎光既無象，晋虜復縱横。堯禹道已昧，昏虐勢方行。豈無當世雄，天道與胡兵。咄咄安可言，時醉而未醒。仲尼溺東夏，伯陽遁西溟。大運自古來，旅人胡歎哉。沉鬱。

薊丘覽古

南登碣石館，遥望黄金臺。丘林盡喬木，昭王安在哉。霸圖悵已矣，驅馬復歸來。

秦王日無道，太子怨亦深。一聞田光義，匕首贈千金。其事雖不立，千載爲傷心。

酬暉上人夏日林泉

聞道白雲居，窈窕青蓮宇。巖泉萬丈流，樹石千年古。林卧對軒窗，山陰滿庭户。方釋塵事勞，從君襲蘭杜。

酬暉上人秋夜山亭有贈

皎皎白林秋，微微翠山静。禪居感時變，獨坐開軒屏。風泉夜聲雜，月露宵光冷。中有禪趣。多謝忘機人，塵憂未能整。

送客

故人洞庭去，楊柳春風生。發端好。相送河洲晚，蒼茫別思盈。白蘋已堪把，綠芷復含榮。江南多桂樹，歸客贈生平。

張九齡

雜詩

孤桐亦何爲，百尺傍無枝。疎陰不自覆，修幹欲何施。高岡地復迥，弱植風屢吹。凡鳥已相噪，鳳凰安得知。

良辰不可遇，心賞更蹉跎。終日塊然坐，有時勞者歌。庭前攬芳蕙，江上托微波。路遠無能達，憂情空復多。

感遇

感遇詩，正字古奥、曲江藴藉，本原同出嗣宗，而精神面目各别，所以千古。

蘭葉春葳蕤，桂華秋皎潔。欣欣似生意，自爾爲佳節。誰知林棲者，聞風坐相悦。草木有本心，何求美人折。想見君子立品。即昌黎「不采而佩，於蘭何傷」意。

幽林歸獨卧，滯慮洗孤情。持此謝高鳥，因之傳遠情。日夕懷空意，人誰感至精。飛沈理自隔，何所慰吾誠。

魚游樂深池，鳥棲欲高枝。嗟爾蜉蝣羽，薨薨亦何爲。有生豈不化，所感奚若斯。神理日微滅，吾心安得知。浩歎楊朱子，徒然泣路岐。

孤鴻海上來，池潢不敢顧。側見雙翠鳥，巢在三珠樹。矯矯珍木巔，得無金丸懼。美服患人指，高明逼人惡。今我游冥冥，弋者何所慕。

千秋炯戒。

「鴻飛冥冥，弋人何篡」，本楊子語。篡，取也。誤「篡」爲「慕」，應曲江始。

吴越數千里，夢寐今夕見。形骸非我親，衾枕即鄉縣。化蝶猶不識，川魚安可羡。海上有仙山，歸期覺神變。

西日下山隱，北風乘夕流。燕雀感昏旦，簷楹呼匹儔。鴻鵠雖自遠，哀音非所求。貴人棄疵賤，下士常殷憂。衆情累外物，恕己忘内脩。學道人每坐此病。感歎長如此，使我心悠悠。

江南有丹橘，經冬猶緑林。豈伊地氣暖，自有歲寒心。可以薦嘉客，奈何阻重深。運命惟所遇，循環不可尋。徒言樹桃李，此木豈無陰。從言外領取。

抱影吟中夜，誰聞此歎息。美人適異方，庭樹含幽色。白雲愁不見，滄海飛無翼。鳳皇一朝來，竹花斯可食。

漢上有游女，求思安可得。袖中一書札，欲寄雙飛翼。冥冥愁不見，耿耿徒緘憶。紫蘭秀空蹊，皓露奪幽色。馨香歲欲晚，感歎情何極。白雲在南山，日暮長太息。

奉和聖製幸晋陽宫

隋季失天策，萬方罹凶殘。皇祖稱義旗，三靈皆獲安。聖期將申錫，王業成艱難。盜移未改命，曆在終履端。彼汾惟帝鄉，雄都信鬱盤。三月朔巡狩，群后陪清鑾。霸迹在沛庭，舊儀覩漢官。唐風思何深，舜典敷更寬。户蒙枌榆復，邑争牛酒歡。緬惟翦商後，豈獨微禹歎。三后既在天，萬年斯不刊。尊祖實我皇，天文皆仰觀。

登荆州城望江

滔滔大江水，天地相終始。與『大江流日夜』同感。經閱幾世人，復歎誰家子。東望何悠悠，西來晝夜流。歲月既如此，爲心那不愁。

叙懷

弱歲讀群史，抗節追古人。被褐有懷玉，珮印從負薪。志合豈兄弟，道行無賤貧。孤根亦何賴，感激此爲鄰。

崔　顥

古遊俠呈軍中諸將

少年負膽氣，好勇復知機。仗劍出門去，孤城逢合圍。殺人遼水上，走馬漁陽歸。錯落金鎖甲，蒙戎貂鼠衣。還家且行獵，弓矢速如飛。地迥鷹犬疾，草深狐兔肥。腰間帶兩綬，轉盼生光輝。顧謂今日戰，何如隨建威。耿弇爲建威將軍。

李白

太白詩縱橫馳驟，獨『古風』二卷，不矜才、不使氣，原本阮公，風格俊上。伯玉《感遇》詩後有嗣音矣。

古風

大雅久不作，吾衰竟誰陳。開門見山。王風委蔓草，戰國多荆榛。龍虎相啖食，兵戈逮狂秦。正聲何微茫，哀怨起騷人。揚馬激頹波，開流蕩無垠。廢興雖萬變，憲章亦已淪。自從建安來，綺麗不足珍。聖代復元古，垂衣貴清真。群才屬休明，乘運共躍鱗。文質相炳焕，衆星羅秋旻。我志在删述，垂暉映千春。希聖如有立，絶筆於獲麟。

昌黎云：『齊梁及陳隋，衆作等蟬噪。』太白則云：『自從建安來，綺麗不足珍。』是從來作豪傑語。不足珍，謂建安以後也，《謝朓樓餞别》詩云『蓬萊文章建安骨』一語可証。

蟾蜍薄太清，蝕此瑶臺月。圓光虧中天，金魄遂淪没。螮蝀入紫微，大明夷朝暉。浮雲隔兩曜，萬象昏陰霏。蕭蕭長門宫，昔是今已非。桂蠹花不實，天霜下嚴威。沈歎終永夕，感我涕沾衣。

意指武惠妃有寵、王皇后見廢而作，通體皆作隱語，而『蕭蕭長門宫』二句，若晦若顯，布置最佳。

秦皇掃六合，虎視何雄哉。飛劍决浮雲，諸侯盡西來。明斷自天啓，大略駕群才。收兵鑄金人，函谷正東開。銘功會稽嶺，騁望瑯琊臺。刑徒七十萬，起土驪山隈。尚採不死藥，茫然使心哀。連弩射海魚，長鯨正崔嵬。額鼻象五岳，揚波噴雲雷。鬐鬣蔽青天，何由覩蓬萊。徐市載秦女，樓船幾時回。但見三泉下，金棺葬寒灰。

莊周夢蝴蝶，蝴蝶爲莊周。一體更變易，萬事良悠悠。意達而止，不須語竭。乃知蓬萊水，復作清淺流。青門種瓜人，昔日東陵侯。富貴固如此，營營何所求。

齊有倜儻生，魯連特高妙。明月出海底，一朝開光曜。却秦振英聲，後世仰末照。意輕千金贈，顧向平原笑。吾亦澹蕩人，拂衣可同調。

松柏本孤直，難爲桃李顔。昭昭嚴子陵，垂釣滄波間。身將客星隱，心與白雲閑。長揖萬乘君，還歸富春山。清風灑六合，邈然不可攀。使我長歎息，冥棲泉石間。不着議論，咏古一體。

君平既棄世，世亦棄君平。觀變窮大易，探元化群生。寂寞綴道論，空簾閉幽情。騶虞不虚來，鸑鷟有時鳴。安知天漢上，白日懸高名。海客去已久，誰人測沉溟。

天津三月時，千門桃與李。朝爲斷腸花，暮逐東流水。前水復後水，古今相續流。新人非舊人，年年橋上遊。創語逸響。雞鳴海色動，謁帝羅公侯。月落西上陽，餘輝半城樓。衣冠照雲日，朝下散皇州。鞍馬如飛龍，黄金絡馬頭。行人皆辟易，志氣横嵩丘。入門上高堂，列鼎錯珍羞。香風引趙舞，清管隨齊謳。七十紫鴛鴦，雙雙戲庭幽。行樂争晝夜，自言度千秋。功成身不退，自古多愆尤。黄犬空歎息，緑珠成釁讐。何如鴟夷子，散髮棹扁舟。

鄭客西入關，行行未能已。白馬華山君，相逢平原里。璧遺鎬池君，明年祖龍死。秦人相謂曰，吾屬可去矣。一往桃花源，千春隔流水。老境

羽檄如流星，虎符合專城。喧呼救邊急，群鳥皆夜鳴。白日耀紫微，三公運權衡。天地皆得一，澹然四海清。借問此何爲，答言楚徵兵。渡瀘及五月，將赴雲南征。怯卒非戰士，炎方難遠行。長號別嚴親，日月慘光晶。泣盡繼以血，心摧兩無聲。困獸當猛虎，窮魚餌奔鯨。千去不一回，投軀豈全生。如何舞干戚，一使有苗平。如何，作「何如」解。古人每有之。

「干羽」改「干戚」，本淵明「刑天舞干戚」句。

登高望四海，天地何漫漫。霜被群物秋，風飄大荒寒。榮華東流水，萬事皆波瀾。白日掩徂輝，浮雲無定端。梧桐巢燕雀，枳棘棲鴛鸞。且復歸去來，劍歌《行路難》。

郢客吟白雪，遺響飛青天。徒勞歌此曲，舉世誰爲傳。試爲巴人唱，和者乃數千。吞聲何足道，歎息空淒然。

醜女來效顰，還家驚四鄰。壽陵失本步，笑殺邯鄲人。一曲斐然子，雕蟲喪天真。棘刺造沐猴，三年費精神。功成無所用，楚楚且華身。大雅思文王，頌聲久崩淪。安得郢中質，一揮成斧斤。

八荒馳驚飇，萬物盡凋落。浮雲蔽頽陽，洪波振大壑。二語隐指亂世景象。龍鳳脱網罟，飄飖將安托。去去乘白駒，空山詠場藿。

桃花開東園，含笑誇白日。偶蒙東風榮，生此艷陽質。豈無佳人色，但恐花不實。宛轉龍火飛，零落早相失。詎知南山松，獨立自蕭瑟。

擬古

長繩難繫日，自古共悲辛。黄金高北斗，不惜買陽春。石火無留光，還如世中人。即事已如夢，後來吾誰身。提壺莫辭貧，取酒會四鄰。仙人殊恍惚，未若醉中真。

涉江弄秋水，愛此荷花鮮。攀荷弄其珠，蕩漾不成圓。佳期彩雲重，欲贈隔遠天。相思無由見，悵望凉風前。

去去復去去，辭君還憶君。漢水既殊流，楚山亦此分。人生難稱意，豈得長爲群。越燕思海日，燕鴻思朔雲。别久容華晚，琅玕不能飯。日落知天昏，夢長覺道遠。望夫登高山，化石竟不返。

祠微旨遠，怨而不怒。

沐浴子

沐芳莫彈冠，浴蘭莫振衣。處世忌太潔，至人貴藏輝。滄浪有釣叟，吾與爾同歸。

子夜吴歌

長安一片月，萬户搗衣聲。秋風吹不盡，總是玉關情。何日平胡虜，良人罷遠征。入神。

關山月

明月出天山，蒼茫雲海間。長風幾萬里，吹度玉門關。漢下白登道，胡窺青海灣。由來征戰地，不見有人還。戍客望邊邑，思歸多苦顔。高樓當此夜，歎息未應閑。

短歌行

白日何短短，百年苦易滿。蒼穹浩茫茫，萬劫太極長。麻姑垂兩鬢，一半已成霜。天公見玉女，大笑億千場。吾欲攬六龍，迴車掛扶桑。北斗酌美酒，勸龍各一觴。富貴非所願，與人駐顔光。

妾薄命

漢帝寵阿嬌，貯之黄金屋。咳唾落九天，隨風生珠玉。形容盡態，妙於語言。寵極愛還歇，妒深情却疎。長門一步地，不肯暫回車。雨落不上天，水覆難再收。君情與妾意，各自東西流。昔日芙蓉花，今成斷腸草。以色事他人，能得幾時好。

古朗月行

小時不識月，呼作白玉盤。又疑瑶臺鏡，飛在白雲端。仙人垂兩足，桂樹作團團。白兔擣藥成，問言誰與餐。蟾蜍蝕圓影，大明夜已殘。羿昔落九烏，天人清且安。陰精此淪惑，去去不足觀。憂來其如何，悽愴摧心肝。

長干行

妾髪初覆額，折花門前劇。郎騎竹馬來，遶牀弄青梅。同居長干里，兩小無嫌猜。十四爲君婦，羞顔未嘗開。低頭向暗壁，千喚不一回。十五始展眉，願同塵與灰。常存抱柱信，豈上望夫臺。十六君遠行，瞿塘灧澦堆。五月不可觸，猿聲天上哀。門前遲行迹，一一生緑苔。苔深不能掃，落葉秋風早。八月蝴蝶黄，雙飛西園草。感此傷妾心，坐愁紅顔老。早晚下三巴，預將書報家。相迎不道遠，直至長風沙。

布景設色，骨肉相間。『蝴蝶』二句，即所見以感興。

憶妾深閨裏，烟塵不相識。嫁與長干人，沙頭候風色。五月南風興，思君下巴陵。八月西風起，想君發揚子。去來悲如何，見少别離多。湘潭幾日到，妾夢越風波。昨夜狂風度，吹折江頭樹。淼淼暗無邊，行人在何處。好乘浮雲驄，佳期蘭渚東。鴛鴦緑波上，翡翠錦屏中。自憐十五餘，颜色桃花紅。那作商人婦，愁水復愁風。

贈盧司户

秋色無遠近，出門盡寒山。白雲遥相識，待我蒼梧間。借問盧耽鶴，西飛幾歲還。

沙丘城下寄杜甫

我來竟何事，高卧沙丘城。城邊有古樹，日夕連秋聲。魯酒不可醉，齊歌空復情。思君若汶水，浩蕩寄南征。

有餘地，有餘情，此詩家正聲也，浮淺若以爲無味。

送張舍人之江東

張翰江東去，正值秋風時。天清一雁遠，海濶孤帆遲。白日行欲暮，滄波杳難期。吴洲如見月，千里幸相思。

送楊山人歸嵩山

我有萬古宅，嵩陽玉女峰。長留一片月，挂在東溪松。爾去掇仙草，菖蒲花紫茸。歲晚或相訪，青天騎白龍。

金鄉送韋八之西京

客自長安來，還歸長安去。狂風吹我心，西挂咸陽樹。即『瞻望弗及，實勞我心』意，説來自遠。此情不可道，此别何時遇。望望不見君，連山起煙霧。

下終南山過斛斯山人宿置酒

暮從碧山下，山月隨人歸。却顧所來徑，蒼蒼横翠微。相携及田家，童稚開荆扉。緑竹入幽徑，青蘿拂行衣。歡言得所憩，美酒聊共揮。長歌吟松風，曲盡河星稀。我醉君復樂，陶然共忘機。

寄東魯二子

吴地桑葉緑，吴蠶已三眠。我家寄東魯，誰種龜陰田。春事已不及，江行復茫然。南風吹歸心，飛墮酒樓前。樓東一株桃，枝葉拂青煙。此樹我所種，别我向三年。桃今與樓齊，我行尚未旋。嬌女字平陽，折花倚桃邊。折花不見我，泪下如流泉。小兒名伯禽，與姊亦齊肩。雙行桃樹下，撫背復誰憐。念此失次第，肝腸日憂煎。裂素寫遠意，因之汶陽川。家常語，瑣瑣屑屑，彌見其真。

秋日魯郡堯祠亭上宴别杜補闕范侍御

我覺秋興逸，誰云秋興悲。山將落日去，水與晴空宜。魯酒白玉壺，送行駐金羈。歇鞍憩古木，解帶挂横枝。歌鼓川上亭，曲度神飈吹。雲歸碧海夕，雁没青天時。相失各萬里，茫然空爾思。

經下邳圯橋懷張子房

子房未虎嘯，破産不爲家。滄海得壯士，椎秦博浪沙。報韓雖不成，天地皆震動。潛匿游下邳，豈曰非智勇。爲子房生色。智勇二字，可補《世家》贊語。我來圯橋上，懷古欽英風。唯見碧流水，曾無黄石公。歎息此人去，蕭條徐泗空。高調。

春思

燕草如碧絲，秦桑低緑枝。當君懷歸日，是妾斷腸時。春風不相識，何事入羅幃。

『春風』二句，是六朝俊語，與『秖恐多情月，旋來照妾床』一種落想。

春日醉起言志

處世若大夢，胡爲勞其生。所以終日醉，頹然卧前楹。覺來盼庭柯，一鳥花間鳴。借問此何時，春風語流鶯。感之欲歎息，對酒還自傾。浩歌待明月，曲盡已忘情。

聽蜀僧濬彈琴

蜀僧抱緑綺，西下蛾眉峰。爲我一揮手，如聽萬壑松。客心洗流水，餘響入霜鍾。不覺碧山暮，秋雲暗幾重。

王維

意太深、氣太横、色太濃，詩家一病，故曰『穆如清風』，右丞詩每從不着力處得之。

贈劉藍田

籬中犬迎吠，出屋候柴扉。歲晚輸井税，山村人夜歸。晚田始家食，餘布成我衣。詎肯無公事，煩君問是非。

春夜竹亭贈錢少府歸藍田

夜静群動息，時聞隔林犬。却憶山中時，人家澗西遠。羡君明發去，采蕨輕軒冕。

贈張五弟諲二首

吾弟東山時，心尚一何遠。日高猶自卧，鐘動始能飯。領上髮未梳，牀頭書不卷。清川興悠悠，空林對偃蹇。青苔石上净，細草松下軟。窗外鳥聲閑，階前虎心善。徒然萬象多，澹爾太虚緬。一知與物平，自顧爲人淺。對君忽自得，浮念不煩遣。

設罝守毚兔，垂釣伺游鱗。此是安口腹，非關慕隱淪。明説安口腹，轉見身分之高。吾生好清淨，蔬食去情塵。今子方浩蕩，思爲鼎食人。我家南山下，動息自遺身。入鳥不相亂，見獸皆相親。雲霞成伴侶，虚白侍衣巾。何事須夫子，邀予谷口真。

藍田山石門精舍

落日山水好，漾舟信歸風。玩奇不覺遠，因以緣源窮。遥愛雲木秀，初疑路不同。安知清流轉，偶與前山通。與『舟行若窮，忽又無際』同一遊山水妙境。捨舟理輕策，果然愜所適。老僧四五人，逍遥暎松柏。朝梵林未曙，夜禪山更寂。道心及牧童，世事問樵客。暝宿長林下，焚香卧瑶席。澗芳襲人衣，山月映石壁。再尋畏迷誤，明發更登歷。笑謝桃源人，花紅復來覿。

青溪

言入黄花川，每逐青溪水。隨山將萬轉，趣途無百里。聲喧亂石中，色静深松裏。漾漾汎菱荇，澄澄映葭葦。我心素已閑，清川澹如此。請留盤石上，垂釣將已矣。

渭川田家

斜光照墟落，窮巷牛羊歸。野老念牧童，倚杖候荆扉。雉雊麥苗秀，蠶眠桑葉稀。田夫荷鋤至，相見語依依。即此羨閑逸，悵然吟式微。吟式微，言欲歸也。無感傷世衰意。

春中田園作

屋上春鳩鳴，村邊杏花白。持斧伐遠揚，荷鋤覘泉脉。歸燕識故巢，舊人看新曆。臨觴忽不御，惆悵遠行客。

謁璿上人

上人，外人内天，不定不亂。捨法而淵泊，無心而雲動。色空無碍，不物物也。嘿語無際，不言言也。故吾徒得神交焉。玄關大啓，德海群泳。時雨既降，春物具美。序於詩者，人百其言。

少年不足言，識道年已長。事往安可悔，餘生幸能養。誓從斷臂血，不復嬰世網。浮名寄纓佩，空性無羈鞅。夙從大導師，焚香此瞻仰。頹然居一室，覆載紛萬象。高柳早鶯啼，長廊春雨響。牀下阮家屐，窗前筇竹杖。方將見身雲，陋彼示天壤。一心在法要，願以無生奬。

送宇文太守赴宣城

遼落雲外山，迢遥舟中賞。鐃吹發西江，秋空多清響。地迥古城蕪，月明寒潮廣。時賽敬亭神，復解罟師網。何處寄相思，南風摇五兩。

送别

下馬飲君酒，問君何所之。君言不得意，歸卧南山陲。但去莫復問，白雲無盡時。

齊州送祖三

相逢方一笑，相送還成泣。祖帳已傷離，荒城復愁入。天寒遠山净，日暮長河急。著此二語，下『望君』句愈覺黯然。解纜君已遥，望君猶佇立。

送别綦毋潛落第還鄉

聖代無隱者，精靈盡來歸。遂令東山客，不得顧採薇。既至金門遠，孰云吾道非。周旋好，使落第人無怨尤念。江淮渡寒食，京洛縫春衣。置酒長安道，同心與我違。行當浮桂棹，未幾拂荆扉。遠樹帶行客，孤城當落暉。如畫。吾謀適不用，勿謂知音稀。

觀别者

青青楊柳陌，陌上别離人。愛子遊燕趙，高堂有老親。不行無可養，行去百憂新。切切委兄弟，依依向四鄰。古今遊子，一齊迸淚。都門帳飲畢，從此謝親賓。揮泪逐前侶，含悽動征輪。車徒望不見，時見起行塵。余亦辭家久，看之泪滿巾。末二語，一點自足。

别弟縉後登青龍寺望藍田山

陌上新别離，蒼茫四郊晦。登高不見君，故山復雲外。遠樹蔽行人，長天隱秋塞。心悲宦遊子，何處飛征蓋。

新晴晚望

新晴原野曠，極目無氛垢。郭門□〔一〕渡頭，村樹連溪口。白水明田外，碧峰出山後。農月無閑人，傾家事南畝。

校記

〔一〕此處闕字，《王摩詰詩集》作『臨』。

早入榮〔一〕陽界

汎舟入榮澤，兹邑乃雄藩。河曲閭閻隘，川中烟火繁。因人見風俗，入竟聞方言。秋晚田疇盛，朝光市井喧。漁商波上客，雞犬岸傍村。前路白雲外，孤帆安可論。

校記

〔一〕榮，疑刻寫誤，應爲『滎』。

宿鄭州

朝與周人辭，暮投鄭人宿。他鄉絶儔侶，孤客親僮僕。宛洛望不見，秋霖晦平陸。田夫草際歸，村童雨中牧。主人東皋上，時稼遶茅屋。蟲思機杼悲，雀喧禾黍熟。明當渡京水，昨晚猶金谷。此去欲何言，窮邊狥微禄。

偶然作

楚國有狂夫，茫然無心想。散髮不冠帶，行歌南陌上。孔丘與之言，仁義莫能奬。未嘗肯問天，何事須擊壤。復笑採薇人，胡爲乃長往。

田舍有老翁，垂白衡門裏。有時農事閑，斗酒呼鄰里。喧聒茅簷下，或坐或復起。短褐不爲薄，園葵固足美。動則長子孫，不曾向城市。五帝與三王，古來稱天子。干戈將揖讓，畢竟何者是。田野口角如生。得意苟爲樂，野田安足鄙。且當放懷去，行行没餘齒。

西施詠

艷色天下重，西施寧久微。朝爲越溪女，暮作吴宫妃。賤日豈殊衆，貴來方悟希。邀人傅脂粉，不自著羅衣。君寵益嬌態，君憐無是非。當時浣紗伴，莫得同車歸。持謝鄰家子，傚顰安可希。

『賤日』二句，寫盡炎凉人眼界。不爲題縛，乃臻斯詣。入後人手，徵引吴越故實而已。

哭殷遥

人生能幾何，畢竟歸無形。念君等爲死，萬事傷人情。慈母未及葬，一女纔十齡。泱漭寒郊外，蕭條聞哭聲。浮雲爲蒼茫，飛鳥不能鳴。行人何寂寞，白日自凄清。憶昔君在時，問我學無生。勸君苦不早，令君無所成。故人各有贈，又不及平生。負爾非一途，痛哭返柴荆。

唐詩宗卷二 五言古

長洲沈德潛確士選　門人盧鉉鼎臣手録

孟浩然

襄陽詩從静悟得之，故語淡而味終不薄，此詩品也。

宿終南翠微寺

翠微終南裏，雨後宜返照。閉關久沉冥，杖策一登眺。遂造幽人室，始知静者妙。儒道雖異門，雲林頗同調。兩心喜相得，畢景共談笑。暝還高窻眠，時見遠山燒。緬懷赤城標，更憶臨海嶠。風泉有清音，何必蘇門嘯。

宿來公山房期丁大不至

夕陽度西嶺，群壑倏已暝。松月生夜凉，風泉滿清聽。山水清音悠然自遠。樵人歸欲盡，煙鳥棲初定。之子期宿來，孤琴候蘿徑。

秋登萬山寄張五

北山白雲裏，隱者自怡悦。相望始登高，心隨雁飛滅。愁因薄暮起，興是清秋發。時見歸村人，平沙渡頭歇。天邊樹若薺，江畔洲如月。何當載酒來，共醉重陽節。

南陽北阻雪

我行滯宛許，日夕望京豫。曠野莽茫茫，鄉山在何處。孤煙村際起，歸雁天邊去。積雪覆平臯，饑鷹捉寒兔。少年弄文墨，屬意在章句。十上恥還家，徘徊守歸路。

適越留别譙縣張主簿申屠少府

朝乘汴河流，夕次譙縣界。幸因西風吹，得與故人會。君學梅福隱，余隨伯鸞邁。别後能相思，浮雲在吴會。

送從弟邕下第後歸會稽

疾風吹征帆，倏爾向空没。千里去俄頃，三江坐超忽。向來共歡娱，日夕成楚越。落羽更分飛，誰能不驚骨。

夏日南亭懷辛大

山光忽西落，池月漸東上。散髮乘夜凉，開軒卧閑敞。荷風送香氣，竹露滴清響。欲取鳴琴彈，恨無知音賞。感此懷故人，中宵勞夢想。

荷香竹露，偶然佳句耳。後人極力推崇，恐轉失孟公至處。

萬丈潭

垂釣坐磐石，水清心益閑。魚行潭樹下，猨挂島藤間。游女昔解珮，傳聞於此山。求之不可得，沿月棹歌還。

不必刻深，風骨自異。

宿楊子津寄潤州長山劉隱士

所思在夢寐，欲往大江深。日夕望京口，烟波愁我心。心馳茅山洞，目極楓樹林。不見少微隱，星霜勞夜吟。

採樵作

採樵入深山，山深水重疊。橋崩卧查擁，路險垂藤接。日落伴將稀，山風拂薜衣。長歌負輕策，平野望煙歸。

劉眘虛

暮秋楊子江寄孟浩然

木葉紛紛下，東南日煙霜。林山相晚暮，天海空青蒼。暝色況復久，秋聲亦何長。孤舟兼微月，獨夜仍越鄉。寒笛對京口，故人在襄陽。詠思勞今夕，江漢遥相望。

寄閻防

青冥南山口，君與緇□〔一〕鄰。深路入古寺，亂花隨暮春。紛紛對寂寞，往往落衣巾。松色照空水，經聲時有人。晚心復南望，山遠情獨親。應以修往業，亦惟立此身。深林度空夜，煙月資清真。莫歎文明日，彌年徒隱淪。

校記

〔一〕此處闕字，《全唐詩》作『錫』。

王昌齡

塞上曲

蟬鳴高樹間，八月蕭關道。出塞入塞寒，處處黄蘆草。從來幽并客，皆共沙塵老。莫學遊俠兒，矜誇紫騮好。

飲馬渡秋水，水寒風似刀。平沙日未没，黯黯見臨洮。昔日長城戰，咸言意氣高。黄塵足今古，白骨亂蓬蒿。

失題

奸雄乃得志，遂使群心摇。赤風蕩中原，烈火無遺巢。一人計不用，萬里空蕭條。

少年行

西陵俠少年，送客短長亭。青槐夾兩道，白馬如流星。聞有羽書急，單于寇井陘。氣高輕赴難，誰顧燕山銘。

秋興

日暮西北堂，涼風洗修竹。著書在南窓，門館常肅肅。苔草延古意，視聽轉幽獨。或問余所營，刈黍就寒谷。

聽彈《松入風》[一]闋贈楊補闕

商風入我絃，夜竹深有露。絃悲與林寂，清景不可度。寥落幽居心，颼飀青松樹。松風吹草白，溪水寒日暮。聲意去復還，九變待一顧。空山多雨雪，獨立君始悟。

絃外之音、味外之旨，可想不可説。

校記

〔一〕《松入風》，字序錯亂，應爲《風入松》。

潞府客亭寄崔鳳童

蕭條郡城閉，旅館空寒煙。秋月對愁客，山鐘摇暮天。新知偶相訪，斗酒情依然。一宿阻長會，清風徒滿川。

江上聞笛

横笛怨江月，扁舟何處尋。聲長楚山外，曲繞胡關深。相去萬餘里，遥傳此夜心。寥寥浦溆寒，響盡唯空林。不知誰家子，復奏邯鄲音。水客皆擁棹，空霜遂盈襟。羸馬望北走，遷人悲越吟。何當邊草白，旌節隴城陰。

儲光義

野田黄雀行

嘖嘖野田雀，不知軀體微。閑穿深叢裏，爭食復爭飛。窮老一頹舍，棗多桑葉稀。無棗猶可食，無桑何以衣。蕭條空倉暮，相引時來歸。斜路豈不捷，渚田豈不肥。水長路且壞，惻惻與心違。

樵父詞

山北饒朽木，山南多枯枝。枯枝作採薪，爨室私自知。詰朝礪斧尋，視暮行歌歸。先雪隱薜荔，迎暄卧茅茨。清澗日濯足，喬林時曝衣。終年登險阻，不復憂安危。無人道及。蕩漾與神遊，莫知是與非。

牧童詞

不言牧田遠，不道牧陂深。所念牛馴擾，不亂牧童心。圓笠覆我首，長蓑披我襟。方將憂暑雨，亦已懼寒陰。大牛隱層坂，小牛穿近林。同類相鼓舞，觸物成謳吟。取樂須臾間，寧問聲與音。

釣魚灣

垂釣緑灣春，春深杏花亂。潭清疑水淺，荷動知魚散。日暮待情人，維舟緑楊岸。

題太玄觀

門外車馬喧，門裏宫殿清。行即翳若木，坐即吹玉笙。所喧既非我，真道其冥冥。

肅肅穆穆，無遊仙凡語。

喫茗粥作

當晝暑氣盛，鳥雀静不飛。念君高梧陰，復解山中衣。數片遠雲度，曾不蔽炎暉。淹留膳茶粥，共我飯蕨薇。敝廬既不遠，日暮徐徐歸。

使過彈箏峽作

鳥雀知天雪，群飛復群鳴。原田無遺粟，日暮滿空城。凶歲如見。達士憂世務，鄙夫念王程。晨過彈箏峽，馬足凌兢行。雙壁隱靈曜，莫能知晦明。皚皚堅冰白，漫漫陰雲平。始信古人言，苦節不可貞。

田家即事

蒲葉日已長，杏花日以滋。老農要看此，貴不違天時。迎晨起飯牛，雙駕耕東菑。蚯蚓土中出，田烏隨我飛。群合亂啄噪，嗷嗷如道飢。我心多惻隱，顧此兩傷悲。撥食與田烏，日暮空筐歸。親戚更相誚，我心終不移。

儲、王田家詩，王以清遠勝，儲以古質勝，各造其極。

田家雜興

春至鶬鶊鳴，薄言向田墅。不能自力作，黽勉娶鄰女。既念生子孫，方思廣田圃。閑時相顧笑，喜悦好禾黍。夜夜登嘯臺，南望洞庭渚。百草被霜露，秋山響砧杵。却羡故年時，中情無所取。

真朴，無人擬得。

衆人恥貧賤，相與尚膏腴。我情既浩蕩，所樂在畋漁。山澤時冥晦，歸家暫閑居。滿園種葵藿，繞屋樹桑榆。禽雀知我閑，翔集依我廬。所願在優遊，州縣莫相呼。日與南山老，兀然傾一壺。

貧士養性情，不復知憂樂。去家行賣畚，留滯南陽郭。秋至黍苗黄，無人可刈獲。孺子朝未飯，把竿逐鳥雀。忽見梁將軍，乘車出宛洛。意氣軼道路，光輝滿墟落。安知負薪者，咥咥笑輕薄。

楚山有高士，梁國有遺老。築室既相鄰，同田復同道。糗糒常共飯，兒孫每更抱。忘此耕耨勞，愧彼風雨好。蟪蛄鳴空澤，鶗鴂傷秋草。日夕寒風來，衣裳苦不早。

『愧彼風雨好』，老農極知足安分〔一〕語。

校記

〔一〕分，原本此字不清，似『刀』，《唐詩别裁集》句下注作『老农極知足安分語』。

陶　翰

出蕭關懷古

驅馬擊長劍，行役至蕭關。悠悠五原上，永眺關河前。北虜三十萬，此中常控弦。秦城亘宇宙，漢帝理旌旃。刁斗鳴不息，羽書日夜傳。五軍計莫就，三策議空全。大漠横萬里，蕭條絶人烟。孤城當瀚海，落日照祁連。愴然苦寒奏，懷哉式微篇。更悲秦樓月，夜夜出胡天。

《武帝紀》：『元光二年，韓安國爲護軍將軍，李廣爲驍騎將軍，公孫賀爲輕騎將軍，王恢爲將屯將軍，李息爲材官將軍，屯馬邑谷中。單于覺之，走出。』《漢書》嚴尤曰：『匈奴爲害，周、秦、漢，未有得上策者也。周得中策，漢得下策，秦無策焉。』

雖屬俳偶，然自有氣骨。

宿天竺寺

松柏亂岩口，山西微徑通。天開一峰見，宫闕生虚空。正殿倚霞壁，千樓標石叢。夜來猿鳥静，鐘梵寒雲中。入微。岑翠映湖月，泉聲亂溪風。心超諸境外，了與懸解同。明發氣候改，起視長崖東。湖色濃蕩漾，海光漸曈曨。葛仙迹尚在，許氏道猶崇。獨往古來事，幽期懷二公。

丘　爲

題農廬舍

東風何時至，已緑湖上山。湖上春既早，田家日不閑。溝塍流水處，耒耜平蕪間。薄暮飯牛罷，歸來還閉關。

山行尋隱者不遇

絶頂一茅茨，直上三十里。扣關無僮僕，窺室唯盈几。既非巾柴車，應是釣秋水。蹉跎不相見，黽勉空仰止。草色新雨中，松聲晚窗裏。雖無賓主意，頗得清静理。興盡方下山，何必見之子。

李頎

晚歸東園

出郭喜見山，東行亦未遠。夕陽帶歸鳥，藹藹秋稼晚。樵者乘霽歸，野夫及星飯。請謝朱輪客，垂竿不復返。

寄鏡湖朱處士

澂霽晚流澗，微風吹緑蘋。鱗鱗遠峰見，淡淡平湖春。芳草日堪把，白雲心所親。何時可爲樂，夢裏東山人。

送暨道士還玉清觀

仙官有名籍，度世吴江濆。大道本無我，青春長與君。中洲俄已到，至理得而聞。明主降黄屋，時人看白雲。空山何窈窕，三秀日氛氳。遂此留書客，超遥煙駕分。

『大道』二句，渾然元化。

送王昌齡

漕水東去遠，送君多暮情。淹留野寺出，向背孤山明。前望數千里，中無蒲稗生。夕陽滿舟楫，但愛微波清。舉酒林月上，鮮衣沙鳥鳴。夜來蓮花旰，夢裹金陵城。歎息此離别，悠悠江海行。

題綦毋校書所居

常稱挂冠吏，昨日歸滄洲。行客暮帆遠，主人庭樹秋。豈伊問天命，但欲爲山遊。萬物吾何有，白雲空自幽。蕭條江海上，日夕見丹丘。生事本漁釣，賞心隨去留。惜哉曠微月，欲濟無輕舟。倏忽令人老，相思河水流。

登首陽山謁夷齊廟

古人已不見，喬木竟誰過。寂寞首陽山，白雲空復多。蒼茫歸地骨，皓首采薇歌。畢命無怨色，成仁其若何。我來入遺廟，時候微清和。落日吊山鬼，迴風吹女蘿。石崖向西溪，引領望黃河。千里一飛鳥，孤光東逝波。驅車層城路，惆悵此巖阿。

謁夷齊廟，何容復下讚語耶！淡淡著筆，風骨最高。

東京寄萬楚

蕿落久無用，隱身甘采薇。仍聞薄宦者，還事田家衣。潁水日夜流，故人相見稀。春山不可望，黃鳥東南飛。濯足豈長往，一尊聊可依。了然潭上月，適我胸中機。在昔同門友，如今出處非。優遊白虎殿，偃息青瑣闈。且有薦君表，當看携手歸。寄書不待面，蘭茝空芳菲。

賈至

寓言

春草紛碧色，佳人曠無期。悠哉千里心，欲採商山芝。歎息良會晚，如何桃李時。懷君晴川上，佇立夏雲滋。

送友人使河源

送君魯郊外，下車上高丘。蕭條千里暮，日落黄雲秋。舉酒有遺恨，論邊無遠謀。河源望不見，旌旆去悠悠。

自蜀奉册命往朔方，途中呈韋左相、文部房尚書、門下崔侍郎

胡羯亂中夏，鑾輿忽南巡。衣冠陷戎寇，狼狽隨風塵。豳公秉大節，臨難不顧身。激昂白刃

前，濺血下沾巾。尚書抱忠義，歷險披荆榛。扈從出劍門，登翼岷江濱。時望挹侍郎，公才標縉紳。亭亭崑山玉，皎皎無緇磷。顧惟乏經濟，扞牧陪從臣。永願雪會稽，仗劍清咸秦。太皇時内禪，神器付嗣君。新命集舊邦，至德被遠人。捧册自南服，奉詔趋北軍。覲謁心載馳，違離難重陳。策馬出蜀山，畏途上緣雲。飲啄叢篁間，棲息虎豹群。崎嶇凌危棧，惴慄驚心神。峭壁上嶔岑，大江下沄沄。皇風扇八極，異類懷深仁。元兇誘黠虜，肘腋生妖氛。明主信英武，威聲赫四鄰。誓師自朔方，旗幟何繽紛。鐵騎照白日，旄頭拂秋旻。將來蕩滄溟，寧止蹴崑崙。古來有屯難，否泰常相因。夏康纘禹迹，代祖復漢勛。于役各勤王，驅馳拱紫宸。豈惟太公望，往昔逢周文。誰謂三傑才，功業獨殊倫。感此慰行邁，無爲歌苦辛。

煌煌大篇，高處不在造句。

王季友

山中贈十四秘書兄

出山秘雲曙，山木已再春。食我山中藥，不憶山中人。山中誰與密，白髮日相親。雀鼠晝夜無，知我厨廪貧。有情盡捐棄，土石爲同身。元道州云『忘情學草木』，二公詩每有契合處。依依舍北松，不厭吾南鄰。夫子質千尋，天澤枝葉新。余以不材壽，非智免斧斤。

還山留别長安知己

出山不見家，還山見家在。山門是門前，此去長樵采。青溪誰招隱，白髮自相待。惟餘澗底松，依依色不改。

閻　防

百丈溪新理茅茨讀書

浪迹棄人世，還山自幽獨。始傍巢由蹤，吾其獲心曲。荒庭何所有，老樹半空腹。秋蟬鳴北林，暮鳥穿我屋。棲遲樂遵渚，恬曠寡所欲。開卦推盈虚，散帙攻節目。養閑度人事，達命知止足。不學東國老，俟時勞伐輻。

常　建

塞上曲

翩翩雲中使，來問太原卒。百戰苦不歸，刀頭怨秋月。塞雲隨陣落，寒日傍城没。城下有寡妻，哀哀哭枯骨。

昭君墓

漢宫豈不死，異域傷獨没。萬里馱黄金，蛾眉爲枯骨。迴車夜出塞，立馬皆不發。共恨丹青人，墳上哭明月。

弔王將軍墓

嫖姚北伐時，深入强千里。戰餘落日黄，軍敗鼓聲死。嘗聞漢飛將，可奪單于壘。今與山鬼鄰，殘兵哭遼水。

『强千里』，謂過於千里也，《木蘭詩》『賞賜百千强』可証。他本作『疆』，非。

宿王昌齡隱居

清溪深不測，隱處惟孤雲。松際露微月，清光猶爲君。清澈之筆中有靈悟。寫出林月有情。

不是尋常綴景。茅亭宿花影，藥院滋苔紋。余亦謝時去，西山鸞鶴群。

江上琴興

江上調玉琴，一絃清一心。泠泠七絃遍，萬木澄幽陰。能使江月白，又令江水深。始知枯桐

枝，可以徽黄金。

只寫琴理，不形容琴聲，龍標《江上聞笛》詩亦然。

送李十一尉臨溪

泠泠花下琴，君唱渡江吟。天際一帆影，預懸離別心。以言神仙尉，因致瑶華音。回軫撫商調，越溪澄碧林。

潭州留别

賢達不相識，偶然交已深。宿帆謁郡佐，悵别依禪林。湘水流入海，楚雲千里心。望君杉松夜，山月清猿吟。

西山

一身爲輕舟，落日西山際。常隨去帆影，遠接長天勢。物象歸餘清，林巒分夕麗。亭亭碧流暗，日入孤霞繼。洲渚遠陰映，湖雲尚明霽。林昏楚色來，岸遠荆門閉。至夜轉清迥，蕭蕭北風厲。沙邊雁鷺泊，宿處蒹葭蔽。圓月逗前浦，孤琴又摇曳。泠然色遂深，白露霑人袂。

高適

宋中

梁王昔全盛，賓客復多才。悠悠一千年，陳迹惟高臺。寂莫向秋草，悲風千里來。

懷古詩只用平直説去，是陳伯王《薊丘懷古》一派。

朝臨孟諸上，忽見芒碭間。赤帝終已矣，白雲長不還。時清更何有，禾黍徧空山。

梁苑白日暮，梁山青草時。君王不可見，脩竹令人悲。九月桑葉盡，寒風鳴樹枝。

薊中作

策馬自沙漠，長驅登塞垣。邊城何蕭條，白日黄雲昏。一到征戰處，每愁胡馬翻。豈無安邊書，諸將已承恩。惆悵孫吴事，歸來獨閉門。悶極語。

不云天子僭賞，而云諸將承恩，可悟立言之妙。

岑　參

灃頭送蔣侯

君住灃水北，我家灃水西。兩村辨喬木，五里聞鳴雞。飲酒溪雨過，彈琴山月低。徒開蔣生徑，爾去誰相攜。

鞏北秋興寄崔明允

白露披梧桐，玄蟬晝夜號。秋風萬里動，日暮黄雲高。君子佐休明，小人事蓬蒿。所適在魚鳥，焉能狥錐刀。孤舟向廣武，一鳥歸成皋。勝概日相與，思君心鬱陶。

暮秋山行

疲馬卧長坂，夕陽下通津。山風吹空林，颯颯如有人。蒼旻霽凉雨，石路無飛塵。千念集暮節，萬籟悲蕭辰。 鵾鳩昨夜鳴，蕙草色已陳。 况在遠行客，自然多苦辛。

因假歸白閣草堂

雷聲傍太白，雨在八九峰。 東望白閣雲，半入紫閣松。 勝概紛滿目，衡門趣彌濃。 幸有數畝田，得延二仲蹤。 早聞達士語，偶與心相通。 誤徇一微官，還山媿塵容。 釣竿不復把，野碓無人春。 惆悵飛鳥盡，南溪聞夜鐘。

與高適、薛據同登慈恩寺浮圖

塔勢如湧出，孤高聳天宫。 登臨出世界，磴道盤虚空。 突兀壓神州，峥嶸如鬼工。 四角礙白日，七層摩蒼穹。 下窺指高鳥，俯聽聞驚風。 連山若波濤，奔湊似朝東。 青松夾馳道，宫觀何玲瓏。 秋色從西來，蒼然滿關中。 五陵北原上，萬古青濛濛。 蒼蒼莽莽，神來之筆。 净理了可悟，勝因夙所宗。 誓將挂冠去，覺道資無窮。

起得突兀。《登慈恩塔》詩，少陵下應推此作，高達夫、儲太祝，皆不及也。 薛據詩失傳，無可考。

送祁樂歸河東

祁樂後來秀，挺身出河東。往年詣驪山，獻賦甘泉宫。天子不召見，揮鞭遂從戎。前月還長安，囊中金已空。有時忽乘興，画出江上峰。牀頭蒼梧雲，簾下天台松。忽如高堂上，颯颯生清風。五月火雲屯，氣燒天地紅。鳥且不敢飛，子行如轉蓬。少華與首陽，隔河勢争雄。新月河上出，清光滿關中。置酒灞亭别，高歌披心胸。君到故山時，爲我謝老翁。

崔　曙

山下晚晴

寥寥遠天静，谿路何空濛。斜光照疎雨，秋氣生白虹。雲净山色暝，蕭條西北風。故林歸宿處，一葉下梧桐。

早發交崖山還太室作

東林氣微白，寒鳥急高翔。吾亦自兹去，北山歸草堂。杪冬正三五，日月遥相望。肅肅過潁上，曨曨辨夕陽。川冰生積雪，野火出枯桑。獨往路難盡，窮陰人易傷。

潁陽東谿懷古

靈谿氛霧歇，皎鏡清心顔。空色不映水，秋聲多在山。世人久疎曠，萬物皆自閑。白鷗寒更浴，孤雲晴未還。昔時讓王者，此地閉玄關。無以躡高步，凄凉岑壑間。

讓王，指許由，《莊子》有《讓王篇》。

送薛據之宋州

無媒嗟失路，有道亦乘流。客處不堪别，異鄉應共愁。我生早孤賤，淪落居此州。風土至今憶，山河皆昔遊。一從文章士，兩京春復秋。君去問相識，幾人今白頭。

包融

送國子張主簿

湖岸纜初解，鶯啼别離處。遥見舟中人，時時一回顧。坐悲芳歲晚，花落青軒樹。春夢隨我心，悠揚逐君去。

薛據

冬夜寓居寄儲太祝

自爲洛陽客，夫子吾知音。愛義能下士，時人無此心。感激欲涕。奈何離居夜，巢鳥飛空林。愁坐至月上，復聞南鄰砧。

出青門往南山別業

舊居在南山，夙駕自伊闕。榛莽相蔽虧，去爾漸超忽。散漫餘雪晴，蒼茫季冬月。寒風吹長林，白日原上没。懷抱曠莫伸，相知阻胡越。弱年好棲隱，鍊藥在巖窟。及此離垢紛，興來亦因物。末路期赤松，斯言庶不伐。

李　嶷

少年行

侍獵長楊下，承恩更射飛。塵生馬影滅，箭落雁行稀。薄霧隨天仗，聯翩入瑣闈。

林園秋夜作

株卧避殘暑，白雲長在天。賞心既如此，對酒□〔一〕徒然。月色偏秋露，竹聲魚夜泉。涼風懷袖裏，兹意與誰傳。

校記

〔一〕此字刻板模糊，他本作『非』。

沈千運

感懷弟妹

今日春氣暖，東風杏花坼。筋力久不如，卻羨澗中石。神仙杳難準，中壽稀滿百。近世多夭傷，喜見鬢髮白。杖藜竹樹間，宛宛行舊迹。豈知林園主，卻是林園客。達人有此曠懷，千古憤憤，無人吐出。兄弟可存半，空爲亡者惜。冥冥無再期，哀哀望松柏。骨肉能幾人，年大自踈隔。性情誰免此，與我不相易。唯念得爾輩，時看慰朝夕。平生兹已矣，此外盡非適。

山中作

棲隱非别事，所願離風塵。不辭城邑遊，禮樂拘束人。邇來歸山林，庶事皆吾身。何者爲形骸，誰是知與仁。寂寞了閑事，而後知天真。咳唾矜崇華，迂俯相屈伸。何如巢與由，天子不得臣。

贈史修文

故人阻千里，會面非别期。握手於此地，當歡反成悲。念離宛猶昨，俄已經數期。疇昔皆少年，别來鬢如絲。不道舊姓名，相逢知是誰。曩遊盡騫翥，與君仍布衣。豈曰無其才，命理應有時。别路漸欲少，不覺生涕洟。

朴直處最近次山。

孟雲卿

古樂府輓歌

草草門巷喧，塗中儼成位。冥冥何得盡，戴我生人意。北邙路非遥，此别終天地。臨穴頻撫棺，至哀反無泪。爾形未衰老，爾息猶童稚。骨肉安可離，皇天若容易。房帷即靈帳，庭宇爲哀次。薤露歌若斯，人生盡如寄。

傷情

爲長心易憂，早孤意常傷。出門先躊躇，入户亦徬徨。此生一何苦，前事安可忘。兄弟先我没，孤幼盈我旁。舊居近東南，河水新爲梁。松柏今在兹，安忍思故鄉。四時與日月，萬物各有常。秋風一以起，草木無不霜。行行當自勉，不忍再思量。

質直寫去，感人自深。

趙徵明

輓歌詞

寒日蒿上明，凄凄郭東路。素車誰家子，丹旐引將去。原上荆棘叢，叢邊有新墓。人間痛傷別，此是長門處。曠野多蕭條，青松白楊樹。

思歸

爲別未幾日，一日如三秋。猶疑望可見，日日上高樓。惟見分手處，白蘋滿芳洲。寸心寧死別，不忍生離憂。

回軍跛者

既老又不全，始得離邊城。一枝假枯木，步步向南行。去時日一百，來時月一程。常恐道路旁，掩棄狐兔塋。所願死鄉里，到日不願生。少陵每如此用筆，『友〔一〕畏消息來』一種是也。聞此哀怨詞，念念不忍聽。惜無異人術，倏忽具爾形。

校記

〔一〕友，刻寫之誤，應爲『反』。

元結

次山詩自寫胸次，不欲規橅古人，而奇響逸趣，在唐人中另闢門户。

舂陵行

癸卯歲，漫叟授道州刺史。道州舊四萬餘户，經賊以來，不滿四千，大半不勝賦稅。到官未五十日，承諸使徵求符牒二百餘封，皆曰失其限者，遂至貶削。於戲！若悉應其命，則州縣破亂，刺史欲焉逃罪？若不獲命，又即獲罪戾，必不免也。吾將守官，静以安人，待罪而已。此州乃舂陵故地，故作《舂陵行》，以達下情。

軍國多所需，切責在有司。有司臨郡縣，刑法競欲施。供給豈不憂，徵歛又可悲。州小經亂亡，遺人實困疲。大鄉無十家，大族命單羸。朝餐是草根，暮食乃木皮。出言氣欲絶，意速行走遲。追呼尚不忍，况乃鞭撲之。郵亭傳急符，來往迹相追。更無寬大恩，但有迫促期。欲令鬻兒女，言發恐亂隨。悉使索其家，而又無生資。聽彼道路言，怨傷誰復知。去冬山賊來，殺奪幾無遺。所願見王官，撫養以惠慈。奈何重驅逐，不使存活爲。安人天子命，符節我所持。州縣忽亂亡，得罪復是誰。逋緩違詔令，蒙責固其宜。前賢重守分，惡以禍福移。亦云貴守官，不愛能適時。顧惟孱弱者，正直當不虧。何人采《國風》，吾欲獻此辭。

大文彌樸。杜老所謂『爲萬物吐氣，天下少安可待』者也。千載以下，讀其詩，想見其爲人。

賊退示官吏

癸卯歲，西原賊入道州。焚燒殺掠，幾盡而去。明年，賊又攻永，破郡，不犯此州邊鄙而退。豈力能制敵與？蓋蒙其傷憐而已。諸使何爲忍苦徵斂？故作詩一篇，以示官吏。

昔年逢太平，山林二十年。泉源在庭户，洞壑當門前。井税有常期，日晏猶得眠。忽然遭世變，數歲親戎旃。今來典斯郡，山夷又紛然。城小賊不屠，人貧傷可憐。是以陷鄰境，此州獨見全。使臣將王命，豈不如賊焉。今被徵斂者，迫之如火煎。誰能絶人命，以作時世賢。痛自切責，不嫌直遂。思欲委符節，引竿自刺船。將家就魚麥，歸老江湖邊。

招孟武昌

漫叟作《退谷銘》，指曰：『爲人厭者，勿泛杯湖。』孟士源嘗黜官，無情干進。在武昌，不爲人厭，可遊退谷、可泛杯湖，故作詩招之。

風霜枯萬物，退谷如春時。窮冬涸江海，杯湖澄清漪。湖盡到谷口，單船近階除。湖中更何好，坐見大江水。欹石爲水涯，半山在湖裏。谷口更何好，絶壑流寒泉。松桂蔭茅舍，白雲生坐邊。武昌不干進，武昌人不厭。退谷正可遊，杯湖任來泛。湖上有水鳥，見人不飛鳴。谷口有山獸，往往隨人行。莫將車馬來，令我鳥獸驚高絶。

大回中

樊水欲東流，大江又北來。樊山當其南，此中爲大回。回中魚好遊，回中多釣舟。漫欲作漁人，終焉無所求。

喻瀼谿鄉舊遊

往年在瀼濱，瀼人皆忘情。今來遊瀼鄉，瀼人見我驚。我心與瀼人，豈有辱與榮。瀼人異其心，應爲我冠纓。昔賢惡如此，所以辭公卿。貧窮老鄉里，自休還力耕。況曾經逆亂，日厭聞戰爭。尤愛一溪水，而能存讓名。終當來其濱，飲啄全此生。

吳筠 羽士。

遊廬山五老峰

彭蠡隱深翠，滄波照芙容。日初金光滿，景落黛色濃。雲外聽猨鳥，煙中見杉松。自然符幽情，瀟灑愜所從。整策務探討，嬉遊任從容。玉膏正滴瀝，瑶草多芊茸。羽人棲層崖，道合乃一逢。揮手欲輕舉，爲爾叩瓊鐘。空香清人心，正氣信有宗。永用謝物類，吾將乘鸞龍。

唐詩宗卷二 五言古

長洲沈德潛確士選　門人盧鉉鼎臣手録

杜甫

前人論少陵詩者多矣，嚴滄浪則云：『憲章漢魏，而取材於六朝。至其自得之妙，先輩所謂「集大成」者也。』孫器之比之『周公禮樂，後世莫能擬議』，斯爲篤論。

少陵詩陽開陰闔，雷動風飛，任舉一句一節，無不見此老面目。在盛唐中，允推大家。

少陵五言長篇，意本連屬。而學問博、力量大，轉接無痕，莫測端倪，轉似不連屬者。千古以來讓渠獨步！

叙事並議論而行，應與《史記》竝讀。

唐人詩原本《騷》、《選》，老杜獨能驅策經史，不第以詩人目之。

奉贈韋左丞丈二十二韻

紈袴不餓死，儒冠多誤身。丈人試静聽，賤子請具陳。甫昔少年日，早充觀國賓。讀書破萬卷，下筆如有神。賦料揚雄敵，詩看子建親。李邕求識面，王翰願卜鄰。自謂頗挺出，立登要路津。致君堯舜上，再使風俗淳。此意竟蕭條，行歌非隱淪。騎驢三十載，旅食京華春。朝扣富兒門，暮隨肥馬塵。殘杯與冷炙，到處潛悲辛。主上頃見徵，欻然欲求伸。青冥卻垂翅，蹭蹬無縱鱗。甚媿丈人厚，甚知丈人真。每於百寮上，猥誦佳句新。竊效貢公喜，難甘原憲貧。焉能心怏怏，秪是走踆踆。今欲東入海，即將西去秦。尚憐終南山，回首清渭濱。常擬飽一飯，況懷辭大臣。白鷗没浩蕩，萬里誰能馴。回首渭濱，有遲遲我行意。結意澹蕩，超然高舉。

遊龍門奉先寺

已從招提遊，更宿招提境。陰壑生虚籟，月林散清影。天闕象緯逼，雲卧衣裳冷。欲覺聞晨鐘，令人發深省。

望嶽

岱宗夫如何，齊魯青未了。造化鍾神秀，陰陽割昏曉。盪胸生層雲，決眥入歸鳥。會當凌絶頂，一覽衆山小。

盡望嶽神理。

贈衛八處士

人生不相見，動如參與商。今夕復何夕，共此燈燭光。少壯能幾時，鬢髮各已蒼。訪舊半爲鬼，驚呼熱中腸。焉知二十載，重上君子堂。昔别君未婚，兒女忽成行。怡然敬父執，問我來何方。問答未及已，兒女羅酒漿。夜雨翦春韭，新炊間黄粱。主稱會面難，一舉累十觴。十觴亦不醉，感子故意長。明日隔山岳，世事兩茫茫。

同諸公登慈恩寺塔特高適、薛據先有作。

高標跨蒼穹，烈風無時休。自非曠士懷，登兹翻百憂。方知象教力，足可追冥搜。仰穿龍蛇窟，始出枝撐幽。七星在北户，河漢聲西流。羲和鞭白日，少昊行清秋。秦山忽破碎，涇渭不可求。俯視但一氣，焉能辨皇州。回首叫虞舜，蒼梧雲正愁。惜哉瑶池飲，日晏崑崙丘。黄鵠去不息，哀鳴何所投。君看隨陽雁，各有稻粱謀。

『七星』四句，仰視也。『秦山』四句，俯望也，各極神妙。四首以下，胸中鬱鬱硉硉，不敢顯言，故托隱語出之。已上皆寔境也。錢牧齋謂『通體皆屬比語』，恐穿鑿無味。

自京赴奉先縣詠懷五百字

杜陵有布衣，老大計轉拙。許身一何愚，竊比稷與契。居然成濩落，白首甘契闊。蓋棺事則已，此志常覬豁。窮年憂黎元，歎息腸内熱。取笑同學翁，浩歌彌激烈。非無江海志，蕭灑送日月。生逢堯舜君，不忍便永訣。當今廊廟具，構厦豈云缺。葵藿傾太陽，物性固莫奪。顧惟螻蟻輩，但自求其穴。胡爲慕大鯨，輒擬偃溟渤。以兹悟生理，獨耻事干謁。兀兀遂至今，忍爲塵埃没。終愧巢與由，未能易其節。沉飲聊自適，放歌頗愁絶。

歲暮百草零，疾風高岡裂。天衢陰崢嶸，客子中夜發。霜嚴衣帶斷，指直不得結。凌晨過驪山，御榻在嵽嵲。蚩尤塞寒空，蹴踏崖谷滑。瑶池氣鬱律，羽林相摩戛。君臣留歡娛，樂動殷樛嶱。賜浴皆長纓，與宴非短褐。彤庭所分帛，本自寒女出。鞭撻其夫家，聚斂貢城闕。聖人筐篚恩，實欲邦國活。臣如忽至理，君豈棄此物。多士盈朝廷，仁者宜戰慄。况聞内金盤，盡在衛霍室。中堂舞神仙，烟霧散玉質。煖客貂鼠裘，悲管逐清瑟。勸客駞蹄羹，霜橙壓香橘。朱門酒肉臭，路有凍死骨。榮枯咫尺異，惆悵難再述。北轅就涇渭，官渡又改轍。群冰從西下，極目高崒兀。疑是崆峒來，恐觸天柱折。河梁幸未坼，枝撑聲窸窣。行旅相攀援，川廣不可越。老妻寄異縣，十口隔風雪。誰能久不顧，庶往同饑渴。入門聞號咷，幼子饑已卒。吾寧捨一哀，里巷亦嗚咽。所愧爲人父，無食致夭折。豈知秋未〔一〕登，貧窶有倉卒。生常免租稅，名不隸征伐。撫迹猶酸辛，平人固騷屑。默思失業徒，因念遠戍卒。憂端齊終南，澒洞不可掇。

首叙抱負，次述道途所歷，末述到家情事。身際困窮，憂在天下，自是希稷契人語。憂黎元起，至故歌愁絶□，〔二〕反反覆覆，淋漓顛倒，正古人不可及處。潘岳云『誰與同歲寒』，此云『庶往同飢渴』，千古情至語。結與許稷契、憂黎元，意相應。

校記

〔一〕未，刻寫之誤，應爲『禾』。

〔二〕□，此字刻板模糊不清。

述懷

去年潼關破，妻子隔絕久。今夏草木長，脱身得西走。麻鞋見天子，衣袖露兩肘。朝廷愍生還，親故傷老醜。涕泪授拾遺，流離主恩厚。柴門雖得去，未忍即開口。寄書問三川，不知家在否。比聞同罹禍，殺戮到雞狗。山中漏茅屋，誰復依户牖。摧頽蒼松根，地冷骨未朽。幾人全性命，盡室豈相偶。嶔岑猛虎場，鬱結回我首。自寄一封書，今已十月後。反畏消息來，寸心亦何有。漢運初中興，生平老耽酒。沉思歡會處，恐作窮獨叟。

妙在反接，若云『不見消息來』，意淺薄矣。

彭衙行

憶昔避賊初，北走經險艱。夜深彭衙道，月照白水山。盡室久徒步，逢人多厚顔。參差谷鳥吟，不見遊子還。癡女饑咬我，啼畏虎狼聞。懷中掩其口，反側聲愈嗔。小兒强解事，故索苦李餐。一旬半雷雨，泥濘相牽攀。既無禦雨備，徑滑衣又寒。有時經契闊，竟日數里間。野果充餱粮，卑枝成屋椽。早行石上水，暮宿天邊煙。少留同家窪，欲出蘆子關。故人有孫宰，高義薄層雲。延客已曛黑，張燈啓重門。煖湯濯我足，剪紙招我魂。從此出妻孥，相視涕闌干。衆雛爛熳睡，喚起沾盤餐。誓將與夫子，永結爲弟昆。遂空所坐堂，安居奉吾懽。誰肯艱難際，豁達露心肝。别來歲月周，胡羯仍構患。何當有翅翎，飛去墮爾前。通篇追叙，故用『憶昔』二字領起。末四句收出本意。

北征

皇帝二載秋，閏八月初吉。杜子將北征，蒼茫問家室。維時遭艱虞，朝野少暇日。顧慙恩私被，詔許歸蓬蓽。拜辭詣闕下，怵惕久未出。雖乏諫諍姿，恐君有遺失。君誠中興主，經緯固密勿。東胡反未已，臣甫憤所切。揮涕戀行在，道途猶恍惚。乾坤含瘡痍，憂虞何時畢。靡靡踰阡陌，人煙眇蕭瑟。所遇多被傷，呻吟更流血。回首鳳翔縣，旌旗晚明滅。前登寒山重，屢得飲馬窟。邠郊入地底，涇水中蕩潏。猛虎立我前，蒼崖吼時裂。菊垂今秋花，石戴古車轍。青雲動高興，幽事亦可悦。山果多瑣細，羅生雜橡栗。或紅如丹砂，或黑如點漆。雨露之所濡，甘苦齊結實。緬思桃源内，益歎身世拙。坡陀望鄜畤，巖谷互出没。我行已水濱，我僕猶木末。一幅旅行名畫。鴟鴞鳴黄桑，野鼠拱亂穴。夜深經戰場，寒月照白骨。潼關百萬師，往者散何卒。遂令半秦民，殘害爲異物。况我墮胡塵，及歸盡華髮。經年至茅屋，妻子衣百結。慟哭松聲回，悲泉共幽咽。平生所嬌兒，顏色白勝雪。見耶背面啼，垢膩脚不襪。牀前兩小女，補綻才過膝。海圖坼波濤，舊綉移曲折。天吴及紫鳳，顛倒在裋褐。老夫情懷惡，嘔泄卧數日。那無囊中帛，救汝寒凛慄。粉黛亦解苞，衾裯稍羅列。瘦妻面復光，癡女頭自櫛。學母無不爲，曉粧隨手抹。移時施朱鉛，狼藉畫眉闊。生還對童稚，似欲忘飢渴。問事競挽鬚，誰能即嗔喝。翻思在賊愁，甘受雜亂聒。新歸且慰意，生理焉得説。至尊尚蒙塵，幾日休練卒。仰觀天色改，坐覺妖氛豁。陰風西北來，慘淡隨回鶻。其王願助順，其俗善馳突。送兵五千人，驅馬一萬匹。此輩少爲貴，四方服勇決。所用皆鷹騰，破敵過箭疾。聖心頗虚佇，虚佇，謂帝望回紇。時議氣欲奪。氣奪，謂群議沮喪。伊洛指掌收，西京不足拔。官軍請深入，蓄鋭伺俱發。此舉開青徐，旋瞻略恒碣。昊天積霜露，正氣有肅殺。禍轉亡胡歲，勢成擒胡月。胡命其能久，皇綱未宜絶。

憶昨狼狽初，事與古先别。奸臣竟葅醢，同惡隨蕩析。不聞夏殷衰，中自誅妹妲。立言忠厚褒妲，應『妹妲』，偶然誤筆耳。周漢獲再興，宣光果明哲。桓桓陳將軍，仗鉞奮忠烈。微爾人盡非，于今國猶活。凄凉大同殿，寂寞白獸闥。都人望翠華，佳氣向金闕。園陵固有神，掃灑數不缺。煌煌太宗業，樹立甚宏達。

竟似文筆叙述起，老手無敵。『靡靡踰阡陌』下，叙途中所經。『况我墮胡塵』下，叙到家。到家後，叙瑣屑事，從《東山》詩『有敦瓜苦，蒸在栗薪』悟出。叙歸家後悲喜交集詞尚未了，忽然入『至尊蒙塵』一語，直起突接，用筆不可捉摸。結意正大，即『五陵佳氣無時無』意，如此方收得足。

短篇突然而起，悠然而止，不必另綴起結。長篇必鋪叙有倫，起結整齊，方爲合格。『朝野多暇日』，『嘔泄卧數日』，重韻。

玉華宫

溪迴松風長，蒼鼠竄古瓦。不知何王殿，遺構絶壁下。陰房鬼火青，壞道哀湍瀉。萬籟真笙竽，秋色正蕭灑。美人爲黄土，况乃粉黛假。當時侍金輿，故物獨石馬。憂來藉草坐，浩歌泪盈把。冉冉征途間，誰是長年者。凄凉如見。唐初所建，而曰『不知何王殿』，妙於語言。

九成宫

蒼山入百里，崖斷如杵臼。曾宫憑風回，岌業土囊口。立神扶棟梁，鑿翠開户牖。其陽産靈芝，其陰宿牛斗。紛披長松倒，揭巘怪石走。哀猿啼一聲，客泪迸林藪。荒哉隋家帝，製此今頽朽。向使國不亡，焉爲巨唐有。雖無新增修，尚置官居守。巡非瑶水遠，迹是雕墻後。我行屬時危，仰望嗟歎久。天王守太白，駐馬空搔首。鳳翔有太白山，謂肅宗次鳳翔也。向使二句有後車之戒意。

羌村

峥嶸赤雲西，日脚下平地。柴門鳥雀噪，歸客千里至。妻孥怪我在，驚定還拭泪。世亂遭飄蕩，生還偶然遂。鄰人滿墻頭，感歎亦歔欷。夜闌更秉燭，相對如夢寐。不再添一二語，高絶！

晚歲迫偷生，還家少歡趣。嬌兒不離膝，畏我復却去。憶昔好追凉，故繞池邊樹。蕭蕭北風勁，撫事煎百慮。賴知禾黍收，已覺糟牀注。如今足斟酌，且用慰遲暮。

群雞正亂叫，客至雞鬥争。驅雞上樹木，始聞叩柴荆。父老四五人，問我久遠行。手中各有攜，傾榼濁復清。苦辭酒味薄，黍地無人耕。兵革既未息，兒童盡東征。請爲父老歌，艱難媿深情。歌罷仰天歎，四座泪縱横。問我存我也。

『酒味薄』四句，以父老語入詩。『艱難』句，少陵歌也。字字鏤出肺肝，又似尋常人所能道者，變風之義與漢京之音與！

義鶻行

陰崖有蒼鷹，養子黑柏顛。白蛇登其巢，吞噬恣朝餐。雄飛遠求食，雌者鳴辛酸。力强不可制，黄口無半存。其父從西歸，翻身入長煙。斯須領健鶻，痛憤寄所宣。斗上捩孤影，噭哮來九天。修鱗脱遠枝，巨顙拆老拳。高空得蹭蹬，短草辭蜿蜒。折尾能一掉，飽腸皆已穿。生雖滅衆雛，死亦垂千年。物情有報復，快意貴目前。兹實鷙鳥最，急難心炯然。功成失所往，用舍何其賢。魯連在焉，呼之欲出。近經潏水湄，此事樵夫傳。飄蕭覺素髮，凛欲衝儒冠。人生許與分，只在顧盼間。聊爲《義鶻行》，用激壯士肝。

傳神之筆，《史記》鉅鹿之戰，荆軻刺秦王，有此種筆墨。言蛇雖滅衆雛而旋死于義鶻，可垂千年之戒也。

示從孫濟

平明跨驢出，未知適誰門。權門多噂𠴲，且復尋諸孫。諸孫貧無事，宅舍如荒村。堂前自生竹，堂後自生萱。萱草秋已死，竹枝霜不蕃。淘米少汲水，汲多井水渾。刈葵莫放手，放手傷葵根。阿翁嬾惰久，覺兒行步奔。所來爲宗族，亦不爲盤飧。小人利口實，薄俗難具論。勿受外嫌猜，同姓古所敦。

「淘米」四語，有水原木本意，隨事比興，古樂府往往有之。

新安吏

收京後作。雖收兩京，賊猶充斥。諸詠身所見聞事，運以古樂府神理，驚心動魄，疑鬼疑神，千古而下，何人更能措筆！

客行新安道，喧呼聞點兵。借問新安吏，縣小更無丁。府帖昨夜下，次選中男行。中男絶短小，何以守王城。肥男有母送，瘦男獨伶俜。白水暮東流，青山猶哭聲。莫自使眼枯，收汝淚縱横。眼枯却見骨，天地終無情。悲壯。我軍取相州，日夕望其平。豈意賊難料，歸軍星散營。就粮近故壘，練卒依舊京。掘壕不到水，牧馬役亦輕。况乃王師順，撫養甚分明。送行勿泣血，僕射如父兄。僕射，謂郭子儀也。

潼關吏

士卒何草草，築城潼關道。大城鐵不如，小城萬丈餘。借問潼關吏，修關還備胡。要我下馬行，爲我指山隅。連雲列戰格，飛鳥不能踰。胡來但自守，豈復憂西都。丈人視要處，窄狹容單車。艱難奮長戟，千古用一夫。哀哉桃林戰，百萬化爲魚。請囑防關將，慎勿學哥舒。

見潼關可守，不宜輕戰。

哥舒爲楊國忠促戰。明末孫傳〔一〕庭爲中人促戰，喪師辱國，千古一轍，不當專罪哥舒與孫也。

校記

〔一〕傳，刻寫之誤，應作『傳』。

石壕吏

暮投石壕村，有吏夜捉人。老翁踰墻走，老婦出門看。吏呼一何怒，婦啼一何苦。聽婦前致詞，三男鄴城戍。一男附書至，二男新戰死。存者且偷生，死者長已矣。室中更無人，惟有乳下孫。孫有母未去，出入無完裙。老嫗力雖衰，請從吏夜歸。急應河陽役，猶得備晨炊。夜久語聲絕，如聞泣幽咽。天明登前途，獨與老翁別。

村、人、看，係元、真、寒韻，古韻同用，非叶也

新婚别

兔絲附蓬麻，引蔓故不長。興起。嫁女與征夫，不如棄路旁。結髮爲君妻，席不煖君牀。暮婚晨告别，無乃太匆忙。君行雖不遠，守邊赴河陽。妾身未分明，何以拜姑嫜。父母養我時，日夜令我藏。生女有所歸，雞狗亦得將。君今往死地，沉痛迫中腸。誓欲隨君去，形勢反蒼黄蒼黄與倉皇同。勿爲新婚念，努力事戎行。婦人在軍中，兵氣恐不揚。自嗟貧家女，久致羅襦裳。羅襦不復施，對君洗紅妝。洗紅粧，即『誰適爲容』意。仰視百鳥飛，大小必雙翔。興結。人事多錯迕，與君永相望。

《漢書·李陵傳》：『我士氣少衰，而鼓不起，軍中豈有女子乎？搜得皆斬之。』『君今往死地』以下，層層轉换發乎情，止乎禮義，得國風之旨矣。可泣鬼神。

垂老别

四郊未寧静，垂老不得安。子孫陣亡盡，焉用身獨完。投杖出門去，同行爲辛酸。幸有牙齒存，所悲骨髓乾。男兒既介胄，長揖别上官。老妻卧路啼，歲暮衣裳單。孰知是死别，且復傷其寒。此去必不歸，還聞勸加餐。土門壁甚堅，杏園度亦難。勢異鄴城下，縱死時猶寬。人生有離合，豈擇衰盛端。憶昔少壯日，遲迴竟長歎。萬國盡征戍，烽火被岡巒。積尸草木腥，流血川原丹。何鄉爲樂土，安敢尚盤桓。棄絶蓬室居，塌然摧肺肝。

『孰知』四語，互相慰藉，寔皆永訣之詞。

結有敵愾勤王意。

孰知，即熟知也，古同用。

無家别

寂寞天寶後，園廬但蒿藜。我里百餘家，世亂各東西。存者無消息，死者爲塵泥。賤子因陣敗，歸來尋舊蹊。久行見空巷，日瘦氣慘凄。但對狐與狸，竪毛怒我啼。四鄰何所有，一二老寡妻。宿鳥戀本枝，安辭且窮棲。方春獨荷鋤，日暮還灌畦。縣吏知我至，召令習鼓鼙。雖從本州役，内顧無所攜。近行止一身，遠去終轉迷。家鄉既蕩盡，遠近理亦齊。轉作曠達語，彌見沉痛。永痛長病母，五年委溝谿。生我不得力，終身兩酸嘶。人生無家别，何以爲蒸藜。

『宿鳥』二句，比體。

上章以忠結，此章以孝結，想見老杜胸次。

佳人

絶代有佳人，幽居在空谷。自云良家子，零落依草木。關中昔喪敗，兄弟遭殺戮。官高何足論，不得收骨肉。世情惡衰歇，萬事如轉燭。夫婿輕薄兒，新人美如玉。合昏尚知時，鴛鴦不獨宿。但見新人笑，那聞舊人哭。在山泉水清，出山泉水濁。侍婢賣珠迴，牽蘿補茅屋。摘花不插髮，采柏動盈掬。天寒翠袖薄，日暮倚修竹。

『在山』二句，自寫貞潔也。或以在山比新人，出山比舊人，少身分。結句不着議論，而清潔貞正意，隱然言外，是爲詩品。

夢李白二首

死別已吞聲，生別常惻惻。江南瘴癘地，逐客無消息。故人入我夢，明我長相憶。恐非平生魂，路遠不可測。魂來楓林青，魂返關山黑。君今在羅網，何以有羽翼。落月滿屋梁，猶疑照顔色。水深波浪闊，無使蛟龍得。

起得沉鬱。

『魂、來』二句，點綴楚詞，恍恍惚惚，使讀者惘然如夢。

浮雲終日行，遊子久不至。三夜頻夢君，情親見君意。告歸常局促，苦道來不易。江湖多風波，舟楫恐失墜。出門搔白首，苦負平生志。冠蓋滿京華，斯人獨顦顇。孰云網恢恢，將老身反累。千秋萬歲名，寂寞身後事。憤極。

前出塞九首

朱長孺云，明皇季年，哥舒翰貪功于吐蕃，安禄山構禍于契丹，于是徵調半天下。《前出塞》爲哥舒，《後出塞》爲禄山發。今按，其詩前九章多從軍愁苦之詞，後五章防强臣跋扈之漸，長孺所分理或然也。

戚戚去故里，悠悠赴交河。公家有程期，亡命嬰禍羅。君已富土境，開邊一何多。主意。棄絶父母恩，吞聲行負戈。

出門日已遠，不受徒旅欺。骨肉恩豈斷，男兒死無時。走馬脱轡頭，手中挑青絲。捷下萬仞岡，俯身試搴旗。

磨刀嗚咽水，水赤刃傷手。欲輕斷腸聲，心緒亂已久。丈夫誓許國，憤惋復何有。功名圖麒麟，戰骨當速朽。

末句反言以見意。

送徒既有長，遠戍亦有身。生死向前去，不勞吏怒嗔。路逢相識人，附書與六親。哀哉兩決絶，不復同苦辛。

迢迢萬里餘，領我赴三軍。軍中異苦樂，主將寧盡聞。隔河見胡騎，倏忽數百群。我始爲奴僕，幾時樹功勳。

輓弓當挽强，用箭當用長。射人先射馬，擒賊先擒王。殺人亦有限，立國自有疆。苟能制凌侵，豈在多殺傷。漢魏歌謡。前四語，即寓不多殺傷意，所謂節制之師。

驅馬天雨雪，軍行入高山。逕危抱寒石，指落曾冰間。已去漢月遠，何時築城還。浮雲暮南征，可望不可攀。

單于寇我壘，百里風塵昏。雄劍四五動，彼軍爲我奔。擄其名王歸，繫頸授轅門。潛身備行列，一勝何足論。

從軍十年餘，能無分寸功。衆人貴苟得，欲語羞雷同。中原有鬥争，况在狄與戎。丈夫四方志，安可辭固窮。不願苟得，不辭固窮，軍伍中乃有此節概。

後出塞五首

男兒生世間，及壯當封侯。戰伐有功業，焉能守舊丘。召募赴薊門，軍動不可留。千金買馬鞍，百金裝刀頭。閭里送我行，親戚擁道周。斑白居上列，酒酣進庶羞。少年别有贈，含笑看吴鉤。

朝進東門營，暮上河陽橋。落日照大旗，馬鳴風蕭蕭。平沙列萬幕，部伍各見招。中天懸明月，令嚴夜寂寥。悲笳數聲動，壯士慘不驕。借問大將誰，恐是霍嫖姚。

寫軍容之盛、軍令之嚴，如干、莫出匣，寒光相向。

古人重守邊，今人重高勳。豈知英雄主，出師亘長雲。六合已一家，四夷且孤軍。遂使貔虎士，奮身勇所聞。拔劍擊大荒，日收胡馬群。誓開玄冥北，持以奉吾君。

獻凱日繼踵，兩蕃静無虞。漁陽豪俠地，擊鼓吹笙竽。雲帆轉遼海，粳稻來東吴。越羅與楚練，照耀輿臺軀。主將位益崇，氣驕凌上都。邊人不敢議，議者死路衢。

連下章，禄山叛逆，隱躍言外。

我本良家子，出師亦多門。將驕益愁思，身貴不足論。躍馬二十年，恐辜明主恩。坐見幽州騎，長驅河洛昏。中夜間道歸，故里但空村。惡名幸脱免，窮老無兒孫。

萬丈潭

青溪合冥漠，神物有顯晦。龍依積水蟠，窟壓萬丈内。跼步凌垠堮，側身下煙靄。前臨洪濤寬，卻立蒼石大。山危一徑盡，崖絶兩壁對。削成根虚無，倒影垂澹瀨。黑如灣環底，清見光炯碎。

孤雲倒來深，飛鳥不在外。高蘿成帷幄，寒木累旌旆。遠川曲通流，嵌竇潛洩瀨。造幽無人境，發興自我輩。告歸遺恨多，將老斯遊最。閉藏修鱗蟄，出入巨石礙。何當暑天過，快意風雨會。

窅冥不測幽險可畏。朱子語録云杜詩初年甚精細晚年曠逸不可當如自秦州入蜀詩分明如盡乃其少時作也。

青陽峽

塞外苦厭山，南行道彌惡。岡巒相經亘，雲水氣參錯。林迴硤角來，天側壁面削。磎西五里石，奮怒向我落。險絶。仰看日車側，俯恐坤軸弱。魑魅嘯有風，霜霰浩漠漠。昨憶踰隴阪，高秋視吴岳。東笑蓮華卑，北知崆峒薄。超然侔壯觀，已謂殷寥廓。突兀猶趁人，及兹歎冥漠。

『漠』字重韻。

寒峽

行邁日悄悄，山谷勢多端。雲門轉絶岸，積阻霾天寒。寒峽不可渡，我實衣裳單。况當仲冬交，泝沿增波瀾。野人尋煙語，行子傍水餐。此生免荷殳，未敢辭路難。

石龕

熊羆咆我東，虎豹號我西。我後鬼長嘯，我前狨又啼。天寒昏無日，山遠道路迷。驅車石龕下，仲冬見虹霓。伐木者誰子，悲歌上雲梯。爲官采美箭，五歲供梁齊。苦云直幹盡，無以充提携。奈何漁陽騎，颯颯驚烝黎。

飛仙閣

土門山行窄，微徑緣秋毫。棧雲闌干峻，梯石結構牢。萬壑欹疎林，積陰帶奔濤。寒日外澹泊，長風中怒號。歇鞍在地底，始覺所歷高。往來雜坐卧，人馬同疲勞。浮生有定分，饑飽豈可逃。歎息謂妻子，我何隨汝曹。

桔柏渡

青冥寒江渡，架竹爲長橋。竿濕煙漠漠，江永風蕭蕭。連笮動嫋娜，征衣颯飄飄。急流鴇鶂散，絶岸黿鼉驕。西轅自茲異，東逝不可要。高通荊門路，闊會滄海潮。孤光隱顧盼，遊子悵寂寥。無以洗心胸，前登但山椒。

水會渡

山行有常程，中夜尚未安。微月没已久，崖傾路何難。大江動我前，洶若溟渤寬。篙師暗理楫，歌笑輕波瀾。霜濃木石滑，風急手足寒。入舟已千憂，陟巘仍萬盤。迴眺積水外，始知衆星乾。眺水外之星，下『乾』字，險。遠遊令人瘦，哀疾塹加餐。

龍門閣

清江下龍門，絶壁無尺土。長風駕高浪，浩浩自太古。危途中縈盤，仰望垂綫縷。滑石欹且鑿，浮梁裊相拄。目眩隕雜花，頭風吹過雨。百年不敢料，一墜那得取。飽聞經瞿塘，足見度大庾。終年歷艱險，恐懼從此數。

劍門

惟天有設險，劍門天下壯。連山抱西南，石角皆北向。兩崖崇牖倚，刻畫城郭狀。一夫怒臨關，百萬未可傍。珠玉走中原，岷峨氣凄愴。三皇五帝前，雞犬各相放。後王尚柔遠，職貢道已喪。至今英雄人，高視見霸王。并吞與割據，極力不相讓。吾將罪真宰，意欲鏟疊嶂。恐此復偶然，臨風默惆悵。

『發秦州』詩後，五言古俱横厲頹墮，故所選從略。

遭田父泥飲美嚴中丞

步屧隨春風，村邨自花柳。田翁逼社日，邀我嘗春酒。酒酣誇新尹，畜眼未見有。回頭指大男，渠是弓弩手。名在飛騎籍，長番歲時久。前日放營農，辛苦救衰朽。差科死則已，誓不舉家走。今年大作社，拾遺能住否。叫婦開大瓶，盆中爲吾取。感此氣揚揚，須知風化首。語多雖雜亂，説尹終在口。朝來偶然出，自卯將及酉。久客惜人情，如何拒鄰叟。高聲索果栗，欲起時被肘。指揮過無禮，未覺村野醜。月出遮我留，仍嗔問升斗。

武爲京兆尹，兼御史中丞，故篇中屢稱『尹』。傳出豊厚村樸景象，而美中丞意自見。若專美鄭公，便是後人應酬作矣須看其佈置之高。

送重表姪王砅評事使南海 砅，音聘，平聲。郭璞《江賦》云『砅崖鼓作』。

我之曾老姑，爾之高祖母。爾祖未顯時爾祖舊指王珪，歸爲尚書婦。隋朝大業末，房杜俱交友。長者來在門，荒年自糊口。家貧無供給，客位但箕帚。俄頃羞頗珍，寂寥人散後。入怪鬢髮空，吁嗟爲之久。自陳剪髻鬟，市鬻充杯酒。上云天下亂，宜與英俊厚。向竊窺數公，經綸亦俱有。次問最少年，虬髯十八九。子等成大名，皆因此人手。下云風雲合，龍虎一吟吼。願展丈夫雄，得辭兒女醜。風雲龍虎，從婦人眼中看出，大奇！秦王時在坐，真氣驚户牖。倒補『秦王』二句，史公筆法。及乎貞觀初，尚書踐台斗。夫人常肩輿，上殿稱萬壽。六宫師柔順，法則化妃后。至尊均叔嫂，盛事垂不朽。鳳雛無凡毛，五色非爾曹。『鳳雛』二句，接入『非爾曹』，猶言得非也。往者胡作逆，乾坤沸嗷嗷。吾客左馮翊，爾家同遁逃。争奪至徒步，塊獨委蓬蒿。逗留熱爾腸，十里卻呼號。自下所騎馬，右持腰間刀。左牽紫游韁，『左』『右』字，錯綜變化。飛走使我高。苟活到今日，寸心銘佩牢。亂離又聚散，宿昔恨滔滔。水花笑白首，春草亂青袍。廷評近要津，節制收英髦。以下方叙使南海。○北驅漢陽傳，南泛上瀧舠。家聲肯墜地，利器當秋毫。番禺親賢領，籌運神功操。大夫出盧宋，寶貝休脂膏。洞主降接武，海胡泊萬艘。我欲就丹砂，跋涉覺身勞。安能陷糞土，有志乘鯨鰲。或驂鸞騰天，聊作鶴鳴皋。因交趾有丹砂，故以遊仙意作結，亦送人一體。

傳誌體作詩，真大手筆！首二句叙重表起，尤老。

盧奂、宋璟，爲廣州節度使。出者，出其上也。牧齋謂，大曆四年，李勉除廣州刺史，兼嶺節度，有善政，耆老以爲可繼盧奂、宋璟。李朝隱之徒所謂『親賢大夫』者，謂勉也。

望嶽

南嶽配朱鳥，秩禮自百王。欻吸領地靈，鴻洞半炎方。邦家用祀典，在德非馨香。巡狩何寂寥，有虞今則亡。洎吾隘世網，行邁越瀟湘。渴日絶壁出，漾舟清光旁。祝融五峰尊，峰峰次低昂。紫蓋獨不朝，争長嶫相望。恭聞魏夫人，群仙夾翺翔。有時五峰氣，散風如飛霜。牽迫限修途，未暇杖崇岡。歸來覬命駕，沐浴休玉堂。三歎問府主，曷以贊我皇。牲璧忍衰俗，神其思降祥。

靈光縹緲，氣象肅穆，漢人《練時日》、《帝臨》諸章，是此詩原本。

南嶽，亦名岣嶁山。

渴日，如渴虹、渴雨之渴。

衡山七十二峰，最大者五，芙容、紫盖、石廪、天柱、祝融爲最高。

魏夫人，即紫虚元君南岳夫人。

府主，洞府之主，謂岳神也。

唐詩宗卷四 五言古

長洲沈德潛確士選　門人靈鉉鼎臣手録

劉長卿

從軍行

黄沙一萬里，白首無人憐。報國劍已折，歸鄉身幸全。單于古臺下，邊色寒蒼然。
草枯秋塞上，望見漁陽郭。胡馬嘶一聲，漢兵泪雙落。誰爲吮瘡者，此事今人薄。

龍門雜詠

秋山日摇落，秋水急波瀾。獨有魚龍氣，長令煙雨寒。誰窮造化力，空向兩崖看。右闕口。

中唐詩漸近漸秀，前人渾厚不復見矣。

隱隱見危閣，隔河暎青林。水田秋雁下，山寺夜鐘深。寐莫群動息，風泉清道心。右石樓。

送丘爲赴上都

帝鄉何處是，岐路空垂泣。楚思暮愁多，川程帶潮入。潮歸人不歸，獨向空塘立。

善于用少。

浮石瀨

秋月照瀟湘，月明聞盪槳。石横晚瀨急，水落寒沙廣。衆嶺猿嘯重，空江人語響。清暉朝復暮，如待扁舟賞。

初至洞庭懷灞陵別業

長安邈千里，日夕懷雙闕。已是洞庭人，猶看灞陵月。誰堪去鄉意，親戚想天末。昨夜夢中歸，烟波覺來闊。江皋見芳草，孤客心欲絶。豈訝青春來，但傷經時别。長天不可望，鳥與浮雲没。

宿懷仁縣南湖寄東海荀處士

向夕斂微雨，晴開湖上天。離人正惆悵，新月愁嬋娟。佇立白沙曲，相思滄海邊。浮雲自來去，此意誰能傳。一水不相見，千峰隨客船。好句，然自是中唐。寒塘起孤雁，夜色分藍田。時復一回首，憶君如眼前。

杪秋洞庭中懷亡道士謝太虚

漂泊日復日，洞庭今更秋。青楓亦何意，此夜催人愁。惆悵客中月，徘徊江上樓。心知楚雲遠，目送滄波流。羽衣久已没，微言無處求。空餘白雲，容與隨孤舟。千里杳難望，一身常獨遊。故園復何許，江河徒遲留。

錢　起

仲文五言古，彷彿右丞，而清秀彌甚。然右丞所以高出者，能冲和、能渾厚也。

酬王維春夜竹亭贈別

山月隨客來，主人興不淺。今宵竹林下，誰覺花源遠。惆悵曙鶯啼，孤雲還絶巘。

早渡伊川見舊作

鵾雞鳴曙霜，秋水寒旅涉。漁人昔鄰舍，相見具舟楫。出浦興未盡，向山心更愜。村落通白雲，茅茨隱紅葉。東臯滿時稼，歸客欣復業。

東臯早春寄郎四校書

禄微賴學稼，歲起歸衡茅。窮達戀明主，耕桑亦在郊。二語却厚，令人味之不盡。夜來霽山雪，陽氣動林梢。萌蕙暖初吐，春鳩鳴欲巢。蓬萊時入夢，知子憶貧交。

杪秋南山西峰題準上人蘭若

向山看霽色，步步豁幽性。反照亂流明，寒空千嶂净。石門有餘好，霞殘月欲映。上詣遠公廬，孤峰懸一徑。雲裏隔窗火，松間下山磬。客到兩忘言，猿心與禪定。

遊輞川至南山寄谷口王十六

山色不厭遠，我行隨趣深。尋山之趣，盡此十字。躋幽青蘿徑，思絶孤霞岑。獨鶴引過浦，鳴猿呼入林。褰裳百泉裏，一步一清心。王子在何處，隔雲雞犬音。折麻定延佇，乘月期招尋。

劉　灣

出塞曲

將軍在重圍，音信絶不通。羽書如流星，飛入甘泉宫。倚是并州兒，少年心膽雄。一朝隨召募，百戰爭王公。去年桑乾北，今年桑乾東。死是征人死，功是將軍功。汗馬牧秋月，疲卒卧霜風。仍聞左賢王，更欲圍雲中。

韋應物

左司詩，絶去形容，獨標真素，讀者當於色、香、臭、味外求之。有陶公性情，故每一落筆，自饒淵永之趣。韋五言，詩家正聲，故所收獨富。

擬古

辭君遠行邁，飲此長恨端。已謂道里遠，如何中險艱。流水赴大壑，孤雲還暮山。無情尚有歸，行子何獨難。驅車背鄉國，朔風卷行迹。嚴冬霜斷肌，日入不遑息。憂歡客髮變，寒暑人事易。中心君詎知，冰玉徒貞白。

綺樓何氛氳，朝日正杲杲。四壁含清風，丹霞射其牖。玉顔上哀囀，絶耳非世有。但感離恨情，不知誰家婦。孤雲忽無色，邊馬爲回首。曲絶碧天高，餘聲散秋草。徘徊帷中意，獨夜不堪守。思逐朔風翔，一去千里道。

嘉樹藹初緑，蘼蕪吐幽芳。君子不在賞，寄之雲路長。路長信難越，惜此芳時歇。孤鳥去不還，緘情向天末。

月滿秋夜長，驚鳥號北林。天河横未落，斗柄當西南。寒蛩悲洞房，好鳥無遺音。商飇一夕至，獨宿懷重衾。舊交目千里，隔我浮與沉。人生豈草木，寒暑移此心。

結意深。侵、覃韵並用，本『株林』之詩。

春至林木變，洞房夕含清。單居誰能裁，好鳥對我鳴。良人久燕趙，新愛移平生。别時雙鴛綺，留此千恨情。碧草生舊迹，緑琴歇芳聲。思將魂夢歡，反側寐不成。攬衣迷所次，起望空前庭。孤影中自惻，不知雙涕零。

有客天一方，寄我孤桐琴。迢迢萬里隔，托此傳幽音。冰霜中自結，龍鳳相與吟。絃以明直道，漆以固交深。

白日淇上没，空閨生遠愁。寸心不可限，淇水長悠悠國風。芳樹正妍鬱，春禽自相求。徘徊東西厢，孤妾誰與儔。年華逐絲泪，一落俱不收。

擬古諸詠，得之自然，非苦吟所及。所謂『大味必淡，大音必希』者耶。

與友生野飲效陶體

攜酒花林下，前有千載墳。於時不共酌，奈此泉下人。始自玩芳物，行當念徂春。聊舒遠世蹤，坐望還山雲。且逐一歡笑，焉知賤與貧。

南塘泛舟會元六昆季

端居倦時燠，輕舟泛回塘。微風飄襟散，横翠繞林長。雲淡水容夕，雨微荷氣涼。一寫悁勤意，寧用訴華觴。

郡齋雨中與諸文士燕集

兵衛森畫戟，燕寢凝清香。海上風雨至，逍遥池閣涼。煩痾近消散，嘉賓復滿堂。自慙居處崇，未覩斯民康。理會是非遣，性達形迹忘。鮮肥屬時禁，蔬果幸見嘗。俯飲一杯酒，仰聆金玉章。神歡體自輕，意欲凌風翔。吴中盛文史，群彦今汪洋。方知大藩地，豈曰財賦彊。

初發揚子寄元校書

凄凄去親愛，泛泛入煙霧。歸棹洛陽人，殘鐘廣陵樹。今朝此爲別，何處還相遇。世事波上舟，沿洄安得住。

寫離情不可過於凄惋，含蓄不盡，愈見情深，此種可以爲法。

淮上即事寄廣陵親故

前舟已渺渺，欲渡誰相待。秋山起暮鐘，楚雨連滄海。風波離思滿，宿昔容鬢改。獨鳥下東南，廣陵何處在。

即景語自佳，搜索之，恐不易得。

聽嘉陵江水聲寄深上人

鑿崖泄奔湍，稱古神禹迹。夜宿山門店，獨宿不安席。水性自云静，石中本無聲。如何兩相激，雷轉空山驚。貽之道門舊，了此物我情。

領悟微妙。

同德寺雨後寄元侍御李博士

川上風雨來，須臾滿城闕。岧嶢青蓮界，蕭條孤興發。前山遽已淨，陰靄夜來歇。喬木生夏涼，流雲吐華月。嚴城自有限，一水非難越。相望曙河遠，高齋坐超忽。

寺居獨夜寄崔主簿

幽人寂不寐，木葉紛紛落。寒雨暗深更，流螢度高閣。坐使青燈曉，還傷夏衣薄。寧知歲方晏，離居更蕭索。

園林晏起寄昭應韓明府盧主簿

田家已耕作，井屋起晨煙。園林鳴好鳥，閒居猶獨眠。不覺朝已晏，起來望青天。四體一舒散，情性亦忻然。還復茅簷下，對酒思數賢。束帶理官府，簡牘盈目前。當念中林賞，覽物遍山川。上非遇明世，庶以道自全。真朴處最近陶公。

新秋夜寄諸弟

兩地俱秋夕，相望共星河。高梧一葉下，空齋歸思多。方用憂人瘼，况自抱微痾。無將別來近，顏鬢已蹉跎。

寄楊協律

吏散門閤掩，鳥鳴山郡中。遠念長江別，俯覺座隅空。舟泊南池雨，簟卷北樓風。併罷芳尊燕，爲愴昨時同。

寄恒璨

心絶去來緣，迹順人間事。獨尋秋草徑，夜宿寒山寺。今日郡齋閑，思問楞伽字。

寄全椒山中道士

今朝郡齋冷，忽念山中客。澗底束荆薪，歸來煮白石。欲持一瓢酒，遠慰風雨夕。落葉滿空山，何處尋行迹。

化工筆！與淵明『采菊東籬下，悠然見南山』，妙處不關語言意思。

示全真元常

余辭郡符去，爾爲外事牽。寧知風雪夜，復此對牀眠。始話南池飲，更詠西樓篇。無將一會易，歲月坐推遷。

贈上方僧

見月出東山，上方高處禪。空林無宿火，獨夜汲寒泉。不下藍溪寺，今年三十年。

送李十四山東遊

聖朝有遺逸，披膽謁至尊。豈是貿榮寵，誓將救元元。權豪非所便，書奏寢禁門。高歌長安酒，忠憤不可吞。欻來客河洛，日與静者論。濟世翻小事，丹砂駐精魂。東遊無復繫，梁楚多大藩。高論動侯伯，疎懷脱塵喧。送君都門野，飲我林中尊。立馬望東道，白雲滿梁園。踟躕欲何贈，空是平生言。

俊爽，又是一格

送令狐岫宰恩陽

大雪天地閉，群山夜來晴。居家猶苦寒，子有千里行。行行安得辭，荷此蒲璧榮。賢豪争追攀，飲餞出西京。樽酒豈不歡，暮春自有程。離人起視日，僕御促前征。逶遲歲已窮，當造巴子城。和氣被草木，江水日夜清。從來知善政，離别慰友生。

答暢校書當

偶然棄官去，投迹在田中。日出照茅屋，園林養愚蒙。雖云無一資，樽酒會不空。且欣百穀成，仰歎造化功。出入與民伍，作事靡不同。時伐南澗竹，夜還灃水東。貧蹇自成退，豈爲高人蹤。覽君金玉篇，彩色發我容。日日欲爲報，方春已徂冬。

寄裴處士

春風駐遊騎，晚景澹山暉。一問清泠子，獨掩荒園扉。草木雨餘長，里閭人到稀。方從廣陵宴，花落未言歸。

有所思

借問隄上柳，青青爲誰春。空遊昨日地，不見昨日人。黯然。繚繞萬家井，往來車馬塵。莫道無相識，要非心所親。

暮相思

朝出自不還，暮歸花盡發。豈無終日會，惜此花間月。空館忽相思，微鐘坐來歇。恰好不須再多。

池上懷王卿

幽居捐世事，佳雨散園芳。入門藹已緑，水禽鳴春塘。重雲始成夕，忽霽尚殘陽。輕舟因風泛，郡閣望蒼蒼。私燕阻外好，臨歡一停觴。兹遊無時盡，旭日願相將。

夕次盱眙縣

落帆逗淮鎮，停舫臨孤驛。浩浩風起波，冥冥日沉夕。人歸山郭暗，雁下蘆洲白。獨夜憶秦關，聽鐘未眠客。

出還

昔出喜還家，今還獨傷意。入室掩無光，銜哀寫虚位。凄凄動幽幔，寂寂驚寒吹。幼女復何知，時來庭下戲。咨嗟日復老，錯莫身如寄。家人勸我餐，對案空垂淚。

對芳樹

迢迢芳園樹，列映清池曲。對此傷人心，還如故時緑。風條灑餘靄，露葉承新旭。佳人不再攀，下有往來躅。

月夜

皓月流春城，華露積芳草。坐念綺窗空，翻傷清景好。清景終若斯，傷多人自老。

龍門遊眺

鑿山導伊流，中斷若天闕。都門遥相望，佳氣生朝夕。素懷出塵意，適有携手客。精舍達層阿，千龕鄰峭壁。緣雲路猶緬，憩澗鐘已寂。花樹發煙華，淙流散石脈。長嘯招遠風，臨潭漱金碧。日落望都城，人間何役役。

觀田家

微雨衆卉新，一雷驚蟄始。田家幾日閑，耕種從此起。丁壯俱在野，場圃亦就理。歸來景常晏，飲犢西澗水。饑劬不自苦，膏澤且爲喜。倉廩無宿儲，徭役猶未已。方慙不耕者，禄食出閭里。

韋詩至處，每在澹然無意，所謂天籟也。

春遊南亭

川明氣已變，巖寒雲尚擁。南亭草心緑，春塘泉脈動。景煦聽禽響，雨餘看柳重。逍遥池館華，益媿專城寵。

遊溪

野水煙鶴唳，楚天雲雨空。玩舟清景晚，垂釣緑蒲中。落花飄旅衣，歸流澹清風。佳句。緣源不可極，遠樹但青蔥。

遊開元精舍

夏衣始輕體，遊步愛僧居。果園新雨後，香臺照日初。緑陰生晝静，孤花表春餘。符竹方爲累，形迹一來疎。

東郊

吏舍跼終年，出郊曠清曙。楊柳散和風，青山澹吾慮。依叢適自憩，緣澗還復去。微雨靄芳原，春鳩鳴何處。樂幽心屢止，遵事迹猶遽。終罷斯結廬，慕陶真可庶。

神静師院

青苔幽巷徧，新林露氣微。經聲在深竹，高齋獨掩扉。憩樹愛嵐嶺，聽禽悦朝暉。方耽静中趣，自與塵事違。

藍嶺精舍

石壁精舍高，排雲聊直上。佳游愜始願，忘險得前賞。崖傾景方晦，谷轉川如掌。緑林含蕭條，飛閣起弘敞。道人上方至，深夜還獨往。日落群山陰，天秋百泉響。所嗟累已成，安得長偃仰。

澄秀上座院

繚繞西南隅，鳥聲轉幽静。秀公今不在，獨禮高僧影。林下器未收，何人適煮茗。

幽居

貴賤雖異等，出門皆有營。獨無外物牽，遂此幽居情。微雨夜來過，不知春草生。青山忽已曙，鳥雀繞舍鳴。時與道人偶，或隨樵者行。自當安蹇劣，誰謂薄世榮。

不須談理，理趣自足。

秋夜

暗窗涼葉動，秋天寢席單。憂人半夜起，明月在林端。一與清景遇，每憶平生歡。不堪。如何方惻愴，披衣露更寒。

種藥

好讀神農書，多識藥草名。持縑購山客，移蒔羅衆英。不改幽澗色，宛如此地生。汲井既蒙澤，插楥亦扶傾。陰穎夕房斂，陽條夏花明。悦玩從兹始，日夕繞庭行。州民自寡訟，養閒非政成。

采玉行

官府徵白丁，言采藍谿玉。絶嶺夜無家，深榛雨中宿。獨婦餉糧還，哀哀舍南哭。

苦語，妙在以簡出之。

李　端

古别離

水國葉黄時，洞庭霜落夜。行舟問商賈，宿在楓林下。此地送君還，茫茫似夢間。後期知幾日，前路轉多山。巫峽通湘浦，迢迢隔雲雨。天晴見海檣，日落聞津鼓。人老自多愁，水深難急流。清宵歌一曲，白首對汀洲。

留别柳仲庸

惆悵流水時，蕭條背城路。離人出古亭，嘶馬入寒樹。江海正風波，相逢在何處。

燕城

昔人登此地，丘壟已前悲。今日又非昔，春風能幾時。風吹城上樹，草没城邊路。城裏月明時，精靈自來去。

明遠賦意，能以數言概括。

李希仲

薊門行

身救邊速，降火連薊門。前軍飛鳥落，格鬥塵沙昏。寒入鼓鼙急，單于將夜奔。當須狥忠節，身死報國恩。

可希老杜。

李益

觀回軍

行行上隴頭，隴月暗悠悠。萬里將軍没，回旍隴戍秋。誰令嗚咽水，重入故營流。

入南山至全師蘭若

木隕水歸壑，寂然無念心。枯禪語。南行有真子，被褐息山陰。石路瑶草散，松門寒景深。吾師亦何授，自起定中吟。

權德輿

月夜江行

扣舷不能寐，浩露清衣襟。彌傷孤舟夜，遠結萬里心。幽興惜瑤草，素懷寄鳴琴。三奏月初上，寂寥寒江深。

韓　愈

材大者，聲色不動，指顧自如。太白妙于神行，昌黎不免有蹶張之病矣。要之，意規於正，雅道猶存，故略存數章，以見風概。

善使才者，當留其不盡。昌黎詩每以好盡失之，所以高於元白者，規模濶大，骨格整頓也。汰其長篇，依然古格。

秋懷

離離挂空悲，戚戚抱虛警。露泫秋樹高，蟲弔寒夜永。斂退就新懦，趨營悼前猛。歸愚識夷途，汲古得修綆。名浮猶有恥，味薄真自幸。庶幾遺悔尤，即此是幽屏。

今晨不成起，端坐盡日景。蟲鳴室幽幽，月吐窗冏冏。衷懷若迷方，浮念劇含梗。塵埃慵伺候，文字浪馳騁。尚須勉其頑，王事有朝請。

《前漢書》，吴王濞使人爲秋請。春曰朝，秋曰請。

齪齪

齪齪當世士，所憂在飢寒。但見賤者悲，不聞貴者歡。大賢事業異，遠抱非俗觀。報國心皎潔，念時涕汍瀾。妖姬坐左右，柔指發哀弹。酒殽雖日陳，感激寧爲歡。秋陰欺白石，泥潦不少乾。河堤決東郡，老弱隨驚湍。天意固有屬，誰能詰其端。願辱太守薦，得充諫諍官。排雲叫閶闔，披腹呈琅玕。致君豈無術，自進誠獨難。

縣齋讀書

出宰山水縣，讀書松桂林。蕭條捐末事，邂逅得初心。哀狖醒俗耳，清泉潔塵襟。詩成有共賦，酒熟無孤斟。青竹時垂釣，白雲日幽尋。南方本多毒，北客恒懼侵。謫譴甘自守，滯留媿難任。投書類縞帶，佇答逾兼金。

送石處士赴河陽幕

長把種樹書，人云避世士。忽騎將軍馬，自云報恩子。風雲入壯懷，泉石別幽耳。鉅鹿師欲老，常山險猶恃。豈惟彼相憂，固是吾徒恥。去去事方急，酒行可以起。

即序中所云『不告于妻子，不謀于朋友』也。中帶諷意，合看《寄盧仝詩》愈見。

送湖南李正字歸

長沙入楚深，洞庭值秋晚。人隨鴻雁少，江共蒹葭遠。歷歷余所經，悠悠子當返。孤遊懷耿介，旅宿夢婉婉。風土稍殊音，魚蝦日異飯。親交俱在此，誰與同息偃。

昌黎五言，難得此清遠之格。

瀧吏

南行逾六旬，始下樂昌瀧。險惡不可狀，船石相舂撞。往問瀧頭吏，潮州尚幾里。行當何時至，土風復何似。瀧吏垂手笑，官何問之愚。譬官居京邑，何由知東吴。東吴遊宦鄉，官知自有由。潮州底處所，有罪乃竄流。儂幸無負犯，何由到而知。官今行自到，那遽妄問爲。不虞卒見困，汗出媿且駭。吏曰聊戲官，儂嘗使往罷。嶺南大抵同，官去道苦遼。下此三千里，有州始名潮。惡溪瘴毒聚，雷電常洶洶。鱷魚大于船，牙眼怖殺儂。州南數十里，有海無天地。颶風有時作，掀簸真差事。聖人于天下，于物無不容。比聞此州囚，亦有生還儂。官無嫌此州，固罪人所徙。官當明時来，事不待説委。官不自謹慎，宜即引分往。胡爲此水邊，神色久懺慌。缸大瓶甖小，所任自有宜。官胡不自量，滿溢以取斯。工農雖小人，事業各有守。不知官在朝，有益國家否。得毋虱其間，不武亦不文。仁義飾其躬，巧姦敗群倫。借吏言以規諷，主意在此。叩頭謝吏言，始慙今更羞。歷官二十餘，國恩並未酬。凡吏之所呵，嗟實頗有之。不即金木誅，敢不識恩私。潮州雖云遠，雖惡不可過。于身實已多，敢不持自賀。

《商君》二十六篇，大率以仁、義、禮、樂爲虱官，曰『六虱成俗，兵必大敗』。音節氣味得之漢人樂府，韓詩中推爲别調。

孟郊

東野詩亦從風騷中出，特其意象孤峻，元氣不無斷削耳。元遺山云：『東野窮愁死不休，高天厚地一詩囚。』毋乃太過乎。

列女操

梧桐相待老，鴛鴦會雙死。貞婦貴狥夫，捨生亦如此。波瀾誓不起，妾心古井水。

作貞女詩，不得不斬絶。張文昌《節婦吟》，語意恬縟，至云『感君纏綿意，繫在紅羅襦』，復成底語？

遊子吟

慈母手中線，遊子身上衣。臨行密密縫。意恐遲遲歸。誰言寸草心，報得三春暉。

真風雅，妙處不落思議。

静女吟

艷女皆妒色，静女獨檢蹤。任禮耻任粧，稼德不嫁容。君子易求聘，小人難自從。此志與誰諒，琴絃幽韻重。

遊終南

南山塞天地，日月石上生。高峰夜留景，深谷晝未明。山中人自正，路險心亦平。長風驅松柏，聲拂萬壑清。即此悔讀書，朝朝近浮名。

鑿空出險語。

趙記室儆在職無事

卑静身後老，高動物先摧。方圜水任器，剛勁木成灰。大道母群物，達人腹衆才。似子書中名語。時吟堯舜篇，心向無爲開。彼隱山萬曲，我隱酒一杯。公庭何所有，日日清風來。

『彼隱山萬曲』二句不稱。

上河陽李大夫

上將秉神略，至兵無猛威。三軍當嚴冬，一撫勝重衣。霜劍奪衆景，夜星失長輝。蒼鷹獨立時，惡鳥不敢飛。武牢鎖天關，河橋紐地機。大軍奚以安，守此稱者稀。貧士少顔色，貴門多輕肥。試登山岳高，方見草木微。山岳恩豈廣，草木心皆歸。

柳宗元

柳柳州長于哀怨，得騷之餘意。

初秋夜坐贈吴武陵

稍稍雨侵竹，翻翻鵲驚叢。美人隔湘浦，一夕生秋風。風神積霧杳難極，滄波浩無窮。相思豈云遠，即席莫與同。若人抱奇音，朱絃緪古桐。清商激西顥，泛灩淩長空。自得本無作，天成諒非功。希聲閟大樸，聾俗何由聰。

晨詣超師院讀禪經

汲井漱寒齒，清心拂塵服。閒持貝葉書，步出東齋讀。真源了無取，妄迹世所逐。遺言冀可冥，繕性何由熟。道人庭宇静，苔色連深竹。日出霧露餘，青松如膏沐。澹然離言説，怡悦心自足。

贈江華長老

老僧道機熟，默語心皆寂。去歲别春陵，沿流此投迹。室空無侍者，巾屨唯挂壁。一飯不願餘，跏趺便終夕。風窗疎竹響，露井寒松滴。偶地即安居，滿庭芳草積。

南磵中題

秋氣集南磵，獨遊亭午時。迴風一蕭瑟，林影久參差。始至若有得，稍深遂忘疲。爲學、仕宦，亦如是觀。羈禽響幽谷，寒藻舞淪漪。去國魂已遠，懷人淚空垂。孤生易爲感，失路少所宜。

索寞竟何事，徘徊秖自知。誰爲後來者，當與此心期。

語語是獨遊。東坡謂柳儀曹《南磵》詩，憂中有樂，妙絶古今，得其旨矣。

與崔策登西山

鶴鳴楚山静，露白秋江曉。連袂渡危橋，縈迴出林杪。西岑極遠目，豪末皆可了。重疊九疑高，微茫洞庭小。迴窮兩儀際，高出萬象表。馳景泛頹波，遥風遞寒篠。謫居安所習，稍厭從紛擾。生同胥靡遺，壽等彭鏗夭。蹇連困顛踣，愚蒙怯幽眇。非令親愛疎，誰使心神悄。偶兹遁山水，得以觀魚鳥。吾子幸淹留，緩我愁腸繞。

旦攜謝山人至愚池

新沐换輕幘，曉池風露清。自諧塵外意，況與幽人行。霞散衆山迴，天高數雁鳴。機心付當路，聊適羲皇情。

獨覺

覺来牕牖空，寥落雨聲曉。良遊怨遲暮，末事驚紛擾。爲問經世心，古人誰盡了。

溪居

久爲簪組累，幸此南夷謫。閒依農圃鄰，偶似山林客。曉耕翻露草，夜榜響溪石。来往不逢人，長歌楚天碧。

愚溪諸詠，處連蹇困厄之境，發清夷澹泊之音。不怨而怨，怨而不怨，行間言外，時或遇之。

夏初雨後尋愚溪

悠悠雨初霽，獨繞清溪曲。引杖試荒泉，解帶圍新竹。沉吟亦何事，寂寞固所欲。幸此息營營，嘯歌静炎燠。

秋曉行南郭經荒邨

杪秋霜露重，晨起行幽谷。黄葉覆溪橋，荒村唯古木。寒花久寂歷，幽泉微斷續。機心久已忘，何事驚麋鹿。

雨後曉行獨至愚溪北池

宿雲散洲渚，曉日明村塢。高樹臨春池，風驚夜来雨。予心適無事，偶此成賓主。

中夜起望西園值月上

覺聞繁露墜，開户臨西園。寒月上東嶺，泠泠疎竹根。石泉遠逾響，山鳥時一喧。倚楹遂至日，寂寞將何言。

湘岸移木芙容植龍興精舍

有美不自蔽，安能守孤根。遷謫後有得語。盈盈湘西岸，秋至風露繁。麗影别寒水，穠芳委前軒。芰荷諒難雜，反此生高原。

禪堂

發地結青茅，團團抱虚白。山花落幽户，中有忘機客。涉有本非取，照空不待析。萬籟俱緣生，窅然喧中寂。心境本同如，鳥飛無遺迹。

苦竹橋

危橋屬幽徑，繚繞穿疎林。迸籜分苦節，輕筠抱虚心。俯瞰涓涓流，仰聆蕭蕭吟。参差下煙日，嘲哳鳴山禽。諒無要津用，棲息有餘陰。

田家

蓐食狗所務，驅牛向東阡。雞鳴村巷白，夜色歸墓田。札札耒耜聲，飛飛来烏鳶。竭兹筋力事，持用窮歲年。盡輪助徭役，聊就空自眠。子孫日已長，世世還復然。

籬落隔煙火，農談四鄰夕。庭際秋蟲鳴，疎麻方寂歷。蠶絲盡輸税，機杼空倚壁。里胥夜經過，雞黍事筵席。各言官長峻，文字多督責。東鄉後租期，車轂陷泥澤。公門少推恕，鞭朴恣狼籍。努力慎經營，肌膚真可惜。迎新在此歲，唯恐踵前迹。

古道饒蒺藜，縈迴古城曲。蓼花被隄岸，陂水寒更渌。是時收穫竟，落日多樵牧。風高榆柳疎，霜重梨棗熟。行人迷去住，埜鳥競棲宿。田翁笑相念，昏黑慎原陸。今年幸小□〔一〕，無厭饘與粥。

校記

〔一〕原板闕字。《全唐詩》卷三百五十三此句作『今年幸少豐』。

掩役夫張進骸

生死悠悠爾，一氣聚散之。偶来紛喜怒，奄忽已復辭。爲役執賤辱，爲貴非神奇。一朝纊息定，枯朽無妍媸。生時勤皂櫪，剉秣不告疲。既死給槥櫝，葬之東山基。奈何值奔湍，蕩析臨路垂。髐然暴百骸，散亂不復支。從者幸告予，睠睠潛然悲。猫虎獲迎祭，犬馬有盖帷。佇立唁爾魂，豈復識此爲。畚鍤載埋瘞，溝瀆護其危。我心得所安，不謂爾有知。掩骼著春令，兹焉適其時。及物非吾輩，聊且顧爾私。

唐詩宗卷五 七言古

長洲沈德潛碻士選　門人盧鉉鼎臣手録

王勃

滕王閣

滕王高閣臨江渚，佩玉鳴鑾罷歌舞。畫棟朝飛南浦雲，朱簾暮捲西山雨。閒雲潭影日悠悠，物换星移幾度秋。閣中帝子今何在，檻外長江空自流。

工麗中自饒感愴。

李嶠

汾陰行

君不見，昔日西京全盛時，汾陰后土親祭祠。齋宫宿寢設厨供，撞鐘伐鼓樹羽旂。漢家四葉才且雄，賓筵萬靈服九戎。柏梁賦詩高宴罷，詔書法駕幸河東。河東太守親掃除，奉迎至尊導鑾輿。五營將校列容衛，三河縱觀空里閭。回旌駐蹕降靈場，焚香奠醑邀百祥。金鼎發食正焜煌，靈衹煒燁攄景光。埋玉陳牲禮神畢，舉麾上馬乘輿出。彼汾之曲嘉可遊，杏蘭爲楫桂爲舟。棹歌微吟綵鷁浮，簫鼓哀鳴白雲秋。歡娱宴洽賜群后，家家復除户牛酒。聲名動天樂無有，千秋萬歲南山壽。自從天子向秦關，玉輦金輿不復還。珠簾羽帳長寂莫，鼎湖龍髯安可攀。千齡人事一朝空，四海爲家此路窮。雄豪意氣今何在，壇場宫館盡蒿蓬。路逢故老長歎息，世事回還不可測。昔時青樓對歌舞，今日黄埃聚荆棘。山川滿目淚沾衣，富貴榮華能幾時。不見只今汾水上，唯有年年秋雁飛。

沈佺期

古歌

落葉流風向玉臺，夜寒秋思洞房開。水晶簾外金波下，雲母窗前銀漢回。玉階陰陰苔蘚色，君王履綦難再得。璇閨窈窕秋夜長，綉户徘徊秋月光。燕姬綵帳芙蓉色，秦女金爐蘭麝香。北斗七星横夜半，清歌一曲斷君腸。

入少密谿

雲峰苔壁遶谿斜，江路香風夾岸花。樹密不嫌通鳥道，雞鳴始覺有人家。人家更在深巖口，澗水週流宅前後。遊魚瞥瞥雙釣童，伐木丁丁一樵叟。自言避喧非避秦，薜衣耕鑿帝堯人。相留且待雞黍熟，夕卧深山蘿月春。

宋之問

寒食陸渾别業

洛陽城裏花如雪，陸渾山中今始發。旦别河橋楊柳風，夕卧伊川桃李月。伊川桃李正芳新，寒食山中酒復春。野老不知堯舜力，酣歌一曲太平人。

寒食江州滿塘驛

去年上巳洛橋邊，今年寒食廬山曲。遥憐鞏樹花應滿，復見吴洲艸新緑。吴洲春艸蘭杜芳，感物思歸懷故鄉。驛騎明朝發何處，猿聲今夜斷君腸。

至端州驛見杜五審言、沈三佺期、閻五朝隱、王二無競題壁，慨然成詠

逐臣北地承嚴譴，謂到南中每相見。豈意南中岐路多，千山萬水分鄉縣。雲摇雨散各翻飛，海濶天長音信稀。處處山川同瘴癘，自憐能得幾人歸。

苦語仍復婉曲。

七言短古，此爲正聲。

明河篇

八月凉風天氣清，萬里無雲河漢明。昏見南樓清且淺，曉落西山縱復横。洛陽城闕天中起，長河夜夜千門裏，複道連甍共蔽虧，畫堂瓊户特相宜。雲母帳前初汎濫，水晶簾外轉逶迤。倬彼昭回如練白，復出東城接南陌。南陌征人去不歸，誰家今夜搗寒衣。鴛鴦機上踈螢度，烏鵲橋邊一雁飛。雁飛螢度愁難歇，坐見明河漸微没。已能舒卷任浮雲，不惜光輝讓流月。明河可望不可親，願得乘槎一問津。更將織女支機石，還訪成都賣卜人。

郭振

古劍篇

君不見，昆吾鐵冶飛炎烟，紅光紫氣俱赫然。良工鍜鍊凡幾年，鑄得寶劍名龍泉。龍泉顔色如霜雪，良工咨嗟歎奇絶。琉璃玉匣吐蓮花，錯鏤金鐶生明月。正逢天下無風塵，幸得周防君子身。精光黯黯青蛇色，文章片片緑龜鱗。非直結交遊俠子，亦曾親近英雄人。何言中路遭棄捐，零落飄淪古獄邊。雖復沉埋無所用，猶能夜夜氣衝天。

杜詩云『高詠《寶劍篇》，神交付冥漢』，謂此詩也。

陳子昂

登幽州臺歌 不另列雜言一體，因附七言古内。

前不見古人，後不見來者。念天地之悠悠，獨愴然而涕下。

灝氣渾淪，居然漢魏！登高時，實有此想。

鄴都引

君不見，魏武草創争天禄，群雄睚眦相馳逐。晝携壯士破堅陣，夜接詞人賦華屋。都邑繚繞西山陽，桑榆漫漫漳河曲。城郭爲墟人代改，但見西園明月在。鄴傍高塚多貴臣，蛾眉曼睩共灰塵。試上銅臺歌舞處，唯有秋風愁殺人。

聲調漸響，去王、楊、盧、駱體遠矣。『草創』二字，居然史筆。『晝攜壯士』二句，叙得簡老。

孫　逖

春日留别

春路逶迤花柳前，孤舟晚泊就人烟。東山白雲不可見，西陵江月夜娟娟。春江夜盡潮聲度，征帆遥從此中去。越國山川看漸無，可憐愁思江南樹。

司馬承禎

答宋之問

時既暮兮節欲春，山林寂兮懷幽人。登奇峰兮望白雲，悵緬邈兮象欲紜。白雲悠悠去不返，寒風颼颼吹日晚。不見其人誰與言，歸坐彈琴思逾遠。

以上一十三篇，誌初唐入盛之漸。

李白

太白七言古想落天外，局自變生。大江無風，波浪自湧，白雲從空，隨風變滅。此殆天授，非人可及！集中如《笑矣乎》、《悲來乎》、《懷素草書歌》等作，皆五代凡庸子所擬，後人無識，將此種入選，嗸訿者指太白爲粗浅人作俑矣。讀李詩者，于雄快之中，得其深遠宕逸之神，才是謫仙人面目。

遠別離

遠別離，古有英皇之二女，乃在洞庭之南，瀟湘之浦。海水直下萬里深，誰人不言此離苦。日慘慘兮雲冥冥，猩猩啼煙兮鬼嘯雨，我縱言之將何補。皇穹竊恐不照余之忠誠，雲憑憑兮欲吼怒。堯舜當之亦禪禹，君失臣兮龍爲魚，權歸臣兮鼠變虎。或言堯幽囚，舜野死。九疑連緜皆相似，重瞳孤墳竟何是。帝子泣兮緑雲間，隨風波兮去無還。慟哭兮遠望，見蒼梧之深山。蒼梧山崩湘水絶，竹上之淚乃可滅。

中有欲言不可明言處，故托弔古以攄之。屈折反覆，《離騷》之旨。必求其説以寔之，則鑿矣。

蜀道難

噫吁嚱，危乎高哉！蜀道之難，難于上青天。蠶叢及魚鳬，開國何茫然。爾來四萬八千歲，不與秦塞通人煙。西當太白有鳥道，可以横絶峨眉巓。地崩山摧壯士死，然後天梯石棧相鈎連。上有六龍迴日之高標，下有衝波逆折之迴川。黄鶴之飛尚不得過，猿猱欲度愁攀援。青泥何盤盤，百步九折縈巖巒。捫參歷井仰脅息，以手撫膺坐長歎。問君西遊何時還，畏途巉巖不可攀。但見悲鳥號古木，雄飛雌從繞林間。又聞子規啼夜月，愁空山。蜀道之難，難於上青天，使人聽此凋朱顔。連峰去天不盈尺，枯松倒挂倚絶壁。飛湍瀑流争喧豗，砯崖轉石萬壑雷。其險也若此，嗟爾遠道之人，胡爲乎來哉。總束一語，千鈞筆力。劍閣崢嶸而崔嵬，一夫當關，萬夫莫開。所守或匪親，化爲狼與豺。朝避猛虎，夕避長蛇。磨牙吮血，殺人如麻。錦城雖云樂，不如早還家。主意。蜀道之難，難於上青天，側身西望長咨嗟。

諸解紛紛。蕭士贇謂禄山亂華，天子幸蜀而作，今按『所守或匪親』數語，似爲得之臣子忠愛之辭，不比尋常穿鑿。筆陣縱横，如虯飛蠖動，起雷霆於指顧之間。任華、盧仝輩適得其怪耳。太白所以爲仙才也。

烏夜啼

黄雲城邊烏欲棲，歸飛啞啞枝上啼。機中織錦秦川女，碧紗如煙隔窗語。停梭悵然憶遠人，獨宿空房淚如雨。

蘊含深遠，不須語言之煩。

烏棲曲

姑蘇臺上烏棲時，吴王宫裏醉西施。吴歌楚舞歡未畢，青山欲銜半邊日。銀箭金壺漏水多，起看秋月墜江波。東方漸高奈樂何！

末言爲樂難久也，綴一單句，格奇。

戰城南

去年戰桑乾源，今年戰葱河道。洗兵條支海上波，放馬天山雪中艸。萬里長征戰，三軍盡衰老。匈奴以殺戮爲耕作，古来惟見白骨黄沙田。秦家築城備胡處，漢家還有烽火然。烽火然不息，征戰無已時。野戰格鬬死，敗馬嘶鳴向天悲。烏鳶啄人腸，銜飛上挂枯樹枝。士卒塗□〔一〕莽，將軍空爾爲。乃知兵者是凶器，聖人不得已而用之。

端莊語，以摇曳出之。

校記

〔一〕此字空板。《李太白全集》卷二此句作『士卒塗草莽』。

飛龍引

黄帝鑄鼎于荆山，煉丹砂。丹砂成黄金，騎龍飛上太清家。雲愁海思令人嗟，宫中綵女顏如花。飄然揮手凌紫霞，從風縱體登鑾車。登鑾車，侍軒轅。遨遊青天中，其樂不可言。

鼎湖流水清且閒，軒轅去時有弓劍。古人傳道留其間，後宫嬋娟多花顏。乘鸞飛烟去不還，騎龍攀天造天關。造天關，聞天語，長雲河車載玉女。載玉女，過紫皇，紫皇乃賜白兔所擣之藥方。後天而老凋三光，下視瑶池見王母，蛾眉蕭颯如秋霜。

長相思

長相思，在長安。絡緯秋啼金井闌，微霜淒淒簟色寒。孤燈不明思欲絶，卷帷望月空長歎，美人如花隔雲端。麗句。上有青冥之長天，下有緑水之波瀾。天長路遠魂飛苦，夢魂不到關山難。長相思，摧心肝。

日色欲盡花含煙，月明欲素愁不眠。趙瑟初停鳳凰柱，蜀琴欲奏鴛鴦弦。此曲有意無人傳，願隨春風寄燕然。憶君迢迢隔青天，昔時横波目，今作流淚泉。不信妾腸斷，歸來看取明鏡前。

思而不怨。

上留田行

行至上留田，孤墳何崢嶸。積此萬古恨，春草不復生。悲風四邊來，腸斷白楊聲。借問誰家地，埋没蒿里塋。古老向余言，言是上留田，蓬科馬鬣皆已平。昔之弟死兄不葬，他人於此舉銘旌。一鳥死，百鳥鳴。一獸走，百獸驚。桓山之禽別離苦，欲去回翔不能征。田氏倉卒骨肉分，青天白日摧紫荆。交柯之木本同形，東枝顦顇西枝榮。無心之物尚如此，參商胡乃尋天兵。孤竹延陵，讓國揚名。高風緜邈，頹波激清。尺布之謡，塞耳不能聽。

促節繁音，如聞樂章之亂。

夷則格上白鳩拂舞辭

鏗鳴鐘，考朗鼓。歌白鳩，引拂舞。白鳩之白誰與鄰，霜衣雪襟誠可珍，含哺七子能平均。食不噎，性安馴。首農政，鳴陽春。天子刻玉杖，鏤形賜耆人。白鷺之白非純真，外潔其色心非仁。闕五德，無司晨，胡爲啄我葭下之紫鱗。鷹鸇鵰鶚，貪而好殺。鳳皇雖大聖，不願以爲臣。

獨漉篇

獨漉水中泥，水濁不見月。不見月尚可，水深行人没。越鳥從南來，胡鷹亦北渡。我欲彎弓向天射，惜其中道失歸路。落葉別樹，飄零隨風。客無所托，悲與此同。羅幃舒卷，似有人開。

明月直入，無心可猜。雄劍挂壁，時時龍鳴。不斷犀象，繡澀苔生。國恥未雪，何由成名。神鷹夢澤，不顧鴟鳶。爲君一擊，鵬摶九天。

登高丘而望遠海

登高丘，望遠海。六鼇骨已霜，三山流安在。扶桑半摧折，白日沉光彩。銀臺金闕如夢中，秦皇漢武空相待。精衛費木石，黿鼉無所憑。君不見，驪山茂陵盡灰滅，牧羊之子來攀登。盜賊劫寶玉，精靈竟何能。窮兵黷武今如此，鼎湖飛龍安可乘。

楊叛兒

君歌楊叛兒，妾勸新豐酒。何許最關人，烏啼白門柳。烏啼隱楊花，君醉留妾家。博山爐中沉香火，雙烟一氣淩紫霞。

即《子夜》、《讀曲》意，而語不嫚褻，故知君子言有則也。

白頭吟

錦水東北流，波蕩雙鴛鴦。雄巢漢宮樹，雌弄秦草芳。寧同萬死碎綺翼，不忍雲間兩分張。此時阿嬌正嬌妒，獨坐長門愁日暮。但願君恩顧妾深，豈惜黄金買詞賦。相如作賦得黄金，丈夫好新多異心。一朝將聘茂陵女，文君因贈《白頭吟》。東流不作西歸水，落花辭條羞故林。兔絲固無情，隨風任傾倒。誰使女蘿枝，而來强縈抱。兩艸猶一心，人心不如草。莫卷龍鬚席，從他生網絲。且留琥珀枕，或有夢來時。覆水再收豈滿杯，棄妾已去離重迴。古來得意不相負，祇今唯見青陵臺。

信手寫來無不入妙。

隨題感興耳，後人欲扭入明皇廢王皇后事，支離無謂。

採蓮曲

若耶溪旁採蓮女，笑隔荷花共人語。日照新粧水底明，風飄香袂空中舉。岸上誰家遊冶郎，三三五五映垂楊。紫騮嘶入落花去，見此踟躕空斷腸。

久别離

别來幾春未還家，玉窗五見櫻桃花。况有錦字書，開緘使人嗟。至此腸斷彼心絶。雲鬟緑鬢罷梳結，愁如迴飈亂白雪。去年寄書報陽臺，今年寄書重相催。東風兮東風，爲我吹行雲使西來。待來竟不來，落花寂寂委青苔。

日出入行

日出東方隈，似從地底來。歷天又入海，六龍所舍安在哉。其始與終古不息，人非元氣，安得與之久徘徊。草不謝榮於春風，木不怨落於秋天。誰揮鞭策驅四運，萬物興歇皆自然。羲和，羲和，汝何汨没於荒淫之陂。魯陽何德，駐景揮戈。逆天違道，矯誣實多。我將囊括大塊，與溟涬同科。

幽澗泉

拂彼白石，彈我素琴。幽澗愀兮流泉深。善手明徽，高張清心。寂歷兮似千古松，颼飀兮萬尋。中見愁猿弔影而危處兮，叫秋木而長吟。客有哀時失職而聽者，淚淋浪以沾襟。乃緝商綴羽，潺湲成音。吾但寫聲發情於妙指，殊不知此曲之古今。幽澗泉，鳴深林。

梁父吟

長嘯梁父吟，何時見陽春。君不見，朝歌屠叟辭棘津，八十西來釣渭濱。寧羞白髮照清水，逢時吐氣思經綸。廣張三千六百鈞，風期暗與文王親。大人虎變愚不測，當年頗似尋常人。君不見，高陽酒徒起草中，長揖山東隆凖公。入門不拜逞雄辨，兩女輟洗來趨風。東下齊城七十二，指揮楚漢如旋蓬。狂客落魄尚如此，何況壯士當群雄。吾欲攀龍見明主，雷公砰訇震天鼓。帝旁投壺多玉女，三時大笑開電光，倏爍晦冥起風雨。閶闔九門不可通，以額觸關閽者怒。白日不照我精誠，杞國無事憂天傾。猰貐磨牙競人肉，騶虞不折生草莖。手接飛猱搏雕虎，側足焦原未言苦。智者可卷愚者豪，世人見我輕鴻毛。力排南山三壯士，齊相殺之費二桃。吴楚弄兵無劇孟，亞夫咍爾爲徒勞。梁父吟，聲正悲。張公兩龍劍，神物合有時。風雲感會起屠釣，大人峴屼當安之。

『三千六百鈞』，或言地有三千六百軸，太公合天下而釣之，得與文王相遇也，此説頗通。

太白以氣勝，故拉雜使事，而不見其迹。若不善學之，恐意氣粗豪，雜出不倫矣，作詩不可不防其漸。

北風行

燭龍棲寒門，光耀猶旦開。日月照之何不及此，惟有北風怒號天上來。燕山雪花大如席，片片吹落軒轅臺。幽州思婦十二月，停歌罷笑雙蛾摧。倚門望行人，念君長城苦寒良可哀。別時提劍救邊去，遺此虎紋金鞞靫。中有一雙白羽箭，蜘蛛結網生塵埃。箭空在，人愁戰死不復迴。不忍見此物，焚之已成灰。黃河捧土尚可塞，北風雨雪恨難裁。

《淮南子》：八紘之外有八極，北極之山曰寒門。

「人愁戰死」，「愁」字，諸本誤作「今」字，從原本正之。

山人勸酒

蒼蒼雲松，落落綺皓。春風爾來爲阿誰，蝴蝶忽然滿芳草。秀眉霜雪顔桃花，骨清髓緑長美好。稱是秦時避世人，勸酒相歡不知老。各守麋鹿志，耻隨龍虎争。欻起佐太子，漢皇乃復驚。顧謂戚夫人，彼翁羽翼成。歸來商山下，泛若雲無情。舉觴酬巢由，洗耳何獨清。浩歌望嵩岳，意氣還相傾。

江上吟

木蘭之枻沙棠舟，玉簫金管坐兩頭。美酒尊中置千斛，載妓隨波任去留。仙人有待乘黄鶴，海客無心随白鷗。屈平詞賦懸日月，楚王臺榭空山丘。興酣落筆摇五嶽，詩成笑傲凌滄洲。功名富貴若常在，漢水亦應西北流。反結有力。

侍從宜春苑奉詔賦龍池柳色初青聽新鶯百囀歌

東風已緑瀛洲草，紫殿紅樓覺春好。池南柳色半青青，縈煙裊娜拂綺城。垂絲百尺掛雕楹，上有好鳥相和鳴，間關早得春風情。春風卷入碧雲去，千門萬户皆春聲。是時君王在鎬京，五雲垂暉耀紫清。仗出金宫隨日轉，天迴玉輦繞花行。始向蓬萊看舞鶴，還過茝若聽新鶯。新鶯飛繞上林苑，願入簫韶雜鳳笙。

《西都賦》：後宫則有茝若椒風。諸本作『茝石』者誤。應製詩有此，非仙才不能。

寄王屋山人孟大融

我昔東海上，勞山餐紫霞。親見安期公，食棗大如瓜。中年謁漢主，不愜還歸家。朱顔謝春暉，白髮見生涯。所期就金液，飛步登雲車。願随夫子天壇上，閑與仙人掃落花。

鳴皋歌送岑徵君 時梁園三尺雪，在清泠池作。

若有人兮思鳴皋，阻積雪兮心煩勞。洪河凌兢不可以徑度，冰龍鱗兮难容舠。邈仙山之峻極兮，闻天籟之嘈嘈。霜崖縞皓以合沓兮，若長風扇海湧滄溟之波濤。玄熊綠羆，舔談崟岌。危柯振石，駭膽慄魄，群呼而相號。疊四句，而以第五句爲一韻，四句之中又成二韻，變化已極。峰峥嵘而路絶，挂星辰于巖嶅。送君之歸兮，動鳴皋之新作。交鼓吹兮彈絲，觴清泠之池閣。君不行兮胡待，若反顧之黄鶴。掃梁園之群英，振大雅于東洛。巾征軒兮歷阻折，尋幽居兮越巘崿。盤白石兮坐素月，琴松風兮寂萬壑。望不見兮心氛氲，蘿冥冥兮霰紛紛。水横洞以下緑，波小聲而上聞。虎嘯谷而生風，龍藏溪而吐雲。寡鶴清唳，饑鼯頻呻。魂獨處此幽默兮，愀空山而愁人。鷄聚族以争食，鳳孤飛而無鄰。蝘蜓嘲龍，魚目混珍。嫫母衣錦，西施負薪。若使巢由桎梏於軒冕兮，亦奚異乎夔龍蹩躠於風塵。哭何苦而救楚，笑何誇而卻秦。吾誠不能學二子，沽名矯節以耀世兮，固將棄天地而遺身。白鷗兮飛來，長與君兮相親。

當塗趙炎少府粉圖山水歌

峨眉高極西出天，羅浮直與南溟連。名公繹思揮彩筆，驅山走海置眼前。滿堂空翠如可掃，赤城霞氣蒼梧煙。洞庭瀟湘意邈綿，三江七澤情洄沿。驚濤洶湧向何處，孤舟一去迷歸年。征帆不動亦不旋，飄如隨風落天邊。心搖目斷興難盡，幾時可到三山巔。西峰峥嶸噴流泉，橫石蹙水波潺湲。東崖合沓蔽輕霧，深林雜樹空芊綿。『綿』字，複韵。此中冥昧失晝夜，隱几寂聽無鳴蟬。長松之下列羽客，對坐不語南昌仙。南昌仙人趙夫子，妙年歷落青雲士。訟庭無事羅衆賓，杳然如在丹青裏。五色粉圖安足珍，真仙可以全吾身。若待功成拂衣去，武陵桃花笑殺人。

贈裴十四

朝見裴叔則，朗如行玉山。黄河落天走東海，萬里寫入胸懷間。自道所得。身騎白黿不敢度，金高南山買君顧。徘徊六合無相知，飄若浮雲且西去。《楚詞》：『乘白黿兮逐文魚。』

月下吟

金陵夜夜凉風發，獨上高樓望吴越。白雲映水摇空城，白露垂珠滴秋月。月下沉吟久不歸，古來相接眼中稀。解道澄江淨如練，令人長憶謝玄暉。

廬山謡寄盧侍御虚舟

我本楚狂人，狂歌笑孔丘。手持緑玉杖，朝别黄鶴樓。五岳尋仙不辭遠，一生好入名山遊。廬山秀出南斗傍，屏風九叠雲錦張，影落明湖青黛光。金闕前開二峰長，銀河倒挂三石梁。香爐瀑布遥相望，迴崖沓嶂凌蒼蒼。翠影紅霞映朝日，鳥飛不到吴天長。『長』字，複韵。登高壯觀天地間，大江茫茫去不還。黄雲萬里動風色，白波九道流雪山。好爲廬山謡，興因廬山發。閑窺石鏡清我心，謝公行處蒼苔没。早服還丹無世情，琴心三叠道初成。遥見仙人彩雲裏，手把芙容朝玉京。先期汗漫九垓上，願接盧敖遊太清。

金陵酒肆留别

風吹柳花滿店香，吴姬壓酒勸客嘗。金陵子弟來相送，欲行不行各盡觴。請君試問東流水，別意與之誰短長。

語不必深，寫情已足。

夢遊天姥吟留别

海客談瀛洲，煙波微茫信難求。越人道天姥，雲霓明滅或可睹。天姥連天向天横，勢拔五岳掩赤城。天台四萬八千丈，對此欲倒東南傾。我欲因之夢吴越，一夜飛度鏡湖月。已下皆言夢中所歷。湖月照我影，送我至剡溪。謝公宿處今尚在，緑水盪漾清猿啼。脚著謝公屐，身登青雲梯。半壁見海日，空中聞天雞。千巖萬轉路不定，迷花倚石忽已暝。熊咆龍吟殷巖泉，慄深林兮驚層巔。雲冥冥兮欲雨，水淡淡兮生煙。列缺霹靂，丘巒崩摧。洞天石扇，訇然中開。青冥浩盪不見底，日月照耀金銀臺。霓爲衣兮風爲馬，雲之君兮紛紛而來下。虎鼓瑟兮鸞迴車，仙之人兮列如麻。一路縱横變滅，恍恍惚惚，是夢境、是仙境。忽魂悸以魄動，恍驚起而長嗟。惟覺時之枕席，失向來之烟霞。世間行樂亦如此，古來萬事東流水。因夢遊推開，見世事皆成虛幻也。别君去時何時還，且放白鹿青崖間，須行即騎訪名山。安能摧眉折腰事權貴，使我不得開心顏。留别意只末路一點。

灞陵行送别

送君灞陵亭，灞水流浩浩。上有無花之古樹，下有傷心之春草。我向秦人問路岐，云是王粲南登之古道。古道連綿走西京，紫闕落日浮雲生。正當今夕斷腸處，黄鸝愁絶不忍聽。

宣城謝脁樓别校書叔雲

棄我去者，昨日之日不可留。亂我心者，今日之日多煩憂。長風萬里送秋雁，對此可以酣高樓。蓬萊文章建安骨，中間小謝又清發。俱懷逸興壯思飛，欲上青天攬日月。抽刀斷水水更流，舉杯消愁愁更愁。人生在世不稱意，明朝散髮弄扁舟。

涇溪東郡〔一〕寄鄭少府諤

我遊東亭不見君，沙上行將白鷺群。白鷺行時散飛去，又如雪點青山雲。欲往涇溪不辭遠，龍門蹙波虎轉眼。杜鵑花開春已闌，歸向陵陽釣魚晚。

校記

〔一〕郡，《李太白全集》、《全唐詩》皆作『亭』。

示金陵子

金陵城東誰家子，竊聽琴聲碧牕裹。落花一片天上來，隨人直度西江水。仙筆。楚歌吴語嬌不成，似能未能最有情。謝公正要東山妓，攜手林泉處處行。

春日獨坐寄鄭明府

鸞夢青青遊子悲，河堤弱柳鬱金枝。長條一拂春風去，盡日飄揚無定時。我在河南别離久，那堪坐此對窻牖。情人道來竟不來，何人共醉新豐酒。

王　維

送友人歸山歌

山寂寂兮無人，又蒼蒼兮多木。群龍兮滿朝，君何爲兮空谷。文寡和兮思深，道難知兮行獸。悦石上兮流泉，與松間兮艸屋。入雲中兮養雞，上山頭兮抱犢。神與棗兮如瓜，虎賣杏兮收穀。愧不才兮妨賢，嫌既老兮貪禄。誓觧印兮相從，何詹尹兮可卜。

《神仙傳》：董奉種杏數萬株，買杏者將穀一器置倉中，即自往取一器。若穀少杏多，有虎逐之。

山中人兮欲歸，雲冥冥兮雨霏霏。水驚波兮翠菅靡，白鷺忽兮翻飛，君不可兮褰衣。山萬重兮一雲，混天地兮不分。樹晻曖兮氣氛氲，猨不見兮空聞。忽山西兮夕陽。見東皐兮遠村。平蕪緑兮千里，眇惆悵兮思君。

『山萬重兮』以下，寫去後情事，如披畫圖。

隴頭吟

長城少年遊俠客，夜上戍樓看太白。隴頭明月尚臨關，隴上行人夜吹笛。關西老將不勝愁，駐馬聽之雙淚流。曾經大小百餘戰，麾下偏裨萬户侯。蘇武纔爲典屬國，節旄空落海西頭。

夷門歌

七國雄雌猶未分，攻城殺將何紛紛。秦兵益圍邯鄲急，魏王不救平原君。公子爲嬴停駟馬，執轡逾恭意逾下。亥爲屠肆鼓刀人，嬴乃夷門抱關者。非但慷慨獻奇謀，意氣兼將身命酬。向風刎頸送公子，七十老翁何所求。

洛陽女兒行

洛陽女兒對門居，纔可容顏十五餘。良人玉勒乘驄馬，侍女金盤膾鯉魚。畫閣朱樓盡相望，紅桃緑柳垂簷向。羅幃送上七香車，寶扇迎歸九華帳。狂夫富貴在青春，意氣驕奢劇季倫。自憐碧玉教歌舞，不惜珊瑚持與人。春窗曙滅九微火，九微片片飛花璅。戲罷曾無理曲時，粧成秖是薰香坐。城中相識盡繁華，日夜經過趙李家。誰憐越女顏如玉，貧賤江頭自浣紗。

結意況君子不遇也，與《西施咏》同一寄託。

老將行

少年十五二十時，步行奪取胡馬騎。射殺山中白額虎，肯數鄴下黄鬚兒。一身轉戰三千里，一劍曾當百萬師。漢兵奮迅如霹靂，虜騎奔騰畏蒺藜。衛青不敗由天幸，李廣無功緣數奇。自從棄置便衰朽，世事蹉跎成白首。昔時飛箭無全目，今日垂楊生左肘。路傍時賣故侯瓜，門前學種先生柳。蒼茫古木連窮巷，寥落寒山對虛牖。誓令疏勒出飛泉，不似潁川空使酒。賀蘭山下陣如雲，羽檄交馳日夕聞。節使三河募年少，詔書五道出將軍。試拂鐵衣如雪色，聊持寶劍動星文。願得燕弓射天將，耻令越甲鳴吾君。莫嫌舊日雲中守，猶堪一戰立功勳。

此種詩以隊仗勝，學詩者不能從李杜入，右丞常侍自有門逕可尋。《漢書·霍去病》，敢深入，軍亦有天幸，未嘗困絶。今指衛青，偶然誤用耳。『垂楊生左肘』，用《莊子》語，而意與莊亦别。賣瓜、種柳，極形容落莫。後半寫出據鞍顧盼意，不敢以衰老自廢也。

桃源行

漁舟逐水愛山春，兩岸桃花夾去津。坐看紅樹不知遠，行盡青溪不見人。山口潛行始隈隩，山開曠望旋平陸。遥看一處攢雲樹，近入千家散花竹。樵客初傳漢姓名，居人未改秦衣服。居人共住武陵源，還從物外起田園。月明松下房櫳静，日出雲中雞犬喧。驚聞俗客争來集，競引還家問都邑。平明閭巷掃花開，薄暮漁樵乘水入。初因避地去人間，及至成仙遂不還。峽裏誰知有人事，世中遥望空雲山。不疑靈境難聞見，塵心未盡思鄉縣。出洞無論隔山水，辭家終擬長遊衍。自謂經過舊不迷，安知峰壑今來變。當時只記入山深，青谿幾度到雲林。春來遍是桃花水，不辨仙源何處尋。

順文敘事，不須自出意見，而夷猶容與，令人味之不盡。

榆林郡歌

山頭棨栢林，山下泉聲傷客心。千里萬里春草色，黄河東流流不息。黄龍戍上遊俠兒，愁逢漢使不相識。

答張五弟

終南有茅屋，前對終南山。終年無客長閉關，終日無心長自閒。不妨飲酒復垂釣，君但能來相往還。

同崔傅答賢弟

洛陽才子姑蘇客，桂苑殊非故鄉陌。九江楓樹幾回青，一片揚州五湖白。揚州時有下江兵，蘭陵鎮前吹笛聲。夜火人歸富春郭，秋風鶴唳石頭城。周郎陸弟爲儔侶，對舞前谿歌《白紵》。曲几書留小史家，草堂棋賭山陰墅。衣冠若話外臺臣，先數夫君席上珍。更聞臺閣求三語，遥想風流第一人。

《漢書》，南郡張霸等起雲杜緑林，號下江兵。

寓踈蕩於隊仗之兵，此盛唐人身分。

崔　顥

七夕詞

長安城中月如練，家家此夜持針線。仙裾玉佩空自知，天上人間不相見。長信深陰夜轉幽，玉階金閣數螢流。班姬此夕愁無限，河漢三更看斗牛。

孟門行

黄雀銜黄花，翩翩傍簷隙。本擬報君恩，如何反彈射。金罍美酒滿座春，平原愛才多衆賓。滿堂盡是忠義士，何意得有讒諛人。諛言反覆那可道，能令君心不自保。北園新栽桃李枝，根株未固何轉移。成陰結實君自取，若問傍人那得知。

比體作結，委曲深婉，耐人尋味。『成陰結實』，即報恩之喻，刺讒之作渾厚乃爾。

孟浩然

夜歸鹿門歌

山寺鳴鐘晝已昏，漁梁渡頭争渡喧。人隨沙岸向江村，余亦乘舟歸鹿門。鹿門月照開烟樹，忽到龐公棲隱處。巖扉松逕長寂寥，唯有幽人自來去。

倏然絶塵。

丁仙芝

餘杭醉歌贈吴山人

曉幙紅襟燕，春城白項烏。只來梁上語，不向府中趨。城頭坎坎鼓聲曙，滿庭新種櫻桃樹。桃花昨夜撩亂開，當軒發色映樓臺。十千兑得餘杭酒，二月春城長命杯。酒後留君待明月，還將明月送君歸。

起四語，比。山人之高，宛然樂府。

儲光羲

登戲馬臺作

君不見，宋公杖鉞誅燕后，英雄踴躍爭趨走。小會衣冠呂梁壑，大徵甲卒碻磝口。天門神武樹元勳，九日茱萸饗六軍。泛泛樓船遊極浦，摇摇歌吹動浮雲。居人滿目市朝變，霸業猶存齊楚甸。泗水南流桐柏川，沂山北走瑯琊縣。滄海沉沉晨霧開，彭城烈烈秋風來。少年自言未得意，日暮蕭條登古臺。

張謂

贈喬林

去年上策不見收，今年寄食仍淹留。羨君有酒能便醉，羨君無錢能不憂。如今五侯不待客，羨君不入五侯宅。如今七貴方自尊，羨君不過七貴門。丈夫會應有知己，世上悠悠安足論。

兀傲之氣如見。

湖上對酒作

夜坐不厭湖上月，晝行不厭湖上山。眼前一尊又常滿，心中萬事如等閒。主人有黍萬餘石，濁醪數斗應不惜。即今相對不盡歡，别後相思復何益。茱萸灣頭歸路賒，願君且宿黄公家。風光若此人不醉，參差辜負東園花。

代北州老翁答

負薪老翁住北州，北望鄉關生客愁。自言老翁有三子，兩人已向黄沙死。如今小兒新長成，明年聞道又徵兵。定知此别必零落，不及相隨同死生。盡將田宅借鄰伍，且復伶俜去鄉土。在生本求多子孫，及有誰知更辛苦。近傳天子尊武臣，强兵直欲静胡塵。安邊自合有長策，何必流離中國人。

仁人之言。

王昌齡

城傍曲

秋風鳴桑條，艸白狐兔驕。邯鄲飲來酒未消，城北平原掣皂鵰。射殺空營兩騰虎，廻身卻月佩弓弰。

烏棲曲

白馬逐香車，黄昏入狹斜。柳樹烏争宿，爭枝未得飛上屋。東房少婦壻從軍，每聽烏啼知夜分。意在言外。

唐詩宗卷六 七言古

長洲沈德潛確士選　　門人盧鉉鼎臣手録

杜甫

少陵七言古，如建章之宫，千門萬户；如鉅鹿之戰，諸侯皆從壁上觀，膝行而前，不敢仰視；如大海之水，長風鼓浪，揚泥沙而舞，怪物靈蠢畢集。别於盛唐諸家，獨稱大宗。太白以高勝，少陵以大勝，執金鼓而抗顏行，後人那能鼎足。

兵車行

車轔轔，馬蕭蕭，行人弓箭各在腰。耶孃妻子走相送，塵埃不見咸陽橋。牽衣頓足攔道哭，哭聲直上干雲霄。道傍過者問行人，行人但云點行頻。或從十五北防河，便至四十西營田。去時里正與裹頭，歸來頭白還戍邊。邊庭流血成海水，武皇開邊意未已。微意在此。君不聞，漢家山東二百州，千村萬落生荆杞。縱有健婦把鋤犁，禾生隴畝無東西。況復秦兵耐苦戰，被驅不異犬與雞。長者雖有問，役夫敢伸恨。且如今年冬，未休關西卒。縣官急索租，租稅從何出。信知生男惡，反是生女好。生女猶得嫁比鄰，生男埋没隨百草。君不見，青海頭，古來白骨無人收。新鬼煩冤舊鬼哭，天陰雨溼聲啾啾。

設爲役夫問答之詞，聲音節奏，從樂府得來。以人哭始，以鬼哭終，照應在有意無意間，章法最奇。

高都護驄馬行

安西都護胡青驄，聲價欻然來向東。此馬臨陣久無敵，與人一心成大功。功成惠養隨所致，飄飄遠自流沙至。雄姿未受伏櫪恩，猛氣猶思戰場利。腕促蹄高如踣鐵，交河幾蹴曾冰裂。五花散作雲滿身，萬里方看汗流血。寫出神勇。長安壯兒不敢騎，走過掣電傾城知。青絲絡頭爲君老，何由卻出横門道。

《三輔黄圖》：長安城北出西頭第一門，名横門。横，音光。

結意馳驅于戰場，隱然爲老將寫照。

天育驃騎歌

吾聞天子之馬走千里，今之畫圖無乃是。是何意態雄且傑，駿尾蕭梢朔風起。毛爲綠縹兩耳黄，眼有紫焰雙瞳方。矯矯龍性合變化，卓立天骨森開張。伊昔太僕張景順，監牧攻駒閲清峻。遂令大奴守天育，別養驥子憐神駿。當時四十萬匹馬，張公歎其材盡下。目中無物，敢下此筆。故獨寫真傳世人，見之座右久更新。年多物化空形影，嗚呼健步無由騁。如今豈無騕褭與驊騮，時無王良伯樂死即休。

說破無味，語亦近粗。

醉時歌 贈廣文館博士鄭虔。

諸公袞袞登臺省，廣文先生官獨冷。甲第紛紛厭粱肉，廣文先生飯不足。先生有道出羲皇，先生有才過屈宋。德尊一代常坎軻，名垂萬古知何用。杜陵野客人更嗤，被褐短窄鬢如絲。日糴太倉五升米，時赴鄭老同襟期。得錢即相覓，沽酒不復疑。忘形到爾汝，痛飲真吾師。清夜沈沈動春酌，燈前細雨簷花落。但覺高歌有鬼神，焉知餓死填溝壑。悲壯。相如逸才親滌器，子雲識字終投閣。先生早賦歸去來，石田茅屋荒蒼苔。儒術於我何有哉，孔丘盜跖俱塵埃。不須聞此意慘愴，生前相遇且銜盃。

故作曠達語，而不平之意自在。

醉歌行 別從姪勤落第歸。

陸機二十作《文賦》，汝更小年能綴文。總角草書又神速，世上兒子徒紛紛。驊騮作駒已汗血，鷙鳥舉翮連青雲。詞源倒流三峽水，筆陣獨掃千人軍。只今年纔十六七，射策君門期第一。舊穿楊葉真自知，暫蹶霜蹄未爲失。偶然擢秀非難取，會是排風有毛質。汝身已見唾成珠，汝伯何由髮如漆。春光淡沲秦東亭，渚蒲芽白水荇青。風吹客衣日杲杲，樹攪離思花冥冥。酒盡沙頭雙玉瓶，衆賓皆醉我獨醒。乃知貧賤別更苦，吞聲躑躅涕淚零。

送別情景突然接入，關後人無限法門。醉歌意只用一點，與贈鄭作自別。

送孔巢父謝病歸遊江東兼呈李白

巢父掉頭不肯住，東將入海隨烟霧。詩卷長留天地間，釣竿欲拂珊瑚樹。深山大澤龍蛇遠，春寒□〔一〕陰風景暮。蓬萊織女迴雲車，指點虛無是征路。自是君身有仙骨，世上那得知其故。惜君只欲苦死留，富貴何如草頭露。蔡侯静者意有餘，清夜置酒臨前除。罷琴惆悵月照席，幾歲寄我空中書。南尋禹穴見李白，道甫問訊今何如。

起得飄忽。李杜多縹緲恍惚語，其原蓋出於《騷》。

校記

〔一〕此字空板，《杜工部集》、《全唐詩》此處皆爲「野」。

飲中八仙歌

知章騎馬似乘船，眼花落井水底眠。汝陽三斗始朝天，道逢麴車口流涎，恨不移封向酒泉。左相日興費萬錢，飲如長鯨吸百川，銜盃樂聖稱避賢。宗之瀟灑美少年，舉觴白眼望青天，皎如玉樹臨風前。蘇晋長齋繡佛前，醉中往往愛逃禪。李白一斗詩百篇，長安市上酒家眠，天子呼來不上船，自稱臣是酒中仙。張旭三盃草聖傳，脱帽露頂王公前，揮毫落紙如雲烟。焦遂五斗方卓然，高談雄辨驚四筵。

前不用起，後不用收，中間參差歷落。似八章，仍似一章，格法古未曾有。

曲江

自斷此生休問天，杜曲幸有桑麻田，故將移住南山邊。短衣匹馬隨李廣，看射猛虎終殘年。

貧交行

翻手作雲覆手雨，一語説得盡。紛紛輕薄何須數。君不見，管鮑貧時交，此道今人棄如土。

麗人行

三月三日天氣新，長安水邊多麗人。態濃意遠淑且真，肌理細膩骨肉勻。繡羅衣裳照暮春，蹙金孔雀銀麒麟。頭上何所有，翠微㔩葉垂鬢脣。背後何所見，珠壓腰衱穩稱身。就中雲幕椒房親，賜名大國虢與秦。紫駞之峰出翠釜，水精之盤行素鱗。犀筯厭飫久未下，鑾刀縷切空紛綸。黄門飛鞚不動塵，御厨絡繹送八珍。簫鼓哀吟感鬼神，賓從雜遝實要津。後來鞍馬何逡巡，當軒下馬入錦茵。楊花雪落覆白蘋，青鳥飛去銜紅巾。楊花、青鳥，隱語。炙手可熱勢絶倫，慎莫近前丞相嗔。

『態濃意遠』下倒插秦、虢，『當軒下馬』下倒插丞相，他人無此筆法。極言姿態服飾之美、飲食、音樂、賓從之盛，微指椒房，直言丞相。大意本《君子偕老》之詩，而風刺意較顯。

樂遊園歌 晦日，賀蘭楊長史筵醉中作。

樂遊古園崒森爽，煙綿碧草萋萋長。公子華筵勢最高，秦川對酒平如掌。長生木瓢示真率，更調鞍馬狂歡賞。青春波浪芙蓉園，白日雷霆夾城仗。閶闔晴開詄盪蕩，曲江翠幕排銀牓。拂水低佪舞袖翻，緣雲清切歌聲上。卻憶年年人醉時，只今未醉已先悲。數莖白髮那拋得，百罰深盃辭不辭。聖朝亦知賤士醜，一物自荷皇天慈。此身飲罷無歸處，獨立蒼茫自詠詩。

極歡宴時不勝身世之感！臨川《蘭亭記序》所云『情隨事遷，感慨係之』也。

渼陂行

岑參兄弟皆好奇，攜我遠來游渼陂。天地黤慘忽異色，波濤萬頃堆琉璃。琉璃汗漫泛舟入，事殊興極憂思集。鼉作鯨吞不復知，惡風白浪何嗟及。主人錦帆相爲開，舟子喜甚無氛埃。鳧鷺散亂棹謳發，絲管啁啾空翠來。沉竿續縵深莫測，菱葉荷花静如拭。宛在中流渤澥清，下歸無極終南黑。半陂已南純浸山，動影裹窕冲融間。船舷暝戛雲際寺，水面月出藍田關。此時驪龍亦吐珠，馮夷擊鼓群龍趨。湘妃漢女出歌舞，金支翠旗光有無。咫尺但愁雷雨至，蒼茫不曉神靈意。少壯幾時奈老何，向來哀樂何其多。

以『好奇』二字領起，中間鬼神、風雨，恍惚萬狀。末用推開語作結，以『哀樂』二字總束全篇，章法奇詭，莫此爲甚。

驄馬行 太常梁卿敕賜馬也，李鄧公愛而有之，命甫製詩。

鄧公馬癖人共知，初得花驄大宛種。夙昔傳聞思一見，牽來左右神皆竦。雄姿逸態何崷崒，顧影驕嘶自矜寵。隅目青熒夾鏡懸，肉騣碨礧連錢動。朝來久試華軒下，未覺千金滿高價。赤汗微生白雪毛，銀鞍却覆香羅帕。卿家舊賜公取之，天厩真龍此其亞。晝洗須騰涇渭深，夕趨可刷幽并夜。吾聞良驥老始成，此馬數年人更驚。豈有四蹄疾於鳥，不與八駿俱先鳴。時俗造次那得致，雲霧晦冥方降精。近聞下詔喧都邑，肯使騏驎地上行。

老杜咏馬詩並皆佳妙，而用意、用筆無一處相似，此老胸中具有造化。

奉先劉少府新畫山水障歌

堂上不合生楓樹，突兀。怪底江山起烟霧。聞君掃却赤縣圖，乘興遣畫滄洲趣。畫師亦無數，好手不可遇。對此融心神，知君重豪素。豈但祁岳與鄭虔，筆迹遠過楊契丹。得非玄圃裂，無乃瀟湘翻。悄然坐我天姥下，耳邊已似聞清猿。反思前夜風雨急，乃是蒲城鬼神入。元氣淋灕障猶溼，真宰上訴天應泣。『驚風雨、泣鬼神』意，寫來怪怪奇奇，不顧俗眼。野亭春還雜花遠，漁翁暝踏孤舟立。滄浪水深青溟闊，欹岸側島秋毫末。不見湘妃鼓瑟時，至今斑竹臨江活。劉侯天機精，愛畫入骨髓。自有兩兒郎，揮灑亦莫比。大兒聰明到，能添老樹巔崖裏。小兒心孔開。貌得山僧及童子。若耶溪、雲門寺，吾獨何爲在泥滓，青鞋布襪從此始。見畫而思遊名山，神遊題外。

悲陳陶

孟冬十郡良家子，血作陳陶澤中水。野曠天清無戰聲，四萬義軍同日死。群胡歸來血洗箭，仍唱胡歌飲都市。都人迴面向北啼，日夜更望官軍至。

連下章，悲房琯之敗也。

悲青坂

我軍青坂在東門，天寒飲馬太白窟。黄頭奚兒日向西，數騎彎弓敢馳突。山雪河冰野蕭颸，青是烽烟白人骨。焉得附書與我軍，忍待明年莫倉卒。

哀江頭

少陵野老吞聲哭，春日潛行曲江曲。江頭宫殿鎖千門，細柳新蒲爲誰緑。憶昔霓旌下南苑，苑中萬物生顔色。昭陽殿裏第一人，同輦隨君侍君側。輦前才人帶弓箭，白馬嚼齧黄金勒。翻身向天仰射雲，一笑正墜雙飛翼。明眸皓齒今何在，血污遊魂歸不得。清渭東流劍閣深，去住彼此無消息。人生有情淚沾臆，江水江花豈終極。黄昏胡騎塵滿城，欲往城南望城北。

結出心迷目亂，與起『潛行』意關照。

曰『同輦』，曰『随』，曰『侍』，似乎重複，然《詩》有『高朗令終』，《左氏》有『遠幾遥遥』等語，正不必指爲疵病。

『彼此無消息』，猶《長恨歌》云『一別人間兩渺茫』也。前人謂指明皇肅宗父子間，恐與上下文不屬。

哀王孫

長安城頭頭白烏，夜飛延秋門上呼。又向人家啄大屋，屋底達官走避胡。金鞭斷折九馬死，骨肉不待同馳驅。腰下寶玦青珊瑚，可憐王孫泣路隅。問之不肯道姓名，但道困苦乞爲奴。已經百日竄荆棘，身上無有完肌膚。高帝子孫盡隆準，龍種自與常人殊。豺狼在邑龍在野，王孫善保千金軀。不敢長語臨交衢，且爲王孫立斯須。昨夜東風吹血腥，東來槖駝滿舊都。朔方健兒好身手，昔何勇鋭今何愚。竊聞天子已傳位，聖德北服南單於。花門剺面請雪耻，慎勿出口他人狙。哀哉王孫慎勿疎，五陵佳氣無時無。以中興望之。

《漢高祖紀》：帝隆準龍顔。準，音拙，鼻也。

哥舒翰將河隴朔方兵及舊兵二十萬拒賊，敗於潼關。朔方健兒，指翰。

起似謡諺，風人『莫黑匪烏』意。

一韵到底，波瀾變化，層出不窮，似逐段轉韵者，七古能事至斯已極。

蘇端、薛復筵簡薛華醉歌

文章有神交有道，端復得之名譽早。愛客滿堂盡豪傑，開筵上日思芳草。安得健步移遠梅，亂掃繁花向晴昊。千里猶殘舊冰雪，百壺且試開懷抱。垂老惡聞戰鼓悲，急觴爲緩憂心擣。少年努力縱談笑，看我形容已枯槁。坐中薛華善醉歌，歌辭自作風格老。近來海内爲長句，汝與東山李白好。何劉沈謝力未工，才兼鮑昭愁絶倒。諸生頗盡新知樂，萬事終傷不自保。氣酣日落西風來，突插。願吹野水添金盃。如澠之酒常快意，亦知窮愁安在哉。忽憶雨時秋井塌，古人白骨生青苔，如何不飲令心哀。『愁絶倒』，詩家愁爲不及也，終是强押。

洗兵馬 收京後作。

中興諸將收山東，捷書夜報清晝同。河廣傳聞一葦過，胡危命在破竹中。秖殘鄴城不日得，獨任朔方無限功。京師皆騎汗血馬，回紇餧肉葡萄宫。已喜皇威清海岱，常思仙仗過崆峒。追思昔日播遷。三年笛裏關山月，萬國兵前草木風。故下言笛奏關山風驚草木，不忘起事艱難也。成王名俶。功大心轉小，郭相謂郭子儀。謀深古來少。司徒謂李光弼。清鑒懸明鏡，尚書謂蕭思禮。氣與秋天杳。二三豪俊爲時出，整頓乾坤濟時了。東走無復憶鱸魚，南飛覺有安巢鳥。

青春復隨冠冕入，紫禁正耐烟花繞。鶴駕通霄鳳輦備，雞鳴問寢龍樓曉。肅宗即位，下制曰：『復宗廟於函洛，迎上皇於巴蜀，導鑾輿而反正，朝寢門以問安，朕願足矣。』詩中指此意，並非譏刺。牧齋所箋，俱深文未允。攀龍附鳳勢莫當，天下盡化爲侯王。汝等豈知蒙帝力，時來不得誇身强。關中既留蕭丞相，未詳。幕下復用張子房。張鎬。張公一生江海客，身長九尺鬚眉蒼。徵起適遇風雲會，扶顛始知籌策良。青袍白馬更何有，後漢今周喜再昌。寸地尺天皆入貢，奇祥異瑞争來送。不知何國致白環，複道諸山得銀甕。隱士休歌紫芝曲，詞人解撰河清頌。田家望望惜雨乾，布穀處處催春種。淇上健兒歸莫嬾，城南思婦愁多夢。安得壯士挽天河，净洗甲兵長不用。結出題目，通篇得力。

四段，每段六韵。平仄相間，對偶整齊，此古風變格，有似長律者。

瘦馬行

東郊瘦馬使我傷，骨骼硉兀如堵墻。絆之欲動轉欹側，此豈有意仍騰驤。細看六印帶官字，衆道三軍遺路旁。皮乾剥落雜泥滓，毛暗蕭條連雪霜。去歲奔波逐餘寇，驊騮不慣不得將。士卒多騎内厩馬，惆悵恐是病乘黄。當時歷塊誤一蹶，委棄非汝能周防。見人慘淡若哀訴，失主錯莫無晶光。天寒遠放雁爲伴，日暮不收烏啄瘡。誰家且養願終惠，更試明年春草長。

乾元中寓居同谷縣作歌七首

有客有客字子美，白頭亂髮垂過耳。歲拾橡栗隨狙公，天寒日暮山谷裏。中原無書歸不得，手脚凍皴皮肉死。嗚呼一歌兮歌已哀，悲風爲我從天來。

長鑱長鑱白木柄，我生托子以爲命。黄獨無苗山雪盛，短衣數挽不掩脛。此時與子空歸來，男呻女吟四壁静。嗚呼二歌兮歌始放，鄰里爲我色惆悵。雜入長鑱一章，章法大奇。

有弟有弟在遠方，三人各瘦何人强。生别展轉不相見，胡塵暗天道路長。東飛駕鵝後鶖鶬，安得送我置汝旁。嗚呼三歌兮歌三發，汝歸何處收兄骨。

有妹有妹在鍾離，良人早殁諸孤癡。長淮浪高蛟龍怒，十年不見來何時。扁舟欲往箭滿眼，杳杳南國多旌旗。嗚呼四歌兮歌四奏，林猿爲我啼清晝。

四山多風溪水急，寒雨颯颯枯樹濕。黄蒿古城雲不開，白狐跳梁黄狐立。我生何爲在窮谷，中夜起坐萬感集。嗚呼五歌兮歌正長，魂招不來歸故鄉。

亂世景象。此章爲同谷言之。

南有龍兮在山湫，古木巃嵸枝相樛。木葉黄落龍正蟄，蝮蛇東來水上游。我行怪此安敢出，拔劍欲斬且復休。嗚呼六歌兮歌思遲，溪壑爲我迴春姿。

木葉黄落，冬日愁慘之狀，故望其『回春姿』云。陽長陰消，所感者大。

男兒生不成名身已老，三年饑走荒山道。長安卿相多少年，富貴應須致身早。山中儒生舊相識，但話宿昔傷懷抱。嗚呼七歌兮悄終曲，仰視皇天白日速。

同谷七歌原本平子《四愁》、明遠《行路難》等作，然神明變化，而不屑屑規撫，斯爲大家。

題李尊師松樹障子歌

老夫清晨梳白頭，玄都道士來相訪。握髮呼兒延入户，手提新畫青松障。平調，亦近平筆。障子松林静杳冥，憑軒忽若無丹青。陰崖卻承霜雪幹，偃蓋反走虬龍形。老夫平生好奇古，對此興與精靈聚。已知仙客意相親，更覺良工心獨苦。松下丈人巾屨同，偶坐似是商山翁。悵望聊歌紫芝曲，時危慘淡來悲風。

唐人題畫以工麗勝，少陵超然高古，其用心以獨造爲宗，不肯隨人步趨也。

戲爲雙松圖歌

天下幾人畫古松，畢宏已老韋偃少。絶筆長風起纖末，滿堂動色嗟神妙。兩株慘裂苔蘚皮，屈鐵交錯迴高枝。白摧朽骨龍虎死，黑入太陰雷雨垂。松根胡僧憩寂寞，龐眉皓首無住着。偏袒右肩露雙脚，葉裏松子僧前落。韋侯韋侯數相見，我有一匹好東絹，重之不減錦繡段。已令拂拭光凌亂，請公放筆爲直幹。

突兀起，不妨平接，如『堂上不合生楓樹』，下接『聞君掃却赤縣圖』是也。平調起，必須用警語接，如『天下幾人畫古松』，下接『絶筆長風起纖末』是也。學者於此求之，思過半矣。

茅屋爲秋風所破歌

八月秋高風怒號，卷我屋上三重茅。茅飛度江灑江郊，高者掛罥長林梢，下者飄轉沉塘坳。南村群童欺我老無力，忍能對面爲盜賊。實有此事，並非隱喻。公然抱茅入竹去。脣焦口燥呼不得，歸來倚杖自歎息。俄頃風定雲墨色，秋天漠漠向昏黑。布衾多年冷似鐵，驕兒惡卧踏裏裂。床床屋漏無乾處，雨脚如麻未斷絶。自經喪亂少睡眠，長夜沾溼何由徹。安得廣厦千萬間，大庇天下寒士俱歡顔。風雨不動安如山。嗚呼！何時眼前突兀見此屋？吾廬獨破受凍死亦足！

觀打魚歌

綿州江水之東津，魴魚鱍鱍色勝銀。漁人漾舟沉大網，截江一擁數百鱗。衆魚常才盡卻棄，赤鯉騰出如有神。潛龍無聲老蛟怒，迴風颯颯吹沙塵。饔子左右揮霜刀，鱠飛金盤白雪高。徐州禿尾不足憶，漢陰槎頭遠遁逃。魴魚肥美知第一，既飽歡娱亦蕭瑟。功名富貴，何獨不然？君不見，朝來割素鬐，咫尺波濤永相失。

又觀打魚

蒼江漁子清晨集，設網提綱萬魚急。能者操舟疾若風，撑突波濤挺叉入。小魚脱漏不可記，半死半生猶戢戢。大魚傷損皆垂頭，屈强泥沙有時立。東津觀魚已再來，主人罷鱠還傾盃。日暮蛟龍改窟穴，山根鱣鮪隨雲雷。干戈兵革鬬未止，鳳皇麒麟安在哉。吾徒何爲縱此樂，暴殄天物聖所哀。

前首爲老饕戒耳，此更説到干戈兵革，洪鐘無纖響，信然。

短歌行 贈王郎司直。

王郎酒酣拔劍斫地歌莫哀，我能拔爾抑塞磊落之奇才。豫樟翻風白日動，鯨魚跋浪滄溟開。且脱佩劍休徘徊，西得諸侯棹錦水，欲向何門趿珠履？仲宣樓頭春色深，青眼高歌望吾子，眼中之人吾老矣。

感激豪宕。

上下各五句，復用單句相間，此亦獨創之格。

桃竹杖引 贈章留侯。

江心蟠石生桃竹，蒼波噴浸尺度足。斬根削皮如紫玉，江妃水仙惜不得。梓童使君開一束，滿堂賓客皆歎息。憐我老病贈兩莖，出入爪甲鏗有聲。老夫復欲東南征，乘濤鼓枻白帝城。路幽必爲鬼神奪，拔劍或與蛟龍爭。重爲告曰：杖兮杖兮，爾之生也甚正直，慎勿見水踴躍學變化爲龍，使我不得爾之扶持，滅迹於君山湖上之青峰。噫！風塵澒洞兮豺虎咬人，忽失雙杖兮吾將曷從？

凌空設想，筆力横絶。

韋諷録事宅觀曹將軍畫馬圖

國初已來畫鞍馬，神妙獨數江都王。將軍得名三十載，人間又見真乘黄。曾貌先帝照夜白，龍池十日飛霹靂。内府殷紅瑪瑙盤，婕好傳詔才人索。盤賜將軍拜舞歸，輕紈細綺相追飛。貴戚權門得筆迹，始覺屏障生光輝。昔日太宗拳毛騧，近時郭家獅子花。今之新圖有二馬，復令識者久歎嗟。此皆騎戰一敵萬，縞素漠漠開風沙。其餘七匹亦殊絶，迥若寒空動煙雪。霜蹄蹴踏長楸間，馬官廝養森成列。可憐九馬争神駿，顧視清高氣深穩。借問苦心愛者誰，後有韋諷前支遁。憶昔巡幸新豐宫，翠華拂天來向東。騰驤磊落三萬匹，皆與此圖筋骨同。自從獻寶朝河宗，無復射蛟江水中。君不見，金粟堆前松柏裏，龍媒去盡鳥呼風。

『朝河宗』，言河宗朝而獻寶也，用《穆天子傳》意，應指明皇西幸而言。

因畫馬説到真馬，因真馬説到天子巡幸。故君之思，惓惓不忘。此題後拓開一步法。

丹青引 贈曹將軍霸。

將軍魏武之子孫，於今爲庶爲清門。英雄割據雖已矣，文彩風流今尚存。學書初學衛夫人，但恨無過王右軍。丹青不知老將至，富貴於我如浮雲。開元之中常引見，承恩數上南薰殿。凌煙功臣少顔色，將軍下筆開生面。良相頭上進賢冠，猛將腰間大羽箭。褒公鄂公毛髮動，英姿颯爽來酣戰。先帝天馬玉花驄，畫工如山貌不同。是日牽來丹墀下，迥立閶闔生長風。詔謂將軍拂絹素，意匠慘淡經營中。與『良工心獨苦』同意。須臾九重真龍出，一洗萬古凡馬空。玉花卻在御榻上，榻上庭前屹相向。至尊含笑催賜金，圉人太僕皆惆悵。弟子韓幹早入室，亦能畫馬窮殊相。幹惟畫肉不畫骨，忍使驊騮氣凋喪。反襯霸之盡善，非必貶幹也。將軍盡善蓋有神，偶逢佳士亦寫真。有品。即今飄泊干戈際，屢貌尋常行路人。途窮反遭俗眼白，世上未有如公貧。但看古來盛名下，終日坎壈纏其身。

畫人、畫馬，賓主相形，縱横跌宕，此種篇法得之於心、應之於手，有化工而無人力，莫能贊歎其妙。

割據不與以正統也，此爲史筆。

冬狩行 時梓州刺史章彝兼侍御史留後東川。

君不見，東川節度兵馬雄，校獵亦似觀成功。夜發猛士三千人，清晨合圍步驟同。禽獸已斃十七八，殺聲落日迴蒼穹。幕前生致九青兕，馲駝𩣡峞垂玄熊。東西南北百里間，髣髴蹴踏寒山空。有鳥名鸜鵒，力不能高飛逐走蓬。肉味不足登鼎俎，何爲見羈虞羅中。春蒐冬狩侯得同，使君五馬一馬驄。況今攝行大將權，號令頗有前賢風。飄然時危一老翁，十年厭見旌旗紅。喜君士卒甚整肅，爲我迴轡擒西戎。草中狐兔盡何益，天子不在咸陽宫。朝廷雖無幽王禍，得不哀痛塵再蒙。嗚呼！得不哀痛塵再蒙！大聲疾呼，鬼神欲泣！

『一馬驄』，言兼侍御史也；『攝行大將權』，言留後東川也。

折檻行

嗚呼，房魏不復見，秦王學士時難羨。青衿胄子困泥塗，白馬將軍若雷電。千載少似朱雲人，至今折檻空嶙峋。婁公不語宋公語，尚憶先皇容直臣。

古柏行

孔明廟前有老柏，柯如青銅根如石。霜皮溜雨四十圍，黛色參天二千尺。雲來氣接巫峽長，月出寒通雪山白。君臣已與時際會，憶昔路繞錦亭東，先主武侯同閟宫。崔嵬枝幹郊原古，窈窕丹青户牖空。落落盤踞雖得地，冥冥孤高多烈風。扶持自是神明力，正直原因造化功。大厦如傾要梁棟，萬牛迴首丘山重。不露文章世已驚，未辭剪伐誰能送。苦心豈免容螻蟻，香葉終經宿鸞鳳。志士幽人莫怨嗟，古來材大難爲用。

縛雞行

小奴縛雞向市賣，雞被縛急相喧争。家中厭雞食蟲蟻，不知雞賣還遭烹。蟲雞於人何厚薄，吾叱奴人解其縛。雞蟲得失無了時，注目寒江倚山閣。

觀公孫大娘弟子舞劍器行並序

大曆二年十月十九日，夔府别駕元持宅，見臨潁李十二娘舞劍器，壯其蔚跂。問其所師，曰：『余公孫大娘弟子也。』開元三載，余尚童稺，記於郾城，觀公孫氏舞《劍器》、《渾脱》。（舞，有『劍器』、『胡旋』、『胡騰』等名，則知非舞劍也，後人用誤者多。渾脱，亦舞名。）瀏灕頓挫，獨出冠時。自高頭宜春、梨園二伎坊内人，洎外供奉，曉是舞者，聖文神武皇帝初，公孫一人而已。玉貌錦衣，况余白首。疑有脱誤。今兹弟子，亦匪盛顔。既辨其由來，知波瀾莫二。撫事慷慨，聊爲《劍器行》。往者吴人張旭，善草書，書帖，數常於鄴縣見公孫大娘舞《西河劍器》，自此草書長進，豪蕩感激，即公孫可知矣。

感激即公孫可知矣

昔有佳人公孫氏，一舞《劍器》動四方。觀者如山色沮喪，天地爲之久低昂。㸌如羿射九日落，矯如群帝驂龍翔。來如雷霆收震怒，罷如江海凝清光。絳唇珠袖兩寂寞，晚有弟子傳芬芳。臨潁美人在白帝，妙舞此曲神揚揚。與余問答既有以，感時撫事增惋傷。先帝侍女八千人，公孫《劍器》初第一。五十年間似反掌，風塵澒洞昏王室。梨園子弟散如煙，女樂餘姿映寒日。金粟堆南木已拱，瞿唐石城草蕭瑟。玳筵急管曲復終，樂極哀來月東出。老夫不知其所往，足繭荒山轉愁疾。

詠李氏，思及公孫；詠公孫，念及先帝。身世之戚、興亡之感，交赴腕下。若就題還題，有何興會？

李潮八分小篆歌

蒼頡鳥迹既茫昧，字體變化如浮雲。陳倉石鼓又已訛，大小二篆生八分。秦有李斯漢蔡邕，中間作者寂不聞。嶧山之碑野火焚，棗木傳刻肥失真。苦縣光和尚骨立，北岳碑立於光和二年，苦縣有老子廟碑，俱蔡邕書。書貴瘦硬方通神。惜哉李蔡不復得，吾甥李潮下筆親。尚書韓擇木，騎曹蔡有鄰，開元已來數八分，潮也奄有二子成三人。况潮小篆逼秦相，快劍長戟森相向。八分一字直千金，蛟龍盤拏肉屈强。吴郡張顛誇草書，草書非古空雄壯。豈如吾甥不流宕，丞相中郎丈人行。巴東逢李潮，逾月求我歌。我今衰老才力薄，潮乎潮乎奈汝何！

王兵馬使二角鷹

悲臺蕭颯石巃嵸，哀壑杈枒浩呼洶。中有萬里之長江，迴風滔日孤光動。角鷹翻倒壯士臂，將軍玉帳軒翠氣。二鷹猛腦絛徐墜，目如愁胡視天地。杉雞竹兔不自惜，溪虎野羊俱辟易。韝上鋒稜十二翮，將軍勇鋭與之敵。將軍樹勳起安西，崑崙虞泉入馬蹄。白羽曾肉三狻猊，敢決豈不與之齊。荆南芮公得將軍，亦如角鷹下翔雲。惡鳥飛飛啄金屋，安得爾輩開其群，驅出六合梟鸞分。

十二翮，傅玄《鷹賦》：『左看若側，右視如傾。勁翻二六，機連體輕。』

起四句不着一『鷹』字，然如有角鷹飛於吾前。入手須看如此着墨。

魏將軍歌

將軍昔着從事衫，鐵馬馳突重兩銜。被堅執鋭略西極，崑崙月窟東嶄巖。君門羽林萬猛士，惡若哮虎子所監。五年起家列霜戟，一日過海收風帆。平生流輩徒蠢蠢，長安少年氣欲盡。魏侯骨聳精爽緊，華嶽峰尖見秋隼。星纏寶校金盤陀，夜騎天駟超天河。攙槍熒惑不敢動，翠蕤雲旓相蕩摩。吾爲子起歌《都護》，酒闌插劍肝膽露。鉤陳蒼蒼玄武暮，萬歲千秋奉明主，臨江節士安足數。

崑崙在西，而曰東者，言略地至極西也，奇句。

鮑照詩「金銅飾盤陀，日照光蹀躞」，謂馬飾也。

醉歌行贈公安顏少府，請顧八題壁

神仙中人不易得，顏氏之子才孤標。天馬長鳴待駕馭，秋鷹整翮當雲霄。君不見，東吴顧文學，君不見，西漢杜陵老。詩家筆勢君不嫌，詞翰升堂爲君掃。是日霜風凍七澤，杜詩每有此種接法。烏蠻落照銜赤壁。酒酣耳熱忘頭白，感君意氣無所惜，一爲歌行歌主客。

李頎

古意

男兒事長征，少小幽燕客。賭勝馬蹄下，由來輕七尺。殺人莫敢前，鬚如蝟毛磔。黄雲隴底白雪飛，未得報恩不能歸。遼東小婦年十五，慣彈琵琶解歌舞。今爲羌笛出塞聲，使我三軍淚如雨。

東川，比高、岑。多和緩之響。

古從軍行

白首登山望烽火，黄昏飲馬傍交河。行人刁斗風沙暗，公主琵琶幽怨多。野雲萬里無城郭，雨雪紛紛連大漠。胡雁哀鳴夜夜飛，胡兒眼淚雙雙落。聞道玉門猶被遮，應將性命逐輕車。年年戰骨埋荒外，空見蒲桃入漢家。

爲開邊者垂戒

古行路難

漢家名臣楊德祖，四代五公享茅土。父子兄弟綰銀黄，躍馬鳴珂朝建章。火浣單衣綉方領，茱萸錦帶玉盤囊。賓客填街復滿座，片言出口生輝光。世人逐勢争奔走，瀝膽隳肝惟恐後。當時一顧登青雲，自謂生死長隨君。一朝謝病還鄉里，窮巷蒼苔絶知己。秋風落葉閉重門，昨日論交竟誰是。不堪回首。薄俗嗟嗟難重陳，深山麋鹿可爲鄰。魯連所以蹈東海，古往今來稱達人。

借楊氏以立言，非專詠楊氏也。

緩歌行

小來託身攀貴遊，傾財破産無所憂。暮擬經過石渠署，朝將出入銅龍樓。結交杜陵輕薄子，謂言可生復可死。一沉一浮會有時，棄我翻然如脱屣。男兒立身須自强，十年閉户潁水陽。業就功成見明主，擊鐘鼎食坐華堂。二八蛾眉梳墮馬，美酒清歌曲房下。文昌宫中賜錦衣，長安陌上退朝歸。五陵賓從莫敢視，三省官僚揖者稀。早知今日讀書是，悔作從來任俠非。

送劉昱

八月寒葦花，秋江浪頭白。北風吹五兩，誰是潯陽客。鸕鷀山頭宿雨晴，揚州郭裏暮潮生。行人夜宿金陵渚，試聽沙邊有雁聲。

郭璞《江賦》「覘五兩之動静」，謂候風羽也。不須着力，自足神韻。

送從弟遊江淮兼謁鄱陽劉太守

都門柳色朝朝新，念爾今爲江上人。穆陵關帶清風遠，彭蠡湖邊芳草春。泊舟借問西林寺，曉聽猿聲在山翠。潯陽北望鴻雁回，湓水東流客心醉。須知聖代舉賢良，不使遺才滯一方。應見鄱陽虎符守，思歸共指白雲鄉。

崔五六圖屏風各賦一物得烏孫佩刀

烏孫腰間佩兩刀，刃可吹毛錦爲帶。握中枕宿穹廬室，馬上割飛翳蝓塞。執之魍魎誰能前，氣凛清風沙漠邊。磨用陰山一片石，洗將胡地獨流泉。主人屏風寫奇狀，鐵鞘金環儼相向。回頭瞪目時一看，使予心在江湖上。《晉載紀·慕容》：皝率騎出翳螉塞。

愛敬寺古藤歌

古藤池水盤樹根，左攫右拏龍虎蹲。横空直上相陵突，丰茸離纚若無骨。風雷霹靂連黑枝，人言其下藏妖魑。空庭落葉乍開合，十月苦寒常倒垂。憶昨花飛滿空殿，密葉吹香飯僧遍。南階雙桐一百尺，相與年年老霜霰。

欲之新鄉答崔顥綦毋潛

數年作吏家屢空，誰道黑頭成老翁。男兒在世無産業，行子出門如轉蓬。吾屬交歡此何夕，南家擣衣動歸客。銅鑪將炙相歡飲，星宿縱横露華白。寒風卷葉度滹沱，飛雪布地悲峨峨。孤城日落見棲鳥，馬上時聞漁者歌。明朝東路把君手，臘日辭君期歲首。自知寂莫無去思，敢望縣人致牛酒。

送康洽入京進樂府歌

識子十年何不遇，只愛歡遊兩京路。朝吟左氏《嬌女》篇，夜誦相如《美人賦》。長安春物舊相宜，小苑蒲萄花滿枝。柳色偏濃九華殿，鶯聲醉殺五陵兒。曳裾此夜從何所，中貴由來盡相許。白袂春衫仙吏贈，烏皮隱几臺郎與。新詩樂府唱堪愁，御妓應傳鳷鵲樓。西上雖因長公主，終須一見曲陵侯。

送劉十

三十不官亦不娶，時人焉識道高下。房中惟有老氏經，櫪上空餘少遊馬。往來嵩華與函秦，放歌一曲前山春。西林獨鶴引閑步，南澗飛泉清角巾。前年上書不得意，歸卧南山兀然醉。諸兄相繼掌青史，第五之名齊驃騎。烹葵摘果告我行，落日夏雲縱復横。聞道謝安掩口笑，知君不免爲蒼生。

送陳章甫

四月南風大麥黄，棗花未落桐葉長。青山朝别暮還見，嘶馬出門思舊鄉。陳侯立身何坦蕩，虬鬚虎眉仍大顙。腹中貯書壹萬卷，不肯低頭在草莽。東門沽酒飲我曹，心輕萬事如鴻毛。醉卧不知白日暮，有時空望孤雲高。長河浪頭連天黑，津吏停舟渡不得。鄭國遊人未及家，洛陽行子空歎息。聞道故林相識多，罷官昨日今如何。

放歌行答從弟異〔一〕卿

小來好文恥學武，世上功名不解取。雖沾寸禄已後時，徒欲出身事明主。栢梁賦詩不及宴，長楸走馬誰相數。斂迹俛眉心自甘，高歌擊節聲半苦。由是蹉跎一老夫，養雞牧豕東城隅。空歌漢代蕭相國，肯事霍家馮子都。徒爾當年聲籍籍，濫作詞林兩京客。故人斗酒安陵橋，黄鳥春風洛陽陌。我家令弟才不羈，五言破的人共推。興來逸起如濤湧，千里長江歸海時。别離短景何蕭索，佳句相思能間作。舉頭遥望魯陽山，木葉紛紛向人落。

校記

〔一〕異，字誤，應爲『墨』。

别梁鍠

梁生倜儻心不羈，途窮氣蓋長安兒。回頭轉眄侶鵰鶚，有志飛鳴人豈知。雖云四十無禄位，曾與大軍掌書記。抗辭請刃誅部曲，作色論兵犯二帥。一言不合龍額侯，擊劍拂衣從此棄。朝朝飲酒黄公壚，脱帽露頂爭叫呼。庭中犢鼻昔常挂，懷裏琅玕今在無。時人見子多落魄，共笑狂歌非遠圖。忽然遣躍紫騮馬，還是昂藏一丈夫。洛陽城頭曉霜白，層冰峨峨滿川澤。但聞行路吟新詩，不歎舉家無擔石。莫言貧賤長可欺，覆簣成山當有時。莫言富貴長可託，木槿朝看暮還落。不見古時塞上翁，倚伏由來任天作。去去滄波勿復陳，五湖三江愁殺人。

結有世路風波意，非專言江湖難涉也。

琴歌送别

主人有酒歡今夕，請奏鳴琴廣陵客。月照城頭烏半飛，霜凄萬木風入衣。銅鑪華燭燭增輝，初彈渌水後楚妃。一聲已動物皆静，四座無言星欲稀。比高堂如空山，能使江月白等語更微、更遠。清淮奉使千餘里，敢告雲山從此始。

聽董大彈胡笳兼寄語美房給事

蔡女昔造胡笳聲，一彈二十有八拍。胡人落淚沾邊草，漢使斷腸對歸客。古戍蒼蒼峰大寒，大荒陰沉飛雪白。先拂商弦後角羽，四郊秋葉驚摵摵。董夫子，通神明，深松竊聽來妖精。言遲更速皆應手，將往復旋如有情。空山百鳥散還合，萬里浮雲陰且晴。嘶酸雛雁失群夜，斷絕胡兒戀母聲。川爲静其波，鳥亦罷其鳴。烏珠部落家鄉遠，邏娑沙塵哀怨生。幽音變調忽飛灑，長風吹林雨墮瓦。迸泉颯颯飛木末，野鹿呦呦走堂下。長安城連東掖垣，鳳凰池對青瑣門。高才脱略名與利，日夕望君抱琴至。

唐詩宗卷七 七言古

長洲沈德潛確士選　　門人盧鉉鼎臣手録

高　適 李、杜外，高、岑、王、李，七言古中最矯健者。

邯鄲少年行

邯鄲城南遊俠子，自矜生長邯鄲裏。千場縱博家仍富，幾處報讎身不死。宅中歌笑日紛紛，門外車馬如雲屯。未知肝膽向誰是，令人卻憶平原君。豪語。君不見，今日交態薄，黄金用盡還蕭索。以兹感歎辭舊遊，更於時事無所求。且與少年飲美酒，往來射獵西山頭。

古大梁行

古城莽蒼饒荆榛，驅馬悠悠愁殺人。魏王宫觀盡禾黍，信陵賓客隨灰塵。憶昨雄都舊朝市，軒車照耀歌鐘起。軍容帶甲三十萬，國步連營五千里。全盛須臾那可論，高臺曲池無復存。遺墟但見狐狸迹，古地空餘草木根。暮天摇落傷懷抱，撫劍悲歌對秋草。俠客猶傳朱亥名，行人尚識夷門道。白璧黄金萬户侯，寶刀駿馬填山丘。年代凄凉不可問，往來惟見水東流。

燕歌行

開元二十六年，客有從元戎出塞而還者，作《燕歌行》以示，適感征戍之事，因而和焉。

漢家烟塵在東北，漢將辭家破殘賊。男兒本自重横行，天子非常賜顔色。摐金伐鼓下榆關，旌旆逶迤碣石間。校尉羽書飛瀚海，單于獵火照狼山。山川蕭條極邊土，胡騎憑陵雜風雨。戰士軍前半死生，美人帳下猶歌舞。悲壯，古今絶調。大漠窮秋塞草腓，孤城落日鬥兵稀。身當恩遇常輕敵，力盡關山未解圍。鐵衣遠戍辛勤久，玉筯應啼别離後。少婦城南欲斷腸，征人薊北空回首。邊庭飄颻那可度，絶域蒼茫無所有。殺氣三時作陣雲，寒聲一夜傳刁斗。相看白刃雪〔一〕

紛紛，死節從來豈顧勳。君不見，沙場征戰苦，至今猶憶李將軍。

七言古中，時帶整句，局勢方不散漫。若李、杜風雨分飛，魚龍百變，又不可以一論。

校記

〔一〕雪，刻寫之誤，應作『血』。

送田少府貶蒼梧

沉吟對遷客，惆悵西南天。昔爲一官未得意，今向萬里令人憐。念兹斗酒成暌間，停舟歎君日將宴。遠樹應連北地春，行人却羨南歸雁。丈夫窮達未可知，看君不合長數奇。江山到處堪乘興，楊柳青青那足悲。

贈别晉三處士

有人家住清河源，渡河問我遊梁園。手持道經注已畢，心知内篇口不言。盧門十年見秋草，此心惆悵誰能道。知己從來不易知，慕君爲人與君好。别時九月霜葉疎，出門千里無行車。愛君且欲君先達，今日求賢早上書。

賦得還山吟送沈四山人

還山吟，天高日暮寒山深，送君還山識君心。人生老大須恣意，看君解作一生事。山間偃仰無不至，石泉淙淙若風雨，桂花松子常滿地。賣藥囊中應有錢，還山服藥又長年。白雲勸盡杯中物，明月相隨何處眠。眠時憶問醒時事，夢魂可以相周旋。

人日寄杜二拾遺

人日題詩寄草堂，遥憐故人思故鄉。柳條弄色不忍見，梅花滿枝空斷腸。身在南蕃無所預，心懷百憂復千慮。今年人日空相憶，明年人日知何處。一卧東山三十春，豈知書劍老風塵。龍鍾還忝二千石，愧爾東西南北人。

封丘縣

我本漁樵孟諸野，一生自是悠悠者。乍可狂歌草澤中，寧堪作吏風塵下。秖言小邑無所爲，公門百事皆有期。拜迎官長心欲碎，鞭撻黎庶令人悲。悲來向家問妻子，舉家盡笑今如此。生事應須南畝田，世情付與東流水。夢想舊山安在哉，爲銜君命日遲迴。乃知梅福徒爲爾，轉憶陶潛歸去來。

別韋參軍

二十解書劍，西遊長安城。舉頭望君門，屈指取公卿。國風冲融邁三五，朝廷禮樂彌寰宇。白璧皆言賜近臣，布衣不得干明主。歸來洛陽無負郭，東過梁宋非吾土。兔苑爲農歲不登，鴈池垂釣心常苦。世人向我同衆人，唯君於我最相親。且喜百年見交態，未嘗一日辭家貧。彈棊擊筑白日晚，縱酒高歌楊柳春。歡娱未盡分散去，使我惆悵驚心神。丈夫不作兒女別，臨岐涕淚沾衣巾。

送渾將軍出塞

將軍族貴兵且强，漢家已是渾邪王。子孫相承在朝野，至今部曲燕支下。控弦盡用陰山兒，登陣長騎大宛馬。銀鞍玉勒繡蝥弧，每逐嫖姚破骨都。李廣從來先將士，衛青未肯學孫吴。傳有沙場千萬騎，昨日邊庭羽書至。城頭畫角三四聲，匣裏寶刀晝夜鳴。意氣能甘萬里去，辛勤動作一年行。黄雲白草無前後，朝建旌旗夕刁斗。塞下應多俠少年，關西不見春楊柳。從軍借問所從誰，擊劍酣歌當此時。遠別無輕繞朝策，平戎早寄仲宣詩。

岑　參

登古鄴城

下馬登鄴城，城空復何見。東風吹野火，暮入飛雲殿。城隅南對望陵臺，漳水東流不復回。武帝宫中人去盡，年年春色爲誰來。

題匡城周少府廳壁

婦姑城南風雨秋，婦姑城中人獨愁。愁雲遮却望鄉處，數日不上西南樓。故人薄暮公事閒，玉壺美酒琥珀盤。潁陽秋草今黄盡，醉卧君家猶未還。

梁州館中與諸判官夜集

彎彎月出挂城頭，城頭月出照梁州。梁州七里十萬家，胡人半解彈琵琶。琵琶一曲腸堪斷，風蕭蕭兮夜漫漫。河西幕中多故人，故人别來三五春。花門樓前對秋艸，豈能貧賤相看老。一生大嘯能幾回，斗酒相逢須醉倒。

胡笳歌送顔真卿使赴河隴

君不聞，胡笳聲最悲，紫髯緑眼胡人吹。吹之一曲猶未了，愁殺樓蘭征戍兒。凉秋八月蕭關道，北風吹斷天山草。崑崙山南月欲斜，胡人向月吹胡笳。胡笳怨兮將送君，秦山遥望隴山雲。邊城夜夜多愁夢，向月胡笳誰喜聞。

只言笳聲之悲，見河隴之不堪使，而惜别不必言矣。

函谷關歌送劉評事使關西

君不見，函谷關，崩城毁壁至今在。樹根草蔓遮古道，空谷千年長不改。寂寞無人空舊山，聖朝無事不須關。白馬公孫何處去，青牛老人更不還。蒼苔白骨空滿地，月與古時長相似。野花不省見行人，山鳥何曾識關吏。故人方乘使者車，吾知郭丹卻不如。請君時憶關外客，行到關西多致書。

劉向《七略》：『公孫龍持白馬之論以度關。』《後漢書》：郭丹，字少卿。買符入函谷關，慨然歎曰：『丹不乘使者車，終不出關。』更始二年，乘高車出關。

火山雲歌送別

火山突兀赤亭口，火山五月火雲厚。火雲滿山凝未開，飛鳥千里不敢來。形容得出。平明乍逐胡風斷，薄暮渾隨塞雨回。繚繞斜吞鐵關樹，氛氲半掩交河戍。迢迢征路火山東，山上孤雲隨馬去。

走馬川行奉送封大夫出師西征

君不見，走馬川行雪海邊，平沙莽莽黃入天。輪臺九月風夜吼，一川碎石大如斗，隨風滿地石亂走。匈奴草黃馬正肥，金山西見烟塵飛，漢家大將西出師。將軍金甲夜不脱，半夜軍行戈相撥，風頭如刀面如割。馬毛帶雪汗氣蒸，五花連錢旋作冰，幕中艸檄硯水凝。虜騎聞之應膽慴，料知短兵不敢接，軍師西門佇獻捷。

勢險節短。

句句用韵，三句一轉，此《嶧山碑》文法也。唐《中興頌》亦然。

輪臺歌奉送封大夫出師西征

輪臺城頭夜吹角，輪臺城北旄頭落。羽書昨夜過渠黎，單於已在金山西。戍樓西望煙塵黑，漢兵屯在輪臺北。上將擁旄西出征，平明吹笛大軍行。四邊伐鼓雪海湧，三軍大呼陰山動。虜塞兵氣連雲屯，戰場白骨纏草根。劍河風急雲片闊，沙口石凍馬蹄脱。亞相勤王甘苦辛，誓將報主静邊塵。古來青史誰不見，今見功名勝古人。

起法磊磊落落。

送别之作，應以嘉州爲法。

白雪歌送武判官歸

北風卷地白草折，胡天八月即飛雪。忽如一夜春風來，千樹萬樹梨花開。散入珠簾濕羅幕，狐裘不煖錦衾薄。將軍角弓不得控，都護鐵衣冷難著。瀚海闌干百丈冰，愁雲慘淡萬里凝。中軍置酒飲歸客，胡琴琵琶與羌笛。紛紛暮雪下轅門，風掣紅旗凍不翻。輪臺東門送君去，去時雪滿天山路。山迴路轉不見君，雪上空留馬行處。去路不盡。

衛節度赤驃馬歌

君家赤驃畫不得，一團旋風桃花色。紅纓紫韁珊瑚鞭，玉鞍錦韉黄金勒。請君鞴出看君騎，尾長窣地如紅絲。自矜諸馬皆不及，卻憶百金初買時。香街紫陌鳳城内，滿城見者誰不愛。揚鞭驟急白汗流，弄影行驕碧蹄碎。紫髯胡雛金剪刀，平明剪出三騣高。櫪上看時獨意氣，衆中牽出偏雄豪。騎將獵向南山口，城南狐兔不復有。草頭一點疾如飛，卻使蒼鷹翻向後。憶昨看君朝未央，鳴珂擁蓋滿路香。始知邊將真富貴，可憐人馬相輝光。男兒稱意得如此，駿馬長鳴北風起。待君東去掃胡塵，爲君一日行千里。

送費子歸武昌

漢陽歸客悲秋草，旅舍葉飛愁不掃。秋來倍憶武昌魚，夢著秪在巴陵道。曾隨上將過祁連，離家十年常在邊。劍鋒可惜虛用盡，馬蹄無事今已穿。知君開館恒愛客，樗蒱百萬每一擲。平生有錢將與人，江上故園空四壁。吾觀費子毛骨奇，廣眉大口仍赤髭。看君失路尚如此，人生貴賤那得知。高秋八月歸南楚，東門一壺聊出祖。路指鳳皇山北雲，衣沾鸚鵡洲邊雨。勿歎蹉跎白髮新，應須守道勿羞貧。男兒何事戀妻子，莫向江邨老卻人。

與獨孤漸道別長句兼呈嚴八侍御

輪臺客舍春艸滿，潁陽歸客腸堪斷。窮荒絶漠鳥不飛，萬磧千山夢猶懶。憐君白□〔一〕一書生，讀書千卷未成名。五貴侯門脚不到，數畝山田身自耕。興來浪迹無遠近，及至辭家憶鄉信。無事垂鞭信馬頭，西南幾欲窮天盡。奉使三年獨未歸，邊頭詞客舊來稀。借問君來得幾日，到家不覺換春衣。高齋清晝卷羅幕，紗帽接䍦慵不著。中酒朝眠日色高，彈棋夜半燈花落。冰片高堆金錯盤，滿堂凛凛五月寒。桂林蒲桃新吐蔓，武城刺蜜未可餐。軍中置酒夜撾鼓，錦筵紅燭月未午。花門將軍善胡歌，葉河蕃王能漢語。知爾園林壓渭濱，夫人堂上泣羅裙。魚龍川北磐谿雨，鳥鼠山西洮水雲。臺中嚴公於我厚，別後新詩滿人口。自憐棄置天西頭，因君爲問相思否。

此詩突接硬轉，不須蛛絲馬迹，古詩中又是一格。『軍中置酒』下忽入別筵，淋漓盡致。

校記

〔一〕此處闕字，據《岑嘉州詩》，應有『面』字。

王季友

宿東谿李十五山亭

上山下山入山谷，谿中落日留我宿。松石依依當主人，主人不在意亦足。名花出地兩重階，絕頂平天一小齋。本意由來是山水，何用相逢語舊懷。

元結

宿洄溪翁宅

長松萬株繞苑舍，怪石寒泉近簷下。老翁八十猶能行，將領兒孫行□[一]稼。吾羨老翁居處幽，吾愛老翁無所求。時俗是非何足道，得似老翁吾即休。

不煩深刻，自足別趣，正是不易到處。

校記

〔一〕闕字。據《元次山集》，此處應有『拾』字。

宿丹厓翁宅

扁舟欲到瀧口湍，春水滿瀧上水難。投竿來泊丹厓下，得與厓翁盡一歡。丹厓之亭當石巔，破竹半山引寒泉。泉流掩映在木杪，有若白鳥飛林間。往往隨風作霧雨，濕人巾履滿庭前。丹厓翁，愛丹厓，棄官幾年厓下家。兒孫棹船抱酒甕，醉裏長歌揮釣車。我將求退與翁遊，學翁歌醉在漁舟。官吏隨人往未得，却望丹厓慙復羞。

宿無爲觀

九疑山深幾千里，峰谷崎嶇人不到。山中舊有仙姥家，十里飛泉遶丹灶。如今道士三四人，茹芝鍊玉學輕身。霓裳羽蓋傍臨壑，飄飖似欲來雲鶴。

衛　萬

吴宫怨

君不見，吴王宫閣臨江起，不捲珠簾見江水。曉氣晴來雙闕間，潮聲夜落千門裏。勾踐城中非舊春，姑蘇臺下起黄塵。秖今唯有西江月，曾照吴王宫裏人。

劉長卿

中唐七古，寥寥可數，故文房以後、昌黎以前，存十餘首，以志崖略。

銅雀臺

嬌愛更何日，高臺空數層。含啼映雙袖，不忍看西陵。漳水東流無復來，百花輦路爲蒼苔。青樓月夜長寂寞，碧雲日暮空徘徊。君不見，鄴中萬事非昔時，古人不在今人悲。春風不逐君王去，草色年年舊宫路。宫中歌舞已浮雲，空指行人往來處。

明月灣尋賀九不遇

楚水日夜緑，傍江春草滋。青青遥滿目，萬里傷心歸。故人川上復何之，明月灣南空所思。故人不在明月在，誰見孤舟來去時。

送友人東歸

對酒灞亭暮，相看愁自深。河邊草已緑，此别難爲心。關路迢迢疋馬歸，垂楊寂寂數鶯飛。憐君獻策十餘載，今去猶爲一布衣。

入桂渚次砂牛石穴

扁舟傍歸路，日暮瀟湘深。湘水清見底，楚雲淡無心。片帆落桂渚，獨夜依楓林。楓林月出猨聲苦，桂渚天寒桂花吐。此中無處不堪愁，江客相看淚如雨。

嚴陵釣臺送李康成赴江東使

潺湲子陵瀨，髣髴如在目。七里人已非，千年水空緑。新安江上孤帆遠，應逐楓林千萬轉。古臺落日共蕭條，寒水無波更清淺。臺上漁竿不復持，卻令猿鳥向人悲。灘聲山翠至今在，遲爾行舟晚泊時。淡淡可諷。

聽笛歌留别鄭協律

舊遊憐我長沙謫，載酒沙頭送遷客。天涯望月自沾衣，江上何人復吹笛。横笛能令孤客愁，緑波淡淡如不流。商聲寥亮羽聲苦，江天寂歷江楓秋。静聽關山聞一叫，三湘月色悲猿嘯。又吹楊柳激繁音，千里春色傷人心。隨風飄向何處落，唯見曲盡平湖深。明發與君離别後，馬上一聲堪白首。忘言忘象。

錢起

送崔十三東遊

千里有同心，十年一會面。當杯緩箏柱，倏忽催離燕。丹鳳城頭噪晚鴉，行人馬首夕陽斜。灞上春風留别袂，關東新月宿誰家。宫柳依依兩鄉色，誰能此别不相憶。

何嘗不佳，然流入平調矣。

賦得青城山歌送楊杜二郎中赴蜀軍

蜀山西南千萬重，仙經最説青城峰。青城嶔岑倚空碧，遠壓峨眉吞劍壁。錦屏雲起易成霞，玉洞花明不知夕。星臺二妙逐王師，阮瑀軍書王粲詩。日落猿聲連玉笛，晴來山翠傍旗旐。緑蘿春月營門近，知君對酒遥相思。

送鄔三落第還鄉

郢客文章絶世稀，常嗟時命與心違。十年失路誰知己，千里思親獨遠歸。雲帆春水將何適，日愛東南暮山碧。關中新月對離樽，江上殘花待歸客。名宦無媒自古遲，窮途此别不堪悲。荷衣垂釣且安命，金馬招賢會有時。

郎士元

塞下曲

寶刀塞下兒，身經百戰曾百勝，壯心竟未嫖姚知。白草山頭日初没，黄沙戍下悲歌發。蕭條夜静邊風吹，獨倚營門望秋月。

起用單句，而以兒、知爲韻。

韓翃

寄哥舒僕射

萬里長城家，一生唯報國。腰垂紫文綬，手控黄金勒。高視黑矟翁，遥吞白騎賊。先摩牙門將，轉鬬黄河北。帳下親兵皆少年，錦衣承日繡行纏。轆轤寶劍初出鞘，宛轉角弓新上弦。壺中抽箭鴉翎黑，前把兩矛後雙戟。左盤右射紅塵中，鶻入雀群有誰敵。殺將破軍白日餘，迴旃舞旆北風初。群公楯鼻好磨墨，走馬爲君飛羽書。

卑靡時得此，具見稜稜風骨。

韋應物

學仙吟二首

昔有道士求神仙，靈真下試心確然。千鈞巨石一髮懸，卧之石下十三年。存道忘身一試過，名奏玉皇乃升天。雲氣冉冉漸不見，留語弟子但精堅。

石上鑿井欲到水，惰心一起中路止。豈不見，古來三人俱弟兄，結茅深山讀仙經。上有青冥倚天之絶壁，下有颼飀萬壑之松聲。仙人變化爲白鹿，二弟玩之兄誦讀。讀多七過可乞言，爲子心精得神仙。可憐二弟仰天泣，一失毫釐千萬年。

聽鶯曲

東方欲曙花冥冥，須知是聽鶯起法。啼鶯相唤亦可聽。乍去乍來時近遠，纔聞南陌又東城。忽往上林翻下苑，綿綿蠻蠻如有情。欲囀不囀意自嬌，羌兒弄笛曲未調。前聲後聲不相及，秦女學箏指猶澀。須臾風暖朝日暾，流音變作百鳥喧。誰家懶婦驚殘夢，何處愁人憶故園。伯勞飛過聲局促，戴勝下時桑田緑。不及流鶯日日啼花間，能使萬家春意閑。有時斷續聽不了，飛去花枝猶裊裊。還栖碧樹鎖千門，春漏方殘一聲曉別開一境。

李　益

野田行

日没出古城，野田何茫茫。寒狐嘯青塚，鬼火燒白楊。昔人未爲泉下客，行到此中曾斷腸。

登夏州城樓觀征人，賦得六州胡兒歌

六州胡兒六蕃語，十歲騎羊逐沙鼠。沙頭牧馬孤鴈飛，漢軍遊騎貂錦衣。雲中征戍三千里，今日征行何歲歸。無定河邊數株柳，共送行人一杯酒。胡兒起作和蕃歌，齊唱嗚嗚盡垂手。心知舊國西州遠，西相胡天望鄉久。回身忽作異方聲，一聲回盡征人首。蕃音虜曲直難分，似説邊情向塞雲。故國關山無限路，風沙滿眼斷征魂。不見天邊青作塚，古來愁殺漢昭君。

激楚中音帶和緩，猶見李東川遺韻。

韓　愈

昌黎當李、杜崛起之後，能不相沿習，別開境界。雖從横變化不逮李、杜，而規模堂廡，彌見闊大，洵推豪傑之士。韓詩無一處猶人，如太華削成，不可攀躋。韓詩恢張處多，頓挫處少。

汴州亂二首

汴州城門朝不開，天狗墮地聲如雷。健兒争誇殺留後，連屋累棟燒成灰。諸侯咫尺不能救，孤士何者自興哀。母從子走者爲誰，大夫夫人留後兒。昨日乘車騎大馬，坐者起趨乘者下。廟堂不肯用干戈，嗚呼，奈汝母子何！無意求工，乃臻古奥。史猶《急就》、張旭草書，同一神理。

馬厭穀

馬厭穀兮，士不厭糠籺；士被文繡兮，士無袒褐。彼其得志兮，不我虞；一朝失志兮，其何如。已焉哉，嗟嗟乎鄙夫。

利劍

利劍光耿耿，佩之使我無邪心。故人念我寡徒侣，持用贈我比知音。我心如冰劍如雪，不能刺讒夫，使我心腐劍鋒折。決雲中斷開青天，噫！劍與我俱變化歸黄泉。

山石

山石犖確行徑微，黄昏到寺蝙蝠飛。昇堂坐階新雨足，芭蕉葉大支子肥。僧言古壁佛畫好，以火來照所見稀。鋪牀拂席置羹飯，疏糲亦足飽我饑。夜深静卧百蟲絶，清月出嶺光入扉。天明獨去無道路，出入高下窮煙霏。山紅澗碧紛爛熳，時見松櫪皆十圍。當流赤足踏澗石，水聲激激風吹衣。人生如此自可樂，豈必局束爲人鞿。嗟哉，吾黨二三子，安得至老不更歸。

元遺山《論詩絶句》云：『有情芍藥含春淚，無力薔薇卧晚枝。拈出退之山石句，始知渠是女郎詩。』謂此篇也。『有情』二句，秦少游詩。

雉帶箭

原頭火燒静兀兀，野雉畏鷹出復没。將軍欲以巧伏人，盤馬彎弓惜不發。地形漸窄觀者多，雉驚弓滿勁箭加。衝人決起百餘尺，紅翎白鏃隨傾斜。將軍仰笑軍吏賀，五色離披馬前墮。

李將軍度不中不發，發必應弦而倒，審量於未彎弓之先。此矜惜於已彎弓之候，總不肯輕見其技也。作詩作文，亦須得此意。

汴泗交流贈張僕射建封。

汴泗交流郡城角，築場十步平如削。短垣三面繚逶迤，擊鼓騰騰樹赤旗。新秋朝凉未見日，公早結束來何爲。分曹決勝約前定，百馬攢蹄近相映。球驚杖奮合且離，紅牛纓紱黄金羈。側身轉臂著馬腹，霹靂應手神珠馳。超遥散漫兩閒暇，揮霍紛紜争變化。發難得巧意氣粗，歡聲四合壯士呼。此誠習戰非爲劇，豈若安坐行良圖。當今忠臣不可得，公馬莫走須殺賊。

『發難得巧』，即『盤馬彎弓』注脚。

贈唐衢

虎有爪兮牛有角，虎可搏兮牛可觸。奈何君獨抱奇材，手把鋤犁餓空谷。當今天子急賢良，匭函朝出開明光。何不上書自薦達，坐令四海如虞唐。

賢哲心事，光明磊落，公所上宰相書也。

謁衡岳廟遂宿嶽寺題門樓

五嶽祭秩皆三公，四方環鎮嵩當中。火維地荒足妖怪，天假神柄專其雄。噴雲泄霧藏半腹，雖有絶頂誰能窮。我來正逢秋雨節，陰氣晦昧無清風。潛心默禱若有應，豈非正直能感通。須臾静掃衆峰出，仰見突兀撑青空。紫蓋連延接天柱，石廩騰擲堆祝融。森然動魄下馬拜，松柏一逕趨靈宫。粉墻丹柱動光彩，鬼物圖畫填青紅。升階傴僂薦脯酒，欲以菲薄明其衷。廟令老人識神意，睢盱偵伺能鞠躬。手持盃珓導我擲，云此最吉餘難同。竄逐蠻荒幸不死，衣食纔足甘長終。侯王將相望久絶，神縱慾福難爲功。夜投佛寺上高閣，星月掩映雲朣朦。猿鳴鐘動不知曙，杲杲寒日生於東。

『横空盤硬語，妥帖力排奡』，公詩足當斯語！

桃源行

神仙有無何眇茫，桃源之説誠荒唐。流水盤迴山百轉，生綃數幅垂中堂。武陵太守好事者，題封遠寄南宫下。南宫先生欣得之，波濤入筆驅文辭。文工畫妙各臻極，異境恍惚移於斯。架岩鑿谷開宫室，接屋連牆千萬日。嬴顛劉蹶了不聞，地坼天分非所恤。種桃處處惟開花，川原近遠烝紅霞。初來猶自念鄉邑，歲久此地還成家。漁舟之子來何所，物色相猜更問語。大蛇中斷喪前王，群馬南渡開新主。聽終辭絶共凄然，自説經今六百年。當時萬事皆眼見，不知幾許猶流傳。爭持酒食來相饋，禮數不同樽俎異。月明伴宿玉堂空，玉堂，即『金堂玉室』意，以神仙目之。骨冷魂清無夢寐。夜半金雞啁哳鳴，火輪飛出客心驚。人間有累不可住，依然離別難爲情。舡開棹進一迴顧，萬里蒼蒼煙水暮。世俗寧知僞與真，至今傳者武陵人。

和虞部盧四汀酬翰林錢七徽赤藤杖歌

赤藤爲杖世未窺，臺郎始擕自滇池。滇池掃宮避使者，跪進再拜語嗢咿。繩橋拄過免傾墮，性命造次蒙扶持。途經百國皆莫識，君臣聚觀逐旌麾。共傳滇神出水獻，赤龍拔鬚血淋灕。又云羲和操火鞭，暝到西極睡所遺。此種奇傑，昌黎獨造。幾重包裹自題署，不以珍怪誇荒夷。歸來捧贈同舍子，浮光照手欲把疑。空堂晝眠倚戶牖，飛電著壁搜蛟螭。南宮清深禁闈密，唱和有類吹塤篪。妍辭麗句不可繼，見寄聊且慰分司。

石鼓歌

張生手持石鼓文，勸我試作石鼓歌。少陵無人謫仙死，才薄將奈石鼓何。周綱陵遲四海沸，宣王憤起揮天戈。大開明堂受朝賀，諸侯劍佩鳴相磨。蒐於岐陽騁雄俊，萬里禽獸皆遮羅。鐫功勒成告萬世，鑿石作鼓隳嵯峨。從臣才藝咸第一，揀選撰刻留山阿。雨淋日炙野火燎，鬼物守護煩撝呵。公從何處得紙本，毫髮盡備無差訛。辭嚴義密讀難曉，字體不類隸與蝌。年深豈免有缺畫，快劍斫斷生蛟鼉。鸞翔鳳翥衆仙下，珊瑚碧樹交枝柯。金繩鐵索鎖紐壯，古鼎躍水龍騰梭。陋儒編詩不收入，二《雅》褊迫無委蛇。孔子西行不到秦，掎摭星宿遺羲娥。嗟余好古生苦晚，對此涕淚雙滂沱。憶昔初蒙博士徵，其年始改稱元和。故人從軍在右輔，爲我度量掘臼科。濯冠沐浴告祭酒，如此至寶存豈多。氈苞席裹可立致，十鼓秖載數駱駝。薦諸太廟比郜鼎，光價豈止百倍過。聖恩若許留太學，諸生講解得切磋。觀經鴻都尚填咽，坐見舉國來奔波。剜苔剔蘚露節角，安置妥帖平不頗。大廈深簷與蓋覆，經歷久遠期無佗。中朝大官老於事，詎肯感激徒媕婀。牧童敲火牛礪角，誰復著手爲摩挲。日銷月鑠就埋没，六年西顧空吟哦。羲之俗書趁姿媚，數紙尚可博白鵝。繼周八代争戰罷，無人收拾理則那。方今太平日無事，柄任儒術崇丘軻。安能以此上論列，願借辯口如懸河。石鼓之歌止於此，嗚呼吾意其蹉跎。

陋儒，指當時採風者言，二雅不載，孔子無從采取也。『俗書』，《風俗通》行，別於古篆，故云『俗書』，無貶右軍意。

一韻到底，每易平行。雖意議層出，終乏濤瀾漭漫之觀。讀此，知少陵《哀王孫》、《瘦馬行》等篇，真不可及。

盧郎中雲夫寄示送盤谷子詩二章歌以和之

昔尋李愿向盤谷，正見高崖巨壁爭開張。是時新晴天井溢，誰把長劍倚太行。衝風吹破落天外，飛雨白日灑洛陽。東蹈燕川食曠野，有饋木蕨芽滿筐。馬頭溪深不可厲，借車載過水入箱。平沙綠浪榜方口，鴈鴨飛起穿垂楊。窮探極覽頗瓷橫，物外日月本不忙。歸來辛苦欲誰爲，坐令再往之計墮眇茫。閉門長安三日雪，推書撲筆歌慨慷。旁無壯士遺屬和，遠憶盧老時顛狂。開緘忽覩送歸作，字向紙上皆軒昂。又知李侯竟不顧，方冬獨入崔嵬藏。我今進退幾時決，十年蠢蠢隨朝行。家請官供不報答，無異雀鼠偷太倉。行抽手版付丞相，不待彈劾還耕桑。

柳州羅池廟

荔子丹兮蕉黄，雜佳蔬兮進侯堂。侯之船兮兩旗，度中流兮風泊之。待侯不來兮，不知我悲。侯乘駒兮入廟，慰我民兮不嚬以笑。鵞之山兮柳之水，桂樹團團兮白石齒齒。侯朝出遊兮暮來歸，春與猿吟兮秋鶴與飛。北方之人兮，爲侯是非。千秋萬歲兮，侯無我違。福我兮壽我，驅厲鬼兮山之左。下無苦濕兮高無乾，秔稌充羡兮蛇蛟結蟠。我民報祀兮，無怠其始，自今兮欽於世世。

拘幽操文王羑里作集中少此格，今附七言古後。

目窈窈兮，其凝其盲。耳肅肅兮，聽不聞聲。朝不見日出兮，夜不見月與星。有知無知兮，爲死爲生。嗚呼！臣罪當誅兮，天王聖明。

程伊川先生云：『道文王意中事，前後人道不到此。』《琹操》諸篇，深婉忠厚，得風雅之正。

越裳操

雨之施，物以孳。我何意，於彼爲。自周之先，其艱其勤。以有疆宇，私我後人。我祖在上，四方在下。厥臨孔威，敢戲以侮。孰荒於門，孰治於田。四海既均，越裳是臣。

將歸操孔子之趙，聞殺鳴犢作

狄之水兮，其色幽幽。我將濟兮，不得其由。涉其淺兮，石齧我足。涉其深兮，龍入我舟。我濟而悔兮，將安歸尤。歸兮歸兮，無與石鬬兮，無應龍求。

猗蘭操孔子傷不逢時作

蘭之猗猗，揚飈其香。不採而佩，於蘭何傷？今天之旋，其曷爲然。我行四方，以日以年。

雪霜貿貿，薺麥之茂。子如不傷，我不爾覯。薺麥之茂，薺麥之有。君子之傷，君子之守。

別鵠操商陵穆子，娶妻五年，無子，父母欲其改娶。其妻聞之，中夜悲嘯，穆子感之而作

雄鵠銜枝來，雌鵠啄泥歸。巢成不生子，大義當乖離。江漢水之大，鵠身鳥之微。更無相逢日，且可繞樹相隨飛。

柳宗元

楊白花

楊白花，風吹渡江水。坐令宫樹無顔色，搖盪春光千萬里。茫茫曉月下長秋，哀歌未斷城鴉起。

悽惋之音，與原詞彷彿。

長秋宫，太后所居。通篇不露正旨，而以「長秋」二字逗出，用筆在微顯之間。

戲題石門長老東軒

石門長老身如夢，栴檀成林手所種。坐來念念非昔人，萬遍蓮花爲誰用。如今七十自忘機，貪愛都忘筋力微。莫向東軒春野望，花開日出雉皆飛。禪趣。

漁翁

漁翁夜傍西巖宿，曉汲清湘然楚竹。煙消日出不見人，欸乃一聲山水緑。迴看天際下中流，巖上無心雲相逐。

東坡欲截末二句，甚允！

陳 閏

宿北樂館

欲眠不眠夜深淺，越鳥一聲空山遠。庭木蕭蕭落葉時，溪聲雨聲聽不辨。溪流潺潺風習習，燈影山光滿窗入。楝裹不知渾是雲，曉來但覺衣裳濕。

清幽何減孟襄陽《歸鹿門作》，而天然有升降之別，氣味有厚薄也。

李商隱

韓碑

元和天子神武姿，彼何人哉軒與羲。誓將上雪列聖恥，坐法宫中朝四夷。淮西有賊五十載，封狼生貙貙生羆。不據山河據平地，長戈利矛日可麾。帝得聖相相曰度，賊斫不死神扶持。腰懸相印作都統，陰風慘淡天王旗。愬武古通作牙爪，儀曹外郎載筆隨。行軍司馬智且勇，十四萬衆猶虎貔。入蔡縛賊獻太廟，功無與讓恩不訾。帝曰汝度功第一，汝從事愈宜爲辭。愈拜稽首蹈且舞，金石刻畫臣能爲。古者世稱大手筆，此事不係於職司。當仁自古有不讓，言訖屢頷天子頤。公退齋戒坐小閣，濡染大筆何淋灕。點竄《堯典》《舜典》字，塗改《清廟》《生民》詩。文成破體書在紙，清晨再拜鋪丹墀。表曰臣愈昧死上，詠神聖功書之碑。碑高三丈字如斗，負以靈鼇蟠以螭。句奇語重喻者少，讒之天子言其私。長繩百尺拽碑倒，麤砂大石相磨治。公之斯文若元氣，先時已入人肝脾。湯盤孔鼎有述作，今無其器存其辭。天地大文，勢位不能磨滅，爲文人吐氣語應如是！嗚呼，聖王及聖相，相與烜赫流淳熙。公之斯文不示後，曷與三五相攀追。願書萬本誦萬遍，口角流沫右手胝。傳之七十有二代，以爲封禪玉檢明堂基。

以文筆爲詩筆，鷹揚鳳翽，直欲駕昌黎而上之。晚唐人七言古，纖穠柔媚，近詩餘矣！爾時有此手筆，何啻鳳皇芝草、景星卿雲，存此一章，附昌黎詩後。

『封狼生貙貙生羆』七字平。『帝得聖相相曰度』七字仄，所謂『氣盛，則言之短長，與聲之高下，皆宜』。句奇語重，昌黎出人地頭處。

僧隱巒

蜀中送人遊廬山

君行正值芳春月，蜀道千山皆秀發。谿邊十里五里花，雲外三峰兩峰雪。君上匡山我舊居，松蘿抛擲十年餘。君行試到山前問，山鳥只今相憶無。

似高、岑不用力詩。

唐詩宗卷八 五言律

長洲沈德潛確士選　門人盧鋐鼎臣手録

王　績

野望

東皋薄暮望，徙倚欲何依。樹樹皆秋色，山山唯落暉。牧人驅犢返，獵馬帶禽歸。相顧無相識，長歌懷採薇。

五言律，前此聲律未諧，斷以此章爲首。

通首只『無相識』意，『懷採薇』，偶然興寄古人也。唐□〔一〕言謂感隋之將亡，毋乃穿鑿！即景好詩。爲後人穿鑿附會者甚多，須一掃而空□〔二〕。

校記

〔一〕『唐』下闕字。

〔二〕此字漫漶不清。

楊炯

從軍行

烽火照西京，心中自不平。牙璋辭鳳闕，鐵騎繞龍城。雪暗凋旗畫，風多雜鼓聲。寧爲百夫長，勝作一書生。

王　勃

別薛華

送送多窮路，遑遑獨問津。悲凉千里道，悽斷百年身。心事同漂泊，生涯共苦辛。無論去與住，俱是夢中人。

杜少府之任蜀州

城闕輔三秦，風烟望五津。與君離別意，同是宦遊人。海内存知己，天涯若比鄰。無爲在岐路，兒女共沾巾。

盧照鄰

春晚山莊率題

田家無四鄰，獨坐一園春。鶯啼非選樹，魚戲不驚綸。山水彈琴盡，風花酌酒頻。年華已可樂，高興復留人。

清穩詩，自開後人風氣。

蘇味道

正月十五夜

火樹銀花合，星橋鐵鎖開。暗塵隨馬去，明月逐人來。遊妓皆穠李，行歌盡落梅。金吾不禁夜，玉漏莫相催。

韋承慶

凌朝浮江旅思

天晴上初日，春水送孤舟。山遠疑無樹，潮平似不流。岸花開且落，江鳥没還浮。羈望傷千里，長歌遣四愁。

劉庭芝

晚春

佳人眠洞房，回首見垂楊。寒盡鴛鴦被，春生玳瑁牀。庭陰幕青靄，簾影散紅芳。寄語同心伴，迎春且薄粧。

六朝風致。

陳子昂

前此風格初成，精華未備。子昂崛起，堅光奧響，遂開少陵之先。方虛谷云：不但《感遇》爲古調之祖，其律詩亦近體之祖也。

晚次樂鄉縣

故鄉杳無際，日暮且孤征。川原迷舊國，道路入邊城。野戍荒煙斷，深山古木平。如何此時恨，噭噭夜猿鳴。

春日登九華觀

白玉仙臺古，丹丘別望遥。山川亂雲日，樓榭入煙霄。鶴舞千年樹，虹飛百尺橋。還逢赤松子，天路坐相邀。

度荆門望楚

遥遥去巫峽，望望下章臺。巴國山川盡，荆門烟霧開。城分蒼野外，樹斷白雲隈。今日狂歌客，誰知入楚來。

序自蜀入楚道路，結言楚有狂歌之士，今反狂歌入楚也。

春夜別友人

銀燭吐青煙，金尊對綺筵。離堂思琴瑟，別路繞山川。明月隱高樹，長河没曉天。悠悠洛陽去，此會在何年。

送魏大從軍

匈奴猶未滅，魏絳復從戎。悵別三河道，言追六郡雄。鴈山横代北，狐塞接雲中。勿使燕然上，唯留漢將功。

絳本和戎，今曰從戎，此活用之法。

杜審言

初唐，五言律不用雕鏤，然後人雕鏤者正不能到，故曰『大巧若拙』。陳、杜、沈、宋，足以當之。

蓬萊三殿侍宴，奉敕詠終南山

北斗挂城邊，南山倚殿前。雲標金闕迥，樹杪玉堂縣懸。半嶺通佳氣，中峰繞瑞煙。小臣持獻壽，長此戴堯天。

秋夜宴臨津鄭明府宅

行止皆無地，招尋獨有君。酒中堪累月，身外即浮雲。霜白霄鐘徹，風清曉漏聞。坐攜餘興往，還似未離群。

月、雲、霜、風，詩中一病，因『累月』、『浮雲』借□〔一〕故讀去不覺耳。

校記

〔一〕此字闕筆，無從辨識。

夏日過鄭七山齋

共有尊中好，言尋谷口來。薜蘿山逕入，荷芰水亭開。日氣含殘雨，雲陰送晚雷。洛陽鐘鼓至，車馬繫遲回。

和晉陵陸丞早春遊望

獨有宦遊人，偏驚物候新。警健。雲霞出海曙，梅柳渡江春。淑氣催黄鳥，晴光轉緑蘋。忽聞歌古調，歸思欲沾巾。

登襄陽城

旅客三秋至，層城四望開。楚山横地出，漢水接天回。冠蓋非新里，章華即舊臺。習池風景異，歸路滿塵埃。

送崔融

君王行出將，書記遠從征。祖帳連河闕，軍麾動洛城。旌旃朝朔氣，笳吹夜邊聲。坐覺烟塵掃，秋風古北平。

送高郎中北使

北狄願和親，東京發使臣。馬銜邊地雪，衣染異方塵。歲月催行旅，恩榮變苦辛。歌鐘期重錫，拜手落花春。

沈佺期

雲卿近體，吞吐含芳，安詳合度，不必陳之簡、老杜之渾厚，而位置其間，自難軒輊。夫唯品貴。

銅雀臺

昔年分鼎地，今日望陵臺。一旦雄圖盡，千秋遺令開。綺羅君不見，歌舞妾空來。恩共漳河水，東流無重回。

巫山高

巫山高不極，合沓狀奇新。暗谷疑風雨，陰崖若鬼神。月明三峽曉，潮滿九江春。爲語陽臺客，應知入夢人。

被試出塞

十年通大漠，萬里向長平。寒日生戈劍，陰雲拂旆旌。饑烏啼舊壘，疲馬戀空城。辛苦皋蘭北，胡塵損漢兵。

送金城公主適西番應制

金榜扶丹掖，銀河屬紫闈。那堪將鳳女，還以嫁烏孫。玉就歌中怨，珠辭掌上恩。西戎非我匹，明主至公存。極周旋處，正是極不堪處。

雜詩

聞道黄龍戍，頻年不解兵。可憐閨裏月，偏照漢家營。少婦今春意，良人昨夜情。誰能將旂鼓，一爲取龍城。

遊少林寺

長歌遊寶地，徙倚對珠林。鴈塔風霜古，龍池歲月深。紺園澄夕霽，碧殿下秋陰。歸路烟霞晚，山蟬處處吟。

早發平昌島

鮮纜春風後，鳴榔曉漲前。陽鳥出海樹，雲鴈下江煙。積氣衝長島，浮光溢大川。不能懷魏闕，心賞獨泠然。

夜宿七盤嶺

獨游千里外，高卧七盤西。山月臨窗近，天河入户低。芳春平仲緑，清夜子規啼。浮客空留聽，□[一]城聞曙雞。聽、聞，犯複。平仲，木名，見《吴都賦》。

校記

〔一〕此處闕字，《全唐詩》作「褒」。

隴頭水

隴山飛落葉，隴鴈度寒天。愁見三秋水，分爲兩地泉。西流入羌郡，東下向秦川。征客重回首，肝腸空自憐。

長孫正隱

晦日宴高氏林亭同用華字

晦晚屬烟霞，遨遊重歲華。歌鐘雖戚里，林藪是山家。細雨猶開日，深池不漲沙。淹留迷處所，巖岫幾重花。

宋之問

夏日仙萼亭應制

高嶺逼星河，乘輿此日過。野含時雨潤，山雜夏雲多。睿藻光巖穴，宸襟洽薜蘿。悠然小天下，歸路滿笙歌。

春日芙容園侍宴應制

芙容秦地沼，盧橘漢家園。谷轉斜盤徑，川迴曲抱源。風來花自舞，春入鳥能言。侍宴瑶池夕，歸途騎吹繁。

扈從登封途中作

帳殿鬱崔嵬，仙遊實壯哉。晚雲連幕卷，野火雜星回。谷暗千旗出，山鳴萬乘來。扈從良可賦，終乏掞天才。

沉雄之作。落句不免意盡。

留別之望舍弟

同氣有三人，分飛在此晨。西馳巴蜀徼，東去洛陽濱。强飲離前酒，終傷别後神。誰憐散花萼，獨赴日南春。

登禪定寺

梵宇出三天，登臨望八川。開襟坐霄漢，揮手拂雲烟。函谷青山外，昆明落日邊。東京楊柳陌，少別已經年。

度大庾嶺

度嶺方辭國，停軺一望家。魂隨南翥鳥，淚盡北枝花。山雨初含霽，江雲欲變霞。但令歸有日，不敢怨長沙。

題大庾嶺北驛

陽月南飛鴈，傳聞至此迴。我行殊未已，何日復歸來。江静潮初落，林昏瘴不開。明朝望鄉處，應見隴頭梅。

陸渾山莊

歸來物外情，負杖閱巖耕。源水看花入，幽林採藥行。野人相問姓，山鳥自呼名。去去獨吾樂，無能愧此生。

送沙門弘景、道俊、玄奘還荆州應制

三乘歸凈域，萬騎餞通莊。就日離亭近，彌天別路長。荆南旋杖鉢，渭北限津梁。何日紆真果，還來入帝鄉。

途中寒食

馬上逢寒食，愁中屬暮春。可憐江浦望，不見洛橋人。北極懷明主，南溟作逐臣。故園腸斷處，日夜柳條新。

李　嶠

長寧公主東莊侍宴

別業臨青甸，鳴鑾降紫霄。長筵鵷鷺集，仙管鳳凰調。樹接南山近，煙含北渚遥。承恩咸已醉，戀賞未還鑣。

結見君恩無已。

送金城公主適西番應制

漢帝撫戎臣，絲言命錦輪。還將弄機女，遠嫁織皮人。曲怨關山月，粧销道路塵。所嗟穠李樹，空對小榆春。

郭振

塞上

塞上虜塵飛，頻年出武威。死生隨玉劍，辛苦向金微。久戍人將老，長征馬不肥。仍聞酒泉郡，已合數重圍。

蘇頲

奉和登驪山高頂應制

仙蹕御層氛，高高積翠分。巖聲中谷應，天語半空聞。豐樹連黄葉，函關入紫雲。聖圖恢寓縣，歌舞少横汾。

崔　湜

折楊柳

二月風光半，三邊戍不還。年華妾自惜，楊柳爲君攀。落絮縈衫袖，垂條拂髩鬟。那堪音信斷，流涕望陽關。

劉眘虚

寄江滔求孟六遺文

南望襄陽路，思君情轉親。偏知漢水廣，應與孟家鄰。在日貪爲善，昨來聞更貧。相如有遺草，爲一問家人。

不負死友，古人交誼。

闕題

道由白雲盡，春與青溪長。時有落花至，遠隨流水香。閑門向山路，深柳讀書堂。幽映每白日，清輝照衣裳。

每事過求，則當前妙境忽而不領。解此意，方見其自然之趣。

張説

恩敕麗正殿書院賜宴

東壁圖書府，西園翰墨林。誦《詩》聞國政，講《易》見天心。位竊和羹重，恩叨醉酒深。載歌春興曲，情竭爲知音。

岳州宴別潭州王熊

縉雲通省閣，溝水遽西東。然諾心猶在，容華歲不同。孤城臨楚塞，遠樹入秦宮。誰念三千里，江潭一老翁。

深渡驛

旅宿青山夜，荒庭白露秋。洞房懸月影，高枕聽江流。猿響寒巖樹，螢飛古驛樓。他鄉對搖落，並覺起離憂。

還至端州驛前與高六別處

舊館分江口，凄然望落暉。相逢傳旅食，臨別換征衣。昔記山川是，今傷人代非。往來皆此路，生死不同歸。

『傳旅食』，猶云傳餐也。

叙及衣食，情事凄然。

岳州贈廣平公宋大夫

亞相本時英，歸來復國楨。朝推長孺直，野慕隱之清。傳節還閩嶂，皇華入漢京。寧思江上老，歲晏獨無成。

和魏僕射還鄉

富貴還鄉國，光華滿舊林。秋風樹不静，君子歎何深。故老空懸劍，鄰交日散金。衆芳摇落盡，獨有歲寒心。

幽州夜飲

凉風吹夜雨，蕭瑟動寒林。正有高堂宴，能忘遲暮心。軍中宜劍舞，塞上重笳音。不作邊城將，誰知恩遇深。

此種結，後惟老杜有之，遠臣宜作是想。

張九齡

望月懷遠

海上生明月，天涯共此時。情至語。情人怨遥夜，竟夕起相思。滅燭憐光滿，披衣覺露滋。不堪盈手贈，還寢夢佳期。

旅宿淮陽亭口號

日暮荒亭上，悠悠旅思多。故鄉臨桂水，今夜眇星河。對法活變。暗草霜華發，空庭鴈影過。興來誰與晤，勞者自爲歌。

宗楚客

奉和人日清暉樓宴群臣遇雪應制

窈窕神仙閣，參差雲漢間。九重中禁啓，七日早春還。太液天爲水，蓬萊雪作山。巧句。今朝上林樹，無處不堪攀。

孫逖

宿雲門寺閣

香閣東山下，烟花象外幽。懸燈千嶂夕，卷幔五湖秋。畫壁餘鴻鴈，紗窗宿斗牛。更疑天路近，夢與白雲遊。

『千嶂夕』、『五湖秋』，承『象外幽』言之。五言寺之古，六言閣之高。

梁　獻

王昭君

圖畫失天真，容華坐誤人。君恩不可再，妾命在和親。淚點關山月，衣銷邊塞塵。一逢陽鳥至，思絶漢宫春。

安命語，寔深於怨。

唐人詠昭君者，多纖巧恬俗，此作故爲雅音，若少陵『群山萬壑赴荆門』，筆如游龍，不可方物矣。

玄宗皇帝

經魯祭孔子而歎之

夫子何爲者，栖栖一代中。地猶鄹氏邑，宅即魯王宫。歎鳳嗟身否，傷麟怨道窮。今看兩楹奠，當與夢時同。

送賀知章

遺榮期入道，辭老竟抽簪。豈不惜賢達，其如高尚心。寰中得秘要，方外散幽襟。獨有青門餞，群僚悵别深。

朱子云：『越州有石刻唐朝臣送賀知章詩，只有明皇一首好』。

幸蜀西至劍門

劍閣横雲峻，鑾輿出狩回。翠屏千仞合，丹嶂五丁開。灌木縈旗轉，仙雲拂馬來。乘時方在德，嗟爾勒銘才。

晋張載有《劍閣銘》。

通體雄健，其才足以方駕茂陵。

張子容

送孟浩然歸襄陽

東越相逢地，西亭送別津。風潮看解纜，雲海共愁人。鄉在桃林岸，山連楓樹春。因懷故園意，歸與孟家鄰。

崔顥

贈梁州張都督

聞君爲漢將，虜騎不南侵。出塞清沙漠，還家拜羽林。風霜臣節苦，歲月主恩深。少陵往往能作是語。爲語西河使，知予報國心。

爲語都督，自白其心也。

送單于裴都護赴西河

征馬去翩翩，城秋月正圓。單于莫近塞，都護欲臨邊。漢驛通烟火，胡沙乏井泉。功成須獻捷，未必去經年。

題潼關樓

客行逢雨霽，歇馬上津樓。山勢雄三輔，關門扼九州。川從陝路去，河繞華陰流。向晚登臨處，風烟萬里愁。

中二聯犯四平，唐人甚多，終是一病。

李　白

逸氣凌雲，天然秀麗。隨舉一例，知非老杜詩，非王摩詰、孟襄陽詩也。

宫中行樂詞七首

水緑南薰殿，花紅北闕樓。鶯歌聞太液，鳳吹繞瀛州。素女鳴珠珮，天人弄彩毬。今朝風日好，宜入未央遊。

寒雪梅中盡，春風柳上歸。宫鶯嬌欲醉，簷燕語還飛。遲日明歌席，新花艷舞衣。晚來移彩仗，行樂泥光輝。

原本齊梁緑情綺麗，中間不忘規諷，寄意獨遠。

繡户香風煖，紗窻曙色新。宫花争笑日，池草暗生春。緑樹聞歌鳥，青樓見舞人。昭陽桃李月，羅綺自相親。

玉樹春歸日，金宫樂事多。後庭朝未入，輕輦夜相過。笑出花間語，嬌來竹下歌。莫教明月去，留著醉嫦娥。

盧橘爲秦樹，蒲萄出漢宫。烟花宜落日，絲管醉春風。笛奏龍吟水，簫鳴鳳下空。君王多樂事，還與萬方同。

柳色黄金嫩，梨花白雪香。玉樓巢翡翠，金殿鎖鴛鴦。選妓隨雕輦，徵歌出洞房。宫中誰第一，飛燕在昭陽。

小小生金屋，盈盈在紫微。山花插寶髻，石竹繡羅衣。每出深宫裏，常隨步輦歸。只愁歌舞散，化作彩雲飛。

塞下曲三首

五月天山雪，無花只有寒。笛中聞《折柳》，春色未曾看。曉戰隨金鼓，宵眠抱玉鞍。願將腰下劍，直爲斬樓蘭。

駿馬似風飇，鳴鞭出渭橋。彎弓辭漢月，插羽破天驕。陣解星芒盡，營空海霧消。功成畫麟閣，獨有霍嫖姚。

起四語直下，從前未具此格。

塞虜乘秋下，天兵出漢家。將軍分虎竹，戰士卧龍沙。邊月隨弓影，胡霜拂劍花。玉關殊未入，少婦莫長嗟。

只弓如月、劍如霜耳，筆端點染，遂成奇彩。結意亦復深婉。

秋思古琴操，商調之曲。

燕支黄葉落，妾望自登臺。海上碧雲斷，單于秋色來。胡兵沙塞合，漢使玉關回。征客無歸日，空悲蕙草摧。末喻己之容華凋謝也

侍從遊宿温泉宫作

羽林十二將，羅列應星文。霜仗懸秋月，霓旌卷夜雲。嚴更千户肅，仙樂九天聞。日出瞻佳氣，葱葱繞聖君。

口號贈徵君盧鴻公時被召。

陶令辭彭澤，梁鴻入會稽。我尋高士傳，君與古人齊。雲卧留丹壑，天書降紫泥。不知楊伯起，早晚向關西。

贈孟浩然

吾愛孟夫子，風流天下聞。紅顏棄軒冕，白首卧松雲。醉月頻中聖，迷花不事君。高山安可仰，徒此揖清芬。

寄淮南友人

紅顏悲舊國，青歲歇芳洲。不待金門詔，空持寶劍遊。海雲迷驛道，江月隱鄉樓。復作淮南客，因逢桂樹留。

渡荆門送别

渡遠荆門外，來從楚國遊。山隨平野盡，江入大荒流。奇句。月下飛天鏡，雲生結海樓。仍憐故鄉水，萬里送行舟。

送友人

青山横北郭，白水繞東城。此地一爲别，孤蓬萬里征。浮雲遊子意，落日故人情。揮手自兹去，蕭蕭班馬鳴。

三、四流走。亦竟有散行者，然起句必須整齊。

蘇李贈言，多唏嘘語，而無蹶蹙聲，知古人之意在不盡矣，太白猶不失斯旨。

送友人入蜀

見説蠶叢路，崎嶇不易行。山從人面起，雲傍馬頭生。芳樹籠秦棧，春流繞蜀城。升沉應已定，不必問君平。

奇句傳出『不易行』意。『籠秦棧』『繞蜀城』，以所經言之，結用蜀人，恰好。

送麴十少府

試發清秋興，因爲吴會吟。碧雲斂海色，流水折江心。我有延陵劍，君無陸賈金。艱難此爲別，惆悵一何深。

尋雍尊師隱居

群峭碧摩天，逍遥不記年。撥雲尋古道，倚樹聽流泉。花煖青牛卧，松高白鶴眠。語來江色暮，獨自下寒煙。

訪戴天山道士不遇

犬吠水聲中，桃花帶雨濃。別趣。樹深時見鹿，溪午不聞鐘。野竹分青靄，飛泉挂碧峰。無人知所去，愁倚兩三松。

過崔八丈水亭

高閣横秀氣，清幽並在君。簷飛宛溪水，窻落敬亭雲。猨嘯風中斷，漁歌月裏聞。閑隨白鷗去，沙上自爲群。

秋登宣城謝脁北樓

江城如畫裏，山曉望晴空。兩水夾明鏡，雙橋落彩虹。人烟寒橘柚，秋色老梧桐。誰念北樓上，臨風懷謝公。

中間實寫，正所云如畫。

謝公亭

謝公離别處，風景每生愁。客散青天月，山空碧水流。池花春映日，窗竹夜鳴秋。今古一相接，長歌懷舊遊。

太原早秋

歲落衆芳歇，時當大火流。霜威出塞早，雲色渡河秋。夢繞邊城月，心飛故國樓。思歸若汾水，無日不悠悠。

觀獵

太守耀清威，乘間弄晚暉。江沙横獵騎，山火繞行圍。箭逐雲鴻落，鷹隨月兔飛。不知白日暮，歡賞夜方歸。

夜泊牛渚懷古此地即謝尚聞袁宏詠史處。

牛渚西江夜，青天無片雲。登舟望秋月，空憶謝將軍。余亦能高詠，斯人不可聞。明朝挂帆去，楓葉落紛紛。

不用對偶，一氣旋折，律詩中有此一格。

王　唯

右丞五言律有二種：一種以清遠勝，如『行到水窮處，坐看雲起時』是也；一種以雄渾勝，如『天官動將星，漢地柳條青』是也，當分別觀之。

從岐王過楊氏別業應教

楊子談經處，淮王載酒過。興闌啼鳥換，坐久落花多。逕轉迴銀燭，林開散玉珂。嚴城時未啓，前路擁笙歌。

同崔員外秋宵寓直

建禮高秋夜，承明候曉過。九門寒漏徹，萬井曙鐘多。月迴藏珠斗，雲消出絳河。更慚衰朽質，南陌共鳴珂。

酬張少府

晚年惟好静，萬事不關心。自顧無長策，空知返舊林。松風吹解帶，山月照彈琴。君問窮通理，漁歌入浦深。

可以意悟。

輞川閑居贈裴秀才迪

寒山轉蒼翠，秋水日潺湲。倚杖柴門外，臨風聽暮蟬。渡頭餘落日，墟里上孤煙。復值接輿醉，狂歌五柳前。

山居秋暝

空山新雨後，天氣晚來秋。明月松間照，清泉石上流。竹喧歸浣女，蓮動下漁舟。隨意春芳歇，王孫自可留。

歸嵩山作

清川帶長薄，車馬去閑閑。流水如有意，暮禽相與還。荒城臨古渡，落日滿秋山。迢遞嵩高下，歸來且閉關。

寫人情物性，每在有意無意間。

輞川閑居

一從歸白社，不復到青門。時倚簷前樹，遠看原上村。青菰臨水映，白鳥向山翻。寂寞於陵子，桔槔方灌園。

複『青』『白』字。

終南山

太乙近天都，連山到海隅。白雲回望合，青靄入看無。分野中峰變，陰晴衆壑殊。欲投人處宿，隔水問樵夫。

『近天都』，言其高；『到海隅』，言其遠；『分野』二句，言其大。四十字中，無所不包，手筆不在少陵下。

有謂末二句不配，今玩其語意，見山遠而人寡也，非尋常寫景可比。

晚春嚴少尹與諸公見過

松菊荒三徑，圖書共五車。烹葵邀上客，看竹到貧家。雀乳先春草，鶯啼過落花。自憐黄髮暮，一倍惜年華。

過香積寺

不知香積寺，數里入雲峰。古木無人逕，深山何處鐘。泉聲咽危石，日色冷青松。薄暮空潭曲，安禪制毒龍。

登辨覺寺

竹逕從初地，蓮峰出化城。窗中三楚盡，林外九江平。軟草承趺坐，長松響梵聲。空居法雲外，觀世得無生。

送岐州源長史歸

握手一相送，心悲安可論。秋風正蕭索，客散孟嘗門。故驛通槐里，長亭下槿原。征西舊旌節，從此向河源。

送嚴秀才還蜀

寧親爲令子，似舅即賢甥。別路經花縣，還鄉入錦城。山臨青塞斷，江向白雲平。獻賦何時至，明君憶長卿。

送張判官赴河西

單車曾出塞，報國敢邀勳。見逐張征虜，今思霍冠軍。沙平連白雪，蓬卷入黃雲。慷慨倚長劍，高歌一送君。

同崔興宗送瑗公

言從石菌閣，新下穆陵關。獨向池陽去，白雲留故山。綻衣秋日裏，洗鉢古松間。一施傳心法，唯將戒定還。

以紉綻爲綻，猶以辮爲污、以治爲亂也。

他本改「紉衣」，不必。

送平淡然判官

不識陽關路，新從定遠侯。黄雲斷春色，畫角起邊愁。瀚海經年到，交河出塞流。須令外國使，知飲月支頭。

送趙都督赴代州

天官動將星，漢地柳條青。萬里鳴刁斗，三軍出井陘。忘身辭鳳闕，報國取龍庭。豈學書生輩，窗間老一經。

送方城韋明府

遥思葭菼際，寥落楚人行。高鳥長淮水，平蕪故郢城。遠景在目。使車聽雉雊，縣鼓應雞鳴。若見州從事，無嫌手板迎。

送梓州李使君

萬壑樹參天，千山響杜鵑。山中一夜雨，樹杪百重泉。斗絶。漢女輸橦布，巴人訟芋田。文翁翻教授，不敢倚先賢。

送劉司直赴安西

絶域陽關道，胡沙與塞塵。三春時有鴈，萬里少人行。苜蓿隨天馬，葡萄逐漢臣。當令外國懼，不敢覓和親。

一氣渾淪，神勇之技。

送張五諲歸宣城

五湖千萬里，況復五湖西。漁浦南陵郭，人家春穀溪。欲歸江淼淼，未到草萋萋。憶想蘭陵鎮，可宜猨更啼。

送賀遂員外外甥

南國有歸舟，荆門泝上流。蒼茫葭菼外，雲水與昭丘。檣帶城烏去，江連暮雨愁。猿聲不可聽，莫待楚山秋。

情思超然，清奪衆妙。廣南方蒙章先生，亦取此詩，以其造自得之境也。

送楊長史赴果州

褒斜不容幰，之子去何之。鳥道一千里，猿聲十二時。官橋祭酒客，山木女郎祠。别後同明月，君應聽子規。

送邢桂州

鐃吹喧京口，風波下洞庭。赭圻將赤岸，擊汰復揚舲。日落江湖白，潮來天地青。明珠歸合浦，應逐使臣星。

《後漢書》：薛孟嘗，字伯周，遷合浦太守。先時，宰守，貪珠，徙交趾。嘗到官，去珠復還。

三、四，活對『潮來』句，奇警，末諷以不貪也。古人運意曲折微婉。

送丘爲落第歸江東

憐君不得意，況復柳條春。爲客黄金盡，還家白髮新。五湖三畝宅，萬里一歸人。知爾不能薦，羞稱獻納臣。

末句自咎，言我知君，而不能薦之於朝，羞自比於獻納臣也。玄宗改理匭使爲獻納使，故有是稱。他本改『爾』爲『禰』，若不能薦於父廟者，似新而鑿，且不成句。

送崔九興宗遊蜀

送君從此去，轉覺故人稀。徒御猶迴首，田園半掩扉。出門當旅食，中路授寒衣。江漢風流地，遊人何處歸。

漢江臨汎

楚塞三湘接，荆門九派通。江流天地外，山色有無中。郡邑浮前浦，波瀾動遠空。襄陽好風日，留醉與山翁。

被出濟州

微官易得罪，謫去濟川陰。執政方持法，明君無此心。亦周旋，亦感憤。閭閻河潤上，井邑海雲深。縱有歸來日，多愁年鬢侵。

使至塞上

單車欲問邊，屬國過居延。征蓬出漢塞，歸鴈入胡天。大漠孤煙直，長河落日圓。蕭關逢候吏，都護在燕然。

冬晚對雪，憶胡居士家

寒更傳曉箭，清鏡覽衰顏。隔牖風驚竹，開門雪滿山。灑空深巷静，積素廣庭閑。借問袁安宅，翛然尚閉關。

『隔牖』一聯，不削而合，不繪而工，予取最賞。

終南別業

中歲頗好道，晚家南山陲。興來每獨往，勝事空自知。行到水窮處，坐看雲起時。偶然值林叟，談笑無還期。

行所無事，一片化機。

登裴迪秀才小臺作

端居不出户，滿目望雲山。落日鳥邊下，秋原人外閑。遥知遠林際，不見此簷間。好客多乘月，應門莫上關。

秋夜獨坐

獨坐悲雙鬢，空堂欲二更。雨中山果落，燈下草蟲鳴。白髮終難變，黄金不可成。欲知除老病，惟有學無生。

觀獵

風勁角弓鳴，將軍獵渭城。草枯鷹眼疾，雪盡馬蹄輕。忽過新豐市，還歸細柳營。迴看射雕處，千里暮雲平。

起語千鈞，筆力、章法、句法、字法，俱臻絶頂。盛唐詩中，亦不多見。

唐詩宗卷九 五言律

長洲沈德潛確士選　門人盧鉉鼎臣手録

孟浩然

孟詩勝人處，每無意求工，而清超越俗，正復出人意表。清淺語，誦之，自有泉流石上、風來松下之音。

臨洞庭寄張丞相

八月湖水平，涵虛混太清。氣蒸雲夢澤，波撼岳陽城。欲濟無舟楫，端居恥聖明。坐觀垂釣者，徒有羡魚情。

起法高渾。三、四雄闊，足與題稱。讀此詩，知襄陽非甘於隱遁者。

與諸子登峴山

人事有代謝，往來成古今。江山留勝迹，我輩復登臨。水落魚梁淺，天寒夢澤深。羊公碑尚在，讀罷淚沾襟。

清遠之作，不煩攻苦著力。

晚春

二月湖水清，家家春鳥鳴。林花掃更落，徑草踏還生。酒伴來相命，開尊共解酲。當杯已入手，歌妓莫停聲。

題義公禪房

義公習禪寂，結宇依空林。户外一峰秀，堦前衆壑深。夕陽連雨足，空翠落庭陰。秀絶。看取蓮花净，方知不染心。

李氏園卧疾

我愛陶家趣，林園無俗情。春雷百卉坼，寒食四鄰清。伏枕嗟公幹，歸田羡子平。年年白社客，空滯洛陽城。

《劉公幹詩》：『余嬰沉痼疾，竄身清漳濱。』張平子有《歸田賦》，向子平不知何指。

尋梅道士

彭澤先生柳，山陰道士鵞。我來從所好，停策夏陰多。重以觀魚樂，因之鼓枻歌。崔徐迹未朽，千載挹清波。

梅道士水亭

傲吏非凡吏，名流即道流。隱居不可見，高論莫能酬。水接仙源近，山藏鬼谷幽，再來尋處所，花下問漁舟。

尋天台山

吾愛太乙子，飡霞卧赤城。欲尋華頂去，不憚惡溪名。處州溪名。歇馬憑雲宿，揚帆截海行。高高翠微裏，遥見石梁横。

歸終南山

北闕休上書，南山歸弊廬。不才明主棄，多病故人疎。白髮催年老，青陽逼歲除。永懷愁不寐，松月夜窗虚。

過故人莊

故人具鷄黍，邀我至田家。緑樹村邊合，青山郭外斜。開軒面場圃，把酒話桑麻。待到重陽日，還來就菊花。

詩亦清妙，但近於薄。

裴司士見尋

府僚能枉駕，家醖復新開。落日池上酌，清風松下來。厨人具鷄黍，稚子摘楊梅。誰道山翁醉，猶能騎馬回。

和李侍御渡松滋江

南紀西江闊，皇華御史雄。截流寧假楫，挂席自生風。寮寀争攀鷁，魚龍亦避驄。坐聽白雪唱，翻入棹歌中。

宿桐廬江寄廣陵舊遊

山暝聽猿愁，滄江急夜流。風鳴兩岸葉，月照一孤舟。建德非吾土，維揚憶舊遊。還將兩行淚，遥寄海西頭。

孟公詩高於起調，故清而不寒。

晚泊潯陽望廬山

掛席幾千里，名山都未逢。泊舟潯陽郭，始見香爐峰。嘗讀遠公傳，永懷塵外縱。東林精舍近，日暮但聞鐘。

留别王維

寂寂竟何待，朝朝空自歸。欲尋芳草去，惜與故人違。當路誰相假，知音世所稀。秖應守寂寞，還掩故園扉。

閑園懷蘇子

林園雖少事，幽獨自多違。向夕開簾坐，庭陰落翠微。鳥從煙樹宿，螢傍水軒飛。感念同懷子，京華去不歸。

早寒有懷

木落雁南渡，北風江上寒。我家襄水曲，遥隔楚雲端。鄉淚客中盡，孤帆天際看。迷津欲有問，平海夕漫漫。

起手須得此高致。

途次望鄉

客行愁落日，鄉思重相催。况在他山外，天寒夕鳥來。雪深迷郢路，雨暗失陽臺。可歎悽遑子，狂歌誰爲媒。

途中遇晴

已失巴陵雨，猶逢蜀坂泥。天開斜景遍，山出晚雲低。餘溼猶沾草，殘流尚入溪。今宵有明月，鄉思遠凄凄。

赴京途中遇雪

迢遞秦京道，蒼茫歲暮天。窮陰連晦朔，積雪遍山川。落鴈迷寒渚，飢烏噪野田。客愁空佇立，不見有人烟。

夜渡湘水

客行貪利涉，夜裹渡湘川。露氣聞芳杜，歌聲識采蓮。榜人投岸火，漁子宿潭煙。行侶時相問，潯陽何處邊。

高　適

送劉評事充朔方判官賦得征馬嘶

征馬向邊州，蕭蕭嘶未休。思深應帶別，聲斷爲兼秋。岐路風將遠，關山月共愁。贈君從此去，何日大刀頭。

送魏八

更沽淇上酒，還泛驛前舟。爲惜故人去，復憐嘶馬愁。雲山行處合，風雨興中秋。此路無知己，明珠莫暗投。

送鄭侍御謫閩中

謫去君無恨，閩中我舊過。大都秋鴈少，只是夜猿多。東路雲山合，南天瘴癘和。自當逢雨露，行矣慎風波。結得忠厚。鴈少猨多，正言旅思不堪也。

使青夷軍入居庸

匹馬行將久，征途去轉難。不知邊地別，只訝客衣單。溪冷泉聲苦，山空木葉乾。莫言關塞極，雨雪尚漫漫。

醉後贈張九旭

世上謾相識，此翁殊不然。興來書自聖，醉後語尤顛。白髮老閒事，青雲在目前。牀頭一壺酒，能更幾回眠。

岑　參

嘉州五言律，多激壯之音。

高冠谷口招鄭鄠

谷口來相訪，空齋不見君。澗花然暮雨，潭樹暖春雲。門逕稀人迹，簷峰下鹿群。衣裳與枕席，山靄碧氛氲。

初授官，題高冠草堂

三十始一命，宦情多欲闌。自憐無舊業，不敢恥微官。澗水吞樵路，山花醉藥欄。只緣五斗米，辜負一漁竿。

鍊字近尖新矣，因氣體高，使人不覺。

送杜佐下第歸陸渾別業

正月今欲半，陸渾花未開。出關見青草，春色正東來。夫子且歸去，明時方愛才。還須及秋賦，莫即隱蒿萊。

『芙蓉生在秋江上，不向東風怨未開』，安分語。此詩純用慰勉，心和氣平，盛唐人身分，故不易到。

送張子尉南海

不擇南州尉，高堂有老親。樓臺重蜃氣，邑里雜鮫人。海暗三山雨，花明五嶺春。此鄉多寶玉，慎勿厭清貧。

著眼起結。唐人結意，虛詞游衍者多，此種規諷有體。諷以不貪，而云『勿厭清貧』，忠告善道，自宜爾爾。

趙少尹南亭送鄭侍御歸東臺

紅亭酒甕香，白麵繡衣郎。砌冷蟲喧座，簾疎月到牀。鐘催離思急，絃逐醉歌長。關樹應先落，隨君滿路霜。

送張子東歸

白羽緑弓絃，年年只在邊。還家劍鋒盡，出塞馬蹄穿。逐虜西踰海，平胡北到天。封侯應不遠，燕頷豈徒然。

奉送李太保兼御史大夫，充渭北節度使，即太尉光弼弟

詔出未央宫，登壇近總戎。上公周太保，副相漢司空。弓抱關西月，旗翻渭北風。弟兄皆許國，天地荷成功。

雄偉宏麗。

光燄敓日

虢州送天平何丞入京市馬

關樹晚蒼蒼，長安近夕陽。迴風醒別酒，細雨溼行裝。習戰邊塵黑，防秋塞草黄。知君市駿馬，不是學燕王。

武威暮春，聞宇文判官西使還，已到晋昌

片雨過城頭，黄鸝上戍樓。塞花飄客淚，邊樹挂鄉愁。白髮悲明鏡，青春换弊裘。君從萬里使，聞已到瓜州。

寄左省杜拾遺

聯步趨丹陛，分曹限紫微。曉隨天仗入，暮惹御香歸。白髮悲花落，青雲羨鳥飛。聖朝無闕事，自覺諫書稀。

下半自傷遲暮，無可建白也。感歎語以回護出之，方是詩人之旨。

登揔持寺

高閣逼諸天，登臨近日邊。晴開萬井樹，愁看五陵煙。檻外低秦嶺，窻中小渭川。早知清浄理，常願奉神仙。

磧西頭送李判官入京

一身從遠使，萬里向安西。漢月垂鄉淚，胡沙費馬蹄。尋河愁地盡，過磧覺天低。送子軍中飲，家書醉裏題。

陜州月城樓送辛判官入奏

送客飛鳥外，奇句。城頭樓最高。尊前遇風雨，窻裏動波濤。謁帝向金殿，隨身唯寶刀。相思灞陵月，只有夢偏勞。

題山寺僧房

窻影摇群動，墻陰截一峰。野爐風自爇，山碓水能舂。勤學翻知誤，爲官好欲慵。高僧暝不見，月出但聞鐘。

巴南舟中夜書事

渡口欲黄昏，歸人争渡喧。近鐘清野寺，遠火點江村。見鴈思鄉信，聞猿積淚痕。孤舟萬里夜，秋月不堪論。

清而不薄。

初至犍爲作

山色軒楹内，灘聲枕席間。草生公府静，花落訟庭閑。雲雨連三峽，風塵接百蠻。到來能幾日，不覺鬢毛班。

儲光羲

張谷田舍

縣官清且儉，深谷有人家。一徑入寒竹，小橋穿野花。碓喧春澗滿，梯倚緑桑斜。自説年來稔，前村酒可賒。

寒夜江口泊舟

寒潮信未起，出浦繞孤舟。一夜苦風浪，自然增旅愁。吴山遲海月，楚火照江流。欲有知音者，異鄉誰可求。

題虬上人房

禪宫分兩地，釋子一爲心。入道無來去，清言見古今。江寒池水緑，山暝竹園深。别有中天月，遥遥散夕陰。

杜甫

少陵近體氣局闊大，使事典切。而人所不可及處，尤在錯綜任意，寓變化於嚴整之中，斯足凌轢千古！

登兖州城樓

東郡趨庭日，南樓縱目初。浮雲連海岱，平野入青徐。孤嶂秦碑在，荒城魯殿餘。從來多古意，臨眺獨躊躇。

首尾圓足，格律亦復細密，此少年經營之作。

房兵曹胡馬詩

胡馬大宛名，鋒稜瘦骨成。竹批雙耳峻，風入四蹄輕。所向無空闊，真堪托死生。驍騰有如此，萬里可横行。

前半論骨相，後半并及性情。萬里横行，指房兵曹，方不粘著題面。

畫鷹

素練風霜起，蒼鷹畫作殊。攫身思狡兔，側目似愁胡。絛鏇光堪擿，軒楹勢可呼。何當擊凡鳥，毛血灑平蕪。

『風霜起』可作『縞素漠漠開風沙』註脚。

夜宴左氏莊

風林纖月落，衣露浄琴張。暗水流花徑，春星帶草堂。檢書燒燭短，看劍引杯長。詩罷聞吴詠，扁舟意不忘。

春日憶李白

白也詩無敵，飄然思不群。清新庾開府，俊逸鮑參軍。渭北春天樹，江東日暮雲。何時一尊酒，重與細論文。

少陵在渭北，太白在江東，寫景而離情自見。

對雪

戰哭多新鬼，愁吟獨老翁。亂雲低薄暮，急雪舞迴風。瓢棄尊無緑，爐存火似紅。數州消息斷，愁坐正書空。

月夜

今夜鄜州月，閨中只獨看。遥憐小兒女，未解憶長安。香霧雲鬟濕，清輝玉臂寒。何時倚虚幌，雙照淚痕乾。

『只獨看』，正憶長安兒女無知，未解憶長安者苦衷也。反覆曲折，尋味不窮。

五、六，語麗情悲，非尋常穠艷可幾。

春望

國破山河在，城春草木深。感時花濺淚，恨別鳥驚心。烽火連三月，家書抵萬金。白頭搔更短，渾欲不勝簪。

喜達行在所三首

西憶岐陽信，無人遂却回。眼穿當落日，心死著寒灰。霧樹行相引，蓮峰望忽開。所親驚老瘦，辛苦賊中來。

首章喜脱賊中，次章喜見人主，三章喜覩中興之業，章法井然不亂。

愁思胡笳夕，凄凉漢苑春。生還今日事，間道暫時人。司隸章初覩，南陽氣已新。喜心翻倒極，嗚咽淚沾巾。

間道，本《漢書》，謂伺間隙之道而行也。『司隸』二句，用《光武紀》中語。

死去憑誰報，歸來始自憐。猶瞻太白雪，喜遇武功天。影静千官裏，心蘇七校前。今朝漢社稷，新數中興年。

『中興』，讀音衆，猶當也。

《喜達行在》三首、《收京》三首、《有感》五首，皆根本節目之大者，不可去取。

收京三首

仙仗離丹極，妖星照玉除。須爲下殿走，不可好樓居。暫屈汾陽駕，聊飛燕將書。依然七廟略，更與萬方初。

前半言陷京之由，後半極言更新氣象。三語謂離宫闕也，四語見奉仙無益也，六語計河北易定也，雖顯然直陳，故出以隱語。

生意甘衰白，天涯正寂寥。忽聞哀痛詔，又下聖明朝。羽翼懷商老，文思憶帝堯。叨逢罪己日，灑涕望青霄。

商老，望李泌調護太子；帝堯，謂上皇。

汗馬收宫闕，春城鏟賊壕。賞應歌《杕杜》，歸及薦櫻桃。雜虜横戈數，功臣甲第高。萬方頻送喜，無乃聖躬勞。

此收京，而爲事後之慮也。恐虜横臣驕，復成蹂躪跋扈之勢，反詞致諷，言外隱憂。

春宿左省

花隱掖垣暮，啾啾棲鳥過。星臨萬户動，月傍九霄多。不寢聽金鑰，因風想玉珂。明朝有封事，數問夜如何。

三、四即景名句，而注釋家謂民勞則星動，月屬陰象，指女子小人。以峭刻深心，測詩人敦厚之旨，一何可笑！

送翰林張司馬南海勒碑

冠冕通南極，文章落上台。詔從三殿去，碑到百蠻開。野館濃花發，春帆細雨來。不知滄海上，天遣幾時迴。

晚出左掖

晝刻傳呼淺，春旗簇仗齊。退朝花底散，歸院柳邊迷。樓雪融城溼，宮雲去殿低。避人焚諫草，騎馬欲鷄棲。

樓在城上，故雪融而濕；殿高逼雲，故去殿若低。『明朝有封事』，諫臣之心；『避人焚諫草』，大臣之體，此鍾伯敬語。

秦州雜詩

滿目悲生事，因人作遠遊。遲回度隴怯，浩盪及關愁。水落魚龍夜，山空鳥鼠秋。西征問烽火，心折此淹留。

南使宜天馬，由來萬匹强。浮雲連陣没，秋草徧山長。聞説真龍種，仍殘老驌驦。哀鳴思戰鬭，迥立向蒼蒼。

殘餘也。

莽莽萬重山，孤城山谷間。無風雲出塞，不夜月臨關。屬國歸何晚，樓蘭斬未還。烟塵獨長望，衰颯正摧顔。

與『山中漏茅屋』『漏』字義同。伏櫪長鳴，隱然自寓。

起手壁立萬仞。

奇景偶然寫出，或以『無風』『不夜』爲地名，不但穿鑿，亦令杜詩無味。

鳳林戈未息，魚海路常難。候火雲烽峻，懸軍幕井乾。風連西極動，月過北庭寒。故老思飛將，何時議築壇。

憂亂而思良將也。

月夜憶舍弟

戍鼓斷人行，邊秋一雁聲。露從今夜白，月是故鄉明。有弟皆分散，無家問死生。寄書長不達，况乃未休兵。

擣衣

亦知戍不返，秋至拭清砧。已近苦寒月，况經長别心。寧辭擣衣倦，一寄塞垣深。用盡閨中力，君聽空外音。

通首代戍婦之詞，一氣旋折，全以神行。

送遠

帶甲滿天地，胡爲君遠行。親朋盡一哭，鞍馬去孤城。草木歲月晚，關河霜雪清。别離已昨日，因見古人情。

何等起手，讀杜詩要從此種着眼。

江淹擬《古別離》，『送君如昨日，簷前露已團』句，言別離之情，古今有同悲也。

天末懷李白

涼風起天末，君子意如何。鴻雁幾時到，江湖秋水多。文章憎命達，魑魅喜人過。應共冤魂語，投詩贈汨羅。

起超忽，五、六語沉着。

觀安西兵過赴關中待命

奇兵不在衆，萬馬救中原。談笑無河北，心肝奉至尊。孤雲隨殺氣，飛鳥避轅門。竟日留歡樂，城池未覺喧。

通首美李嗣業也。九節度兵潰于相州，因不善出奇耳。起句豈經生家言。

送人從軍

弱水應無地，陽關已近天。今君渡沙磧，累月斷人烟。好武寧論命，封侯不計年。馬寒防失道，雪没錦鞍韉。

西方地高，故云『近天』。岑參亦云『走馬西來欲到天』，又云『過磧過〔一〕天低』。

校記

〔一〕過，字誤，應爲『覺』。

野望

清秋望不極，迢遞起層陰。遠水兼天净，孤城隱霧深。葉稀風更落，山迥日初沉。獨鶴歸何晚，昏鴉已滿林。

春夜喜雨

好雨知時節，當春乃發生。隨風潛入夜，潤物細無聲。野徑雲俱黑，江船火獨明。曉看紅溼處，花重錦官城。

江亭

坦腹江亭暖，長吟野望時。水流心不競，雲在意俱遲。寂寂春將晚，欣欣物自私。故林歸未得，排悶强裁詩。

有理趣，無理語，與『江山如有待，花柳自無私』同一優游觀化。

前詩妙在無私，此妙在私，可以意會。

不見

不見李生久，佯狂真可哀。世人皆欲殺，吾意獨憐才。敏捷詩千首，飄零酒一盃。匡山讀書處，頭白好歸來。

客亭

秋窗猶曙色，落木更天風。日出寒山外，江流宿霧中。聖朝無棄物，老病已成翁。比『不才明主棄』蘊藉何如！多少殘生事，飄零似轉蓬。

有感五首

《諸將》五章，責人臣，故切言之；《有感》五章，諷人君，故婉言之。

將帥蒙恩澤，兵戈有歲年。至今勞聖主，何以答皇天。白骨新交戰，雲臺舊拓邊。乘槎斷消息，無處覓張騫。

《錢箋》：李之芳使吐蕃，被留經年，故以張騫乘槎爲比。此慨藩鎮擁兵，不能禦亂也。

幽薊餘虵豕，乾坤尚虎狼。諸侯春不貢，使者日相望。慎勿吞青海，無勞問越裳。大君先息戰，歸馬華山陽。

此言朝廷姑息，近在内地，不修貢職，況青海、越裳欲勤遠略乎。『息戰』、『歸馬』，婉詞以致諷諭。

洛下舟車入，天中貢賦均。日聞紅粟腐，寒待翠華春。莫取金湯固，長令宇宙新。不過行儉德，盗賊本王臣。

天中，謂洛陽，處天下之中也，時程元振勸帝遷都洛陽，公婉言時議之非，而末進以倫德，與郭子儀論奏之旨相合。

丹桂風霜急，青梧日夜凋。由來强幹地，未有不臣朝。受鉞親賢往，卑宫制詔遥。終依古封建，豈獨聽簫韶。

落句强押。桂，比王室，用漢成帝時童謡。梧，比宗藩，用上官儀《册殷王文》。諷朝廷建立宗藩，以懾叛臣，即房琯建分鎮討賊之議。

盗滅人還亂，兵殘將自疑。登壇名絶假，報主爾何遲。領郡輒無色，之官皆有詞。願聞哀痛詔，端拱問瘡痍。

因當時重節制而輕郡守，故云。

滕王亭子

寂莫春山路，君王不復行。古墻猶竹色，虛閣自松聲。鳥雀荒郝暮，雲霞過客情。尚思歌吹入，千騎把霓旗。

山館

南國晝多霧，北風天正寒。路危行木杪，身遠宿雲端。山鬼吹燈滅，厨人語夜闌。雞鳴問前館，世亂敢求安。

江漢

江漢思歸客，乾坤一腐儒。片雲天共遠，永夜月同孤。落日心猶壯，秋風病欲蘇。古來存老馬，不必取長塗。

禹廟

禹廟空山裏，秋風落日斜。荒庭垂橘柚，古屋畫龍蛇。雲氣生虛壁，江聲走白沙。早知乘四載，疏鑿控三巴。

『橘柚』、『龍蛇』，孫莘老謂點染禹事，並非附會。

旅夜書懷

細草微風岸，危檣獨夜舟。星隨平野闊，月湧大江流。名豈文章著，官因老病休。飄飄何所似，天地一沙鷗。

胸懷經濟，故云名豈以文章而著；官以論事罷，而云老病應休。立言之妙如此！

刈稻了詠懷

稻獲空雲水，川平對石門。寒風疎落木，旭日散雞豚。畫寒卻如見。野哭初聞戰，樵歌稍出村。無家問消息，作客信乾坤。

瞿塘兩崖

三峽傳何處，雙崖壯此門。入天猶石色，穿水忽雲根。猱玃鬚髯古，蛟龍窟宅尊。羲和冬馭近，愁畏日車翻。

夜

絶岸風威動，寒房燭影微。嶺猿霜外宿，江鳥夜深飛。獨坐親雄劍，哀歌歎短衣。煙塵繞閶闔，白首壯心違。

蕃劍

致此自僻遠，又非珠玉裝。如何有奇恠，每夜吐光芒。虎氣必騰上，龍身寧久藏。風塵苦未息，持汝奉明王。

不粘不脱，寫一物而全副精神皆見。他人，斤斤尺寸，惟恐失之。不能望老杜藩籬，况堂奥乎？

促織

促織甚微細，哀鳴何動人。草根吟不穩，牀下夜相親。久客得無淚，故妻難及晨。悲絲與急管，感激異天真。

五、六工於用盡。若字字粘着，所謂『作詩必此詩』，是知非詩人，不免東坡之誚矣。

孤鴈

孤鴈不飲啄，飛鳴聲念群。誰憐一片影，相失萬重雲。望盡似猶見，哀多如更聞。野鴉無意緒，鳴噪自紛紛。

洞房

洞房環珮冷，玉殿起秋風。秦地應新月，龍池滿舊宮。繫舟今夜遠，清漏往時同。萬里黄山北，園陵白露中。

此因舟中見月，感宫掖凄凉而作。詩中無悲凉痛楚字面，而情致黯然，一結尤覺淚和墨下。

江上

江上日多雨，蕭蕭荆楚秋。高風下木葉，永夜攬貂裘。勳業頻看鏡，行藏獨倚樓。語意徘徊。時危思報主，衰謝不能休。

遣憂

亂離知又甚，消息苦難真。受諫無今日，臨危憶古人。曲折三致。紛紛乘白馬，攘攘著黄巾。隋氏留宫室，焚燒何太頻。

吾宗 衛倉曹崇簡。

吾宗老孫子，質朴古人風。耕鑿安時論，衣冠與世同。在家常早起，憂國願年豐。語及君臣際，經書滿腹中。

熟食日示宗文、宗武

消渴游江漢，羈棲尚甲兵。幾年逢熟食，萬里逼清明。松柏邙山路，風花白帝城。汝曹催吾老，迴首淚縱橫。

又示兩兒

令節成吾老，他時見汝心。浮生看物變，爲恨與年深。長葛書難得，江州涕不禁。團圓思弟妹，行坐《白頭吟》。

公安縣懷古

野曠吕蒙營，江深劉備城。寒天催日短，風浪與雲平。灑落君臣契，飛騰戰伐名。維舟倚前浦，長嘯一含情。

結鬆『灑落』二字，形得歡如魚水意出。

泊岳陽城下

江國踰千里，山城僅百層。岸風翻夕浪，舟雪灑寒燈。留滯才難盡，艱危氣益增。圖南未可料，變化有鯤鵬。

登岳陽樓

昔聞洞庭水，今上岳陽樓。吴楚東南坼，乾坤日夜浮。親朋無一字，老病有孤舟。戎馬關山北，憑軒涕泗流。

三、四雄跨今古，五、六着此一聯，方不板滯。

嚴武

班婕妤

賤妾如桃李，君王若歲時。秋風一已勁，摇落不勝悲。寂寂蒼苔滿，沉沉緑草滋。繁華非此日，指輦競何辭。

王灣

次北固山下

客路青山外，行舟緑水前。潮平兩岸失，風正一帆懸。海日生殘夜，江春入舊年。鄉書何處達，歸鴈洛陽邊。

『兩岸失』，言潮平而不見兩岸也。别本作『兩岸闊』，少味。

江中日早、客冬立春，本尋常意，一經錘鍊，便成奇絶。與少陵『無風雲出塞，不夜月臨關』一種筆墨。

祖詠

泊揚子岸

才入維揚郡，鄉關此路遥。林藏初霽雨，風退欲歸潮。江火明沙岸，雲帆礙浦橋。客衣今日薄，寒氣近來饒。

蘇氏别業

别業居幽處，到來生隱心。南山當户牖，澧水映園林。竹覆經冬雪，庭昏未夕陰。寥寥人境外，閒坐聽春禽。

殷　遥

送友人下第歸省

君此卜行日，高堂應夢歸。莫將和氏淚，滴著老萊衣。嶽雨連河細，田禽出麥飛。到家調膳後，吟好送斜暉。

真到極處，去風雅不遠。

和氏淚、老萊衣，本屬套語，合用之，只見其妙，有真性情流於筆墨之先也。

李　頎

望秦川

秦川朝望迥，日出正東峰。遠近山河净，逶迤城闕重。秋聲萬户竹，寒色五陵松。客有歸歟歎，凄其霜露濃。

綦毋潛

題靈隱寺山頂院

招提出山頂，下界不相聞。塔影挂清漢，鐘聲和白雲。觀空静室掩，行道衆香焚。且駐西來駕，人天日未曛。

宿龍興寺

香刹夜忘歸，松清古殿扉。燈明方丈室，珠繫比丘衣。白日傳心净，青蓮喻法微。天花落不盡，處處鳥啣飛。

張謂

送裴侍御歸上都

楚地勞行役，秦城罷鼓鼙。舟移洞庭岸，路入武陵溪。江月隨人影，山花趁馬蹄。離魂將别夢，先已到關西。

同王徵君湘中有懷

八月洞庭秋，瀟湘水北流。還家萬里夢，爲客五更愁。不用開書帙，偏宜上酒樓。故人京洛滿，何日復同遊。

賈至

南州有贈二首

極浦三春草，高樓萬里心。楚山晴靄碧，湘水暮流深。忽與朝中舊，同爲澤畔吟。作欹側體，孑然異人。停杯試北望，還欲淚沾襟。

越井人南去，湘川水北流。江邊數杯酒，海内一孤舟。嶺嶠同仙客，京華即舊遊。春心將别恨，萬里共悠悠。

崔曙

途中曉發

曉霽長風裏，勞歌赴遠期。雲輕歸海疾，月滿下山遲。旅望因高盡，鄉心遇物悲。故林遥不見，况在落花時。

緱山廟

遺廟宿陰陰，孤峰映緑林。步隨仙路遠，意入道門深。澗水流年月，山雲變古今。只聞風竹裏，猶有鳳笙音。

常建

破山寺後禪院

清晨入古寺，初日照高林。曲徑通幽處，禪房花木深。山光悦鳥性，潭影空人心。萬籟此俱寂，惟聞鐘磬音。

幽絶！歐陽公自謂『學之未能』，古人虚心服善如是！

泊舟盱眙

泊舟淮水次，霜降夕流清。夜久潮侵岸，天寒月近城。平沙依鴈宿，候館聽雞鳴。鄉國雲霄外，誰堪羈旅情。

張　巡

聞笛

岧嶤試一臨，虜騎附城陰。不辨風塵色，安知天地心。門開邊月近，戰苦陣雲深。旦夕更樓上，遥聞横笛音。

一片忠義之氣滚出，『聞笛』意，一點自足。

三、四言不識風塵之慘淡，並不知天地之向背，非一開一闔也。宋賢謂伯夷、叔齊欲與天意違拗，正復相合。

楊達

遊春

海岳三峰古，春皋二月寒。緑潭漁子釣，紅樹美人攀。弱蔓環沙嶼，飛花點石關。溪山遊未厭，琴酌弄晴灣。

唐詩宗卷十 五言律

長洲沈德潛碻士選　　門人盧鉉鼎臣手録

劉長卿

中唐詩近收斂，選言取勝，元氣不完，體格卑而聲調亦降矣。劉文房工於鑄意，巧不傷雅，猶有前輩體段。

穆陵關北逢人歸漁陽

逢君穆陵路，匹馬向桑乾。楚國蒼山古，幽州白日寒。城池百戰後，耆舊幾家殘。處處蓬蒿偏，歸人掩淚看。

逢郴州使因寄嚴協律

相思楚天外，夢寐楚猿吟。更落淮南葉，難爲江上心。風致蕭疏。衡陽問人遠，湘水向君深。欲逐孤帆去，茫茫何處尋。

岳陽館中望洞庭湖

萬古巴丘戍，平湖北望長。問人何淼淼，愁暮更蒼蒼。疊浪浮元氣，中流没太陽。孤舟有歸客，早晚達瀟湘。

北歸次秋浦界清溪館

萬嶺猿啼斷，孤村客暫依。鴈過彭蠡暮，人向宛陵稀。舊路青山在，餘生白首歸。漸知行近北，不見鷓鴣飛。

經漂母墓

昔賢懷一飯，茲事已千秋。古墓樵人識，前朝楚水流。渚蘋行客薦，山木杜鵑愁。春草茫茫緑，王孫舊此遊。

方虛谷云：意深不露。蓋謂楚漢興亡，唯有流水耳。一老母之墓，樵人猶能識之，以其有一飯之德於時也。

送李中丞歸漢陽别業

流落征南將，曾驅十萬師。罷歸無舊業，老去戀明時。獨立三邊静，輕生一劍知。茫茫江漢上，日暮欲何之。

移使鄂州，次峴陽館，懷舊居

多慚恩未報，敢問路何長。萬里通秋雁，千峰共夕陽。舊遊成遠道，此去更違鄉。草露深山裏，朝朝滿客裳。

酬皇甫侍御見寄，時前相國姑臧公初臨郡

離别江南北，汀洲葉再黄。路遥雲共水，沙迥月如霜。歲儉依仁政，年衰憶故鄉。佇看宣室召，漢法倚張綱。

送齊郎中典括州

星象移何處，旌麾獨向東。勸畊滄海畔，聽訟白雲中。樹色雙溪合，猿聲萬嶺同。石門康樂住，幾里枉帆通。

送王端公入秦赴上都

舊國無家訪，臨岐亦羡歸。途經百戰後，客過二陵稀。秋草通征騎，寒城背落暉。行當蒙顧問，吴越歲頻饑。

送張繼司直適越

時危身適越，事往任浮沉。萬里三江去，孤舟百戰心。春風吴渚緑，古木剡溪深。明月滄洲路，歸雲不可尋。

尋南溪常道士

一路經行處，莓苔見屐痕。白雲依静渚，芳草閉閑門。過雨看松色，隨山到水源。溪花與禪意，相對亦忘言。

右丞一派。

碧澗别墅喜皇甫侍御見訪

荒村帶晚照，落葉亂紛紛。古路無行客，空山獨見君。野橋經雨斷，澗水向田分。不爲憐同病，何人到白雲。

字字安穩。

餞别王十一南遊

留君煙水闊，揮手淚沾巾。飛鳥没何處，青山空向人。含蘊。長江一帆遠，落日五湖春。誰見汀洲上，相思愁白蘋。

新年作

鄉心新歲切，天畔獨潸然。老至居人下，春歸在客先。巧句，别於盛唐，正在此種。嶺猿同旦暮，江柳共風烟。已似長沙傅，從今又幾年。

錢　起

和萬年成少府寓直

赤縣新秋夜，文人藻思催。鐘聲自仙掖，月色近霜臺。一葉兼螢度，孤雲帶鴈來。明朝紫書下，應問長卿才。

裴迪南門秋夜對月

夜來詩酒興，月滿謝公樓。影閉重門静，寒生獨樹秋。鵲驚隨葉散，螢遠入煙流。今夕遥天末，清光幾處愁。

送屈突司馬充安西書記

制勝三軍勁，澄清萬里餘。星飛麗絨驥，箭發魯連書。海月低雲旆，江霞入錦車。遥知太阿劍，計日斬鯨魚。

秋夜寄袁中丞王員外

一夕盈千念，方知别者勞。衰榮難會面，魂夢暫同袍。片月臨堦早，晴河度鴈高。應憐蔣生徑，秋露滿蓬蒿。

送少微師西行

隨緣忽西去，何日返東林。世路無期別，空門不住心。人烟一飯少，山雪獨行深。天外猿啼處，誰聞清梵音。

韋應物

奉送從兄宰晉陵

東郊春草歇，千里夏雲生。立馬愁將夕，看山獨送行。依微吴苑樹，迢遞晉陵城。慰此斷行別，邑人多頌聲。

送汾城王主簿

少年初帶印，汾上又經過。芳草歸時徧，情人故郡多。禁鐘春雨細，宫樹野煙和。相望東橋别，微風起夕波。

送别覃孝廉

思親當自去，不第未蹉跎。家住青山下，門前芳草多。淡語到味無味處。秭歸通遠徼，巫峽注驚波。州舉年年事，還期復幾何。

送元倉曹歸廣陵

官閑得去住，告别戀音徽。舊國應無業，他鄉到是歸。苦句。楚山明月滿，淮甸夜鐘微。何處孤舟泊，遥遥心曲違。

賦得暮雨送李曹

楚江微雨裏，建業暮鐘時。漠漠帆來重，冥冥鳥去遲。海門深不見，浦樹遠含滋。相送情無限，沾襟比散絲。關合。

淮上喜會梁州故人

江漢曾爲客，相逢每醉還。浮雲一別後，流水十年間。歡笑情如舊，蕭疏鬢已斑。何因不歸去，淮上有秋山。

郎士元

錢郎送人之作，時得之者，以爲寵榮。

送李將軍赴鄧州

雙旌漢飛將，萬里獨横戈。春色臨關盡，黄雲出塞多。極警拔語，右丞則以『黄雲斷春色』五字盡之。更簡更老。鼓鼙悲絶漠，烽戍隔長河。想到陰山北，天驕已請和。

送楊中丞和蕃

錦車登隴日，邊草正萋萋。舊好隨君長，新愁聽鼓鼙。河源飛鳥外，雪嶺大荒西。漢壘今猶在，遥知路不迷。

送錢大

暮蟬不可聽，落葉豈堪聞。共是悲秋客，那知此路分。荒城背流水，遠鴈入寒雲。陶令東籬菊，餘花可贈君。

高仲武謂：工於發端。愚謂結意更耐尋繹。

送奚賈歸吴

東南富春渚，曾是謝公遊。今日奚生去，新安江正秋。水容清過客，楓葉落行舟。遥想赤亭下，聞猿應夜愁。

送彭偃房由赴朝，因寄錢大郎中、李十七舍人

衰病已經年，西峰望楚天。風光欺鬢髮，秋色换山川。寂寞浮雲外，支離漢水邊。平生故人

遠，君去話潸然。

春日宴張舍人宅

懶尋芳草徑，來接侍臣筵。山色知殘雨，墻陰覺暮天。鶯歸漢宫柳，花隱杜陵煙。地與東鄰接，春光醉目前。

皇甫冉

巫山高

巫峽見巴東，迢迢出半空。雲藏神女館，雨到楚王宫。朝暮泉聲落，寒暄樹色同。清猿不可聽，偏在九秋中。

通篇穩稱，可繼沈雲卿作。

逢莊訥因贈

世故還相見，天涯共向東。春歸江海上，人老別離中。郡吏名何晚，沙鷗道自同。《甘泉》須早獻，且莫歎飄蓬。

奉和王相公早春登徐州城

落日憑危堞，春風似故鄉。川流通楚塞，山色繞徐方。壁壘依寒草，旌旗動夕陽。殊有氣色。元戎資上策，南畝起耕桑。

送韓司直

遊吳還適越，來往任風波。復送王孫去，其如芳草何。岸明殘雪在，潮滿夕陽多。季子留遺廟，停舟試一歌。

送康判官往新安

不向新安去，那知江路長。猿聲近廬霍，水色勝瀟湘。驛路收殘雨，漁家帶夕陽。何須愁旅泊，使者有輝光。落句近套。

歸渡洛水

暝色赴春愁，歸人南渡頭。寫渡水晚景，自然入妙，與『落日在簾鉤』一種起法。渚煙空翠合，灘月碎光流。澧浦饒芳草，滄浪有釣舟。誰知放歌客，此意正悠悠。

皇甫曾

送李中丞歸本道

上將宜分閫，雙旌復出秦。關河三晋路，賓從五原人。孤戍雲通海，平沙雪度春。酧恩看玉劍，何處有烟塵。

送孔徵士

谷口爲幽處，君歸不可尋。家貧青史在，身老白雲深。掃雪開松徑，疏泉過竹林。余生負丘壑，相送亦何心。

司空曙

雲陽館與韓紳宿別

故人江海別，幾度隔山川。乍見翻疑夢，相悲各問年。孤燈寒照雨，深竹暗浮煙。更有明朝恨，離杯惜共傳。

賊平後送人北歸

世亂同南去，時清獨北還。他鄉生白髮，舊國見青山。曉月過殘壘，繁星宿故關。寒禽與衰草，處處伴愁顏。

送鄭明府貶嶺南

青楓江色晚，楚客獨傷春。共對一尊酒，相看萬里人。猜嫌成謫宦，正直不妨身。莫畏炎方久，年年雨露新。

經廢寶曆寺

黄葉前朝寺，無僧寒殿開。池晴龜出曝，松暝鶴飛回。古砌碑横草，陰廊畫雜苔。禪宫亦消歇，塵世轉堪哀。

盧綸

送李端

故關衰草遍，離別正堪悲。路出寒雲外，人歸暮雪時。少孤爲客早，多難識君遲。掩泣空相向，風塵何所期。

送都尉歸邊

好勇知名早，争雄上將間。戰多春入塞，獵慣夜燒山。合陣龍蚍動，移軍草木閑。今來部曲盡，白首過蕭關。

李端

題崔端公園林

上士愛清輝，開門向翠微。抱琴看鶴去，枕石待雲歸。野坐苔生席，高眠竹挂衣。舊山東望遠，惆悵暮花飛。

耿湋

早朝

鐘鼓餘聲裏，千官向紫微。冒寒人語少，乘月燭來稀。清漏聞馳道，輕霞暎鎖闈。猶看嘶馬處，未啓掖垣扉。

李嘉祐

和都官苗員外《秋夜寓直》，對雨簡諸知己

多雨南宫夜，仙郎寓直時。漏長丹鳳闕，秋冷白雲司。螢影侵階亂，鴻聲出苑遲。蕭條人吏散，小謝有新詩。

玄暉有《直中書省》及《觀朝雨》二詩，與題中『對雨』闇合。

送王牧吉州謁使君叔

細草緑汀洲，王孫耐薄遊。年華初冠帶，文體舊弓裘。野渡花争發，春塘水亂流。使君憐小阮，應念倚門愁。

『野渡』二句，天地盎然。

至七里灘作

遷客投於越，臨江淚滿衣。獨隨流水去，轉覺故人稀。萬木迎秋序，千峰駐晚暉。行舟猶未已，惆悵暮潮歸。

奉陪韋潤州過鶴林寺

野寺江城近，雙旌五馬過。禪心超忍辱，梵語問多羅。松竹閑僧老，雲烟晚日和。寒塘歸路轉，清磬隔微波。

嚴維

酬劉員外見寄

蘇耽佐郡時，近出白雲司。藥補清羸疾，窻吟絕妙詞。柳塘春水漫，花塢夕陽遲。歐陽公云：『天容時態，融和駘蕩，如在目前。』欲識懷君意，明朝訪檝師。

劉方平

新春

南陌春風早，東鄰曙色斜。一花開楚國，雙燕入盧家。鮮艷。眠罷梳雲髻，粧成上錦車。誰知如昔日，更浣越溪紗。

秋夜汎舟

林塘夜汎舟，蟲響荻颼颼。萬影皆因月，千聲各爲秋。中唐巧句。歲華空復晚，鄉思不堪愁。西北浮雲外，伊川何處流。

韓翃

送壽州陳録事

壽陽南渡口，斂笏見諸侯。片雨楚雲暮，千家淮水秋。開簾對芳草，送客上春洲。請問山中桂，王孫幾度遊。

梅花落

新歲芳梅樹，繁花四面同。春風吹漸落，一夜幾枝空。少婦今如此，長城恨不窮。莫將遼海雪，來比後庭中。

似徐庾小詩。

題薦福寺衡陽岳師房

春城乞食還，高論此中閑。僧臘堦前樹，禪心江上山。疎簾看雪捲，深户映花關。晚送門人去，鐘聲杳靄間。

鄭鏦

入塞曲

留滯邊庭久，歸思歲月賒。黄雲同入塞，白首獨還家。宛馬隨秦草，胡人問漢花。還傷李都尉，含憤没黄沙。

包何

送泉州李使君之任

傍海皆荒服，分符重漢臣。雲山百越路，市井十洲人。執玉來朝遠，還珠入貢頻。連年不見雪，到處即行春。

鄭錫

送客之江西

乘軺奉紫泥，澤國渺天涯。九拜春潮滿，孤帆暮雨低。草深鶯斷續，花落水東西。更有高堂處，知君路不迷。

崔峒

題崇福寺禪師院

僧家竟何事，埽地與焚香。清磬度山翠，閑雲來竹房。身心塵外遠，歲月坐中忘。向晚禪堂掩，無人空夕陽。

于良史

冬日野望

地際朝陽滿，天邊宿霧收。風兼殘雪起，河帶斷冰流。北闕馳心極，南圖尚旅遊。登臨思不已，何處可消憂。

閑居寄薛華

隱几讀黄老，閑居耳目清。僻居人事少，多病道心生。雨洗山木溼，鵶鳴池館晴。晚來因廢卷，行藥至西城。

戎　昱

和蕃

漢家青史上，計拙是和親。社稷依明主，安危托婦人。議論。豈能將玉貌，便擬靜胡塵。地下千年骨，誰爲輔佐臣。

昱又有句云：『過從讒後重，恩合死前酬』，此議論之佳者。

塞下曲

北風凋白草，胡馬日騣騣。夜後戍樓月，秋來邊將心。鐵衣霜雪重，戰馬歲年深。自有盧龍塞，烟塵飛至今。

李益

喜見外弟又言别

十年離亂後，長大一相逢。問姓驚初見，稱名憶舊容。與『乍見翻疑夢，相悲各問年』，撫衷述愫，同一情至。。别來滄海事，語罷暮天鐘。明日巴陵道，秋山又幾重。

于鵠

送客臨邊

若到并州去，誰人不憶家。塞深無伴侶，路盡只平沙。磧冷唯逢鴈，天春不見花。莫隨征將意，垂老事輕車。

哭劉夫子

近問南州客，云亡已數春。痛心曾受業，追服恨無親。孀婦歸鄉里，書齋屬四鄰。不知經亂後，奠祭有何人。

戴叔倫

除夜宿石頭驛

旅館誰相問，寒燈獨可親。一年將盡夜，萬里未歸人。旅人讀不得。寥落悲前事，支離笑此身。愁顔與衰鬢，明日又逢春。

楊巨源

長城聞笛

孤城笛滿林，斷續共霜砧。夜月降羌淚，秋風老將心。静過寒壘遍，暗入故園深。惆悵梅花落，山川不可尋。

韓愈

祖席 得秋字。

淮南悲木落，而我亦傷秋。況與故人別，那堪羈宦愁。榮華今異路，風雨苦同憂。莫以宜春遠，江山多勝遊。

大曆以下，無人解此用筆矣！昌黎高超邁俗，五言近體中運以古風筆力，龍跳虎卧，英氣逼人。

柳宗元

梅雨

梅實迎初雨，蒼茫值晚春。愁深楚猿夜，夢斷越雞晨。海霧連南極，江雲暗北津。素衣今盡化，非爲帝京塵。

用陸機語。

酬徐二中丞普寧郡内池館即事見寄

鵷鴻念舊行，虛館對荒塘。落日明朱檻，繁花照羽觴。泉歸滄海近，樹入楚山長。榮賤俱爲累，相期在故鄉。

榮賤，合己與中丞言之。

張籍

薊北旅思

日日望鄉國，空歌白紵詞。長因送人處，憶得別家時。以苦思得之，以無意得之。失意還獨語，多愁秖自知。客亭門外柳，折盡向南枝。

夜到漁家

漁家在江口，潮水入柴扉。行客欲投宿，主人猶未歸。自在，不煩造作。竹深村路遠，月出釣船稀。遥見尋沙岸，春風動草衣。

張　祜

登廣武原

廣武原西北，華夷此浩然。地盤山入海，河繞國連天。遠樹千門色，高檣萬里船。鄉心日云暮，猶在楚城邊。

有氣魄、有筆力！此公《金山詩》最爲庸下，偏以此得名，真不可解。

題松汀驛

山色遠含空，蒼茫澤國東。海明先見日，江白迥聞風。鳥道高原去，人烟小徑通。那知舊遺逸，不在五湖中。

姚合

春日早朝寄劉起居

九衢寒霧斂，雙闕曙光分。彩仗迎春日，香菸接瑞雲。珮聲清漏間，天語侍臣聞。莫笑馮唐老，還來謁聖君。

周　賀

長安送人

上國多離别，年年渭水濱。空將未歸意，説向欲行人。鴈度池塘月，山連井邑春。臨岐惜分手，日暮一沾巾。

賈　島

暮過山邨

數里聞寒水，山家少四鄰。怪禽啼曠野，落日恐行人。初月未終夕，邊烽不過秦。蕭條桑柘外，烟火漸相親。

下半平。落日、初月，平頭之病。

贈王將軍

宿衛爐煙近，除書墨未乾。馬曾金鏃中，身有寶刀瘢。父子同時捷，君王畫陣看。何當爲外帥，白日出長安。

中晚五律亦多佳製，然蒼莽之氣不存，所以難與前人分道，此篇庶幾近之。

女冠李冶

寄校書七兄

無事烏程縣，蹉跎歲月餘。不知芸閣吏，寂寞竟何如。遠水浮仙棹，寒星伴使車。因過大雷澤，莫忘幾行書。

不求深邃，自足雅音。高仲武許以『五言佳境』，良非虚語。結亦典切。

送韓揆之西江

相看指楊柳，别恨轉依依。萬里西江水，孤舟何處歸。湓城潮不到，夏口信應稀。唯有衡陽鴈，年年來去飛。

元　淳

寄洛中諸妹

舊國經年别，關河萬里思。題書憑鴈翼，望月想蛾眉。白髮愁偏覺，歸心夢獨知。誰堪離亂處，掩淚向南枝。

許　渾

送客歸蘭溪

花下送歸客，路長應過秋。暮隨江鳥宿，寒共嶺猿愁。衆水喧嚴瀨，群峰抱沈樓。因君幾南望，曾向此中遊。

李商隱

河清與趙氏昆弟燕集

勝概殊江右，佳名逼渭川。虹收青嶂雨，鳥没夕陽天。客鬢行如此，滄江坐渺然。此中真得地，漂蕩釣魚船。

蟬

本以高難飽，徒勞恨費聲。五更疎欲斷，一樹碧無情。取題之神。薄宦梗猶汎，故園蕪已平。煩君最相警，我亦舉家清。

落花

高閣客竟去，小園花亂飛。參差連曲陌，迢遞送斜暉。腸斷未忍掃，眼穿仍欲歸。芳心向春盡，所得是沾衣。

起法之妙，粘着者不知。

温庭筠

商山早行

晨起動征鐸，客行悲故鄉。雞聲茅店月，人迹板橋霜。槲葉落山路，枳花明驛墻。因思杜陵夢，鳧鴈滿回塘。

中晚律詩，每於頸聯振不起，往往索然興盡。

馬　戴

落日悵望

孤雲與歸鳥，千里片時間。念我何留滯，辭家久未還。微陽下喬木，遠色隱秋山。臨水不敢照，恐驚平昔顔。

意格俱好，在晚唐中可云軒鶴立雞群矣！

送柳秀才往連州看弟

離人非逆旅，有弟謫連州。楚雨霑猿暮，湘雲拂鴈秋。蒹葭行廣澤，星月棹寒流。何處江關鏁，風濤阻客愁。

送人遊蜀

別離楊柳陌，迢遞蜀門行。若聽清猿後，應多白髮生。虹霓侵棧道，雨雪雜江聲。過盡愁人處，烟花是錦城。

楚江懷古

露氣寒光集，微陽下楚丘。猿啼洞庭樹，人在木蘭舟。二語連讀，乃見標格。廣澤生明月，蒼山夾岸流。雲中君不見，竟夕自悲秋。

項　斯

送歐陽衮歸閩中

秦城幾歲住，猶著故鄉衣。失意時相識，成名後獨歸。海秋蠻樹黑，嶺夜瘴雲飛。爲學心難滿，知君更掩扉。

趙　嘏

東歸道中

未明喚僮僕，江上憶殘春。風雨落花夜，山川驅馬人。星星一鏡髮，草草百年身。此日念前事，滄洲情更深。

紀唐夫

送友人歸宜春

落花兼柳絮，無處不紛紛。遠道空歸去，流鶯獨自聞。墅橋喧碓水，山郭入樓雲。故里南陔曲，秋期欲送君。

周　朴

董嶺水

湖州安吉縣，門與白雲齊。禹力不到處，河聲流向西。此等句服其有膽力。去衙山色遠，近水月光低。中有高人在，沙中曳杖藜。

劉綺莊

揚州送人

桂檝木蘭舟，楓江竹箭流。故人從此去，望遠不勝愁。落日低帆影，迴風引棹謳。思君折楊柳，淚盡武昌樓。風致楚楚。

杜荀鶴

春宮怨

早被嬋娟誤，欲妝臨鏡慵。承恩不在貌，教妾若爲容。風暖鳥聲碎，日高花影重。年年越溪女，相憶採芙蓉。

李昌符

旅遊傷春

酒醒鄉關遠，迢迢聽漏終。曙分林影外，春盡雨聲中。鳥倦江村路，花殘野岸風。十年成底事，羸馬厭西東。

秋晚歸故居

馬省曾行處，連嘶渡晚河。忽驚鄉樹出，漸識路人多。細徑穿禾黍，頹垣壓薜蘿。乍歸猶是客，鄰叟亦相過。

周　繇

海望

蒼茫空汎日，四顧絶人烟。半浸中華岸，旁通異域船。島間知有國，波外恐無天。能舉其大。欲作乘查客，翻然去隔年。

張　喬

送友人許棠

離鄉積歲年，歸路遠依然。夜火山頭市，春江樹杪船。干戈愁鬢改，瘴癘喜家全。何處營甘旨，波濤浸薄田。

崔塗

除夜有感

迢遞三巴路，羈危萬里身。亂山殘雪夜，孤燭異鄉人。漸與骨肉遠，轉於奴僕親。孤客親僮僕，何等簡貴！衍作十字便少味。那堪正飄泊，明日歲華新。

王貞白

題嚴陵釣臺

山色四時碧，溪光七里清。嚴陵愛此景，下視漢公卿。垂釣月初上，放歌風正輕。應憐渭濱叟，匡國秪論兵。

正以不著斷語爲高，筆力亦復遒勁。

張　𧇊

登單于臺

邊兵春盡回，獨上單于臺。白日地中出，黄河天外來。沙翻痕似浪，風急響疑雷。欲向陰關度，陰關曉不開。

釋皎然

送劉司法之越州

蕭蕭鳴夜角，驅馬背城壕。雨後寒流急，秋來朔吹高。三山期望海，八月欲觀濤。幾日西陵路，應逢謝法曹。

尋陸鴻漸不遇

移家雖帶郭，野徑入桑麻。近種籬邊菊，秋來未著花。扣門無犬吠，欲去問西家。報道山中去，歸來每日斜。

通首散語，存此以識標格。

釋處默

聖果寺

路自中峰上，盤回出薜蘿。到江吴地盡，隔岸越山多。古木叢青靄，遥天浸白波。下方城郭近，鐘磬雜笙歌。

釋齊己

早梅

萬木凍欲折，孤根煖獨回。前村深雪裏，昨夜一枝開。風遞幽香出，禽窺素艷來。明年如應律，先發望春臺。

三、四格勝；五、六只是凡語。

劍客

拔劍繞殘尊，歌終便出門。西風滿天雪，何處報人恩。勇死尋常事，輕仇不足論。翻嫌易水上，細碎動離魂。

豪爽，何嘗是僧詩！

秋夜聽業上人彈琴

萬物都寂寂，堪聞彈正聲。人心盡如此，天下自和平。湘水瀉和〔一〕碧，古風吹太清。往年廬岳奏，今夕更分明。

淵灝之氣，應在李頎、常建之間。

校記

〔一〕和，字誤，應爲『秋』。

景雲

谿叟

谿翁居處静，谿鳥入門飛。早起釣魚去，夜深乘月歸。露香菰米熟，煙暖苧絲肥。瀟灑塵埃外，扁舟一草衣。

唐詩宗卷十一　七言律

長洲沈德潛確士選　門人盧鉉鼎臣手録

沈佺期

古意

樂府作《獨不見》。

盧家少婦鬱金堂，海燕雙棲玳瑁梁。九月寒砧催木葉，十年征戍憶遼陽。白狼河北音書斷，丹鳳城南秋夜長。誰爲含愁獨不見，更教明月照流黄。

旨遠詞文，神完氣足，堪爲七言弁冕。

以盧家少婦起興，言夫婦相守，猶雕梁之燕也。下就分離言。

樂府『盧家蘭室桂爲梁，中有鬱金蘇合香』，應是鬱金香，别本作『堂』者非。

龍池篇

龍池躍龍龍已飛，龍德先天天不違。池開天漢分黄道，龍向天門入紫微。邸第樓臺多氣色，君王鳧鴈有光輝。爲報寰中百川水，來朝此地莫東歸。

經語入詩，體格亦復超拔。

奉和立春游苑迎春

東郊暫轉迎春仗，上苑初飛行慶杯。風射蛟冰千片斷，氣衝魚鑰九關開。林中覓草纔生蕙，殿裏争花並是梅。歌吹銜恩歸路晚，棲烏半下鳳城來。

再入道場紀事應制

南方歸去再生天，内殿今年異昔年。見闢乾坤新定位，看題日月更高懸。行隨香輦登仙路，坐近爐煙講法筵。自喜恩深陪侍從，兩朝長在聖人前。

雲卿於流竄後召入，故云『再生天』。

杜審言

春日京中有懷

今年游寓獨遊秦，愁思看春不當春。上林苑裏花徒發，細柳營前葉漫新。公子南橋應盡興，將軍西地幾留賓。寄語洛城風口道，明年春色倍還人。

李嶠

奉和初春幸太平公主南莊應制

主家山第接雲開，天子春遊動地來。羽騎參差花外轉，霓旌摇曳日邊迴。還將石溜調琴曲，更取峰霞入酒杯。鸞輅已辭烏鵲渚，簫聲猶繞鳳凰臺。

宗楚客

奉和幸安樂公主山莊應制

玉樓銀牓枕嚴城，翠蓋紅旂列禁營。日映層巖圖畫色，風摇雜樹管絃聲。水邊重閣含飛動，雲裏孤峰類削成。幸覩八龍遊閬苑，無勞萬里訪蓬瀛。

八句皆對，能以覺寔勝人。

蘇頲

奉和春日幸望春宫應制

東望望春春可憐，更逢晴日柳含煙。宫中下見南山盡，城上平臨北斗懸。細草偏承迴輦處，飛花故落舞觴前。宸遊對此歡無極，鳥弄歌聲雜管絃。

寫高峻意，語特渾成。

興慶池侍宴應制

降鶴池前回步輦，棲鸞樹杪出行宫。山光積翠遥疑逼，水態含清近若空。直視天河垂象外，俯窺京室畫圖中。皇歡未使恩波極，日暮樓船更起風。

扈從鄠杜間奉呈刑部尚書舅崔黄門馬常侍

翠輦紅旂出帝京，長楊鄠杜昔知名。雲山一一看皆美，竹樹蕭蕭畫不成。羽騎將過持袂拂，香車欲度捲簾行。漢家曾草《巡遊賦》，何似今來應聖明。

張説

灉湖山寺

空山寂歷道心生，虚谷迢遥野鳥聲。禪室從來雲外賞，香臺豈是世中情。雲間東嶺千重出，樹裏南湖一片明。若使巢由同此意，不將蒔蘿易簪纓。

巢由，當指終南捷徑一輩人，不然豈有輕視天下者而不能忘情於簪纓耶？諸家解説未穩。

賈曾

奉和春日出苑矚目應令秦法，太子稱令。

銅龍曉闢問安迴，金輅春遊博望開。渭水晴光摇草樹，終南佳氣入樓臺。招賢已從商山老，托乘還徵鄴下才。臣在東周獨留滯，忻逢睿藻日邊來。

題本「出苑」，而起句先説問安迴，發端正大。

李邕

奉和初春幸太平公主南莊應制

傳聞銀漢支機石，復見金輿出紫微。織女橋邊烏鵲起，仙人樓上鳳凰飛。流風入座飄歌扇，瀑水當階濺舞衣。今日還同犯牛斗，乘槎共泛海潮歸。

崔　顥

黄鶴樓

昔人已乘黄鶴去，此地空餘黄鶴樓。黄鶴一去不復返，白雲千載空悠悠。晴川歷歷漢陽樹，芳草萋萋鸚鵡洲。日暮鄉關何處是，烟波江上使人愁。

意得象先，神行語外，縱筆寫去，遂擅千古之奇。

行經華陰

岧嶤太華俯咸京，天外三峰削不成。武帝祠前雲欲散，仙人掌上雨初晴。河山北枕秦關險，驛路西連漢畤平。借問路旁名利客，無如此處學長生。

三峰，謂芙容、明皇、玉女。

漢五帝時，在岐州雍縣南。時，神靈所止也。

太華削成，今反云『削不成』，妙！

李白

登金陵鳳凰臺

鳳凰臺上鳳皇游，鳳去臺空江自流。吳宫花艸埋幽徑，晋代衣冠成古丘。三山半落青天外，二水中分白鷺洲。總爲浮雲能蔽日，長安不見使人愁。

從心所造，偶然相似。必謂摹倣司勳，恐屬未然。

送賀監歸四明應制

久辭榮禄遂初衣，曾向長生説息機。真訣自從茅氏得，恩波應許洞庭歸。瑶臺含霧星辰滿，仙嶠浮雲島嶼微。借問欲栖珠樹鶴，何年卻向帝城飛。望其復來帝城，借説，便不入套。

别中都兄明府

吾兄詩酒繼陶君，試宰中都天下聞。東樓喜奉連枝會，南陌愁爲落葉分。城隅緑水明秋日，海上青山隔暮雲。取醉不辭留夜月，鴈行中斷惜離群。

賈　至

早朝大明宫呈兩省僚友

銀燭朝天紫陌長，禁城春色曉蒼蒼。千條弱柳垂青瑣，百囀流鶯繞建章。劍佩聲隨王墀步，衣冠身惹御爐香。共沐恩波鳳池上，朝朝染翰侍君王。

李　憕

奉和聖製從蓬萊向興慶閣道中留春雨中春望之作應制

別館春還淑氣催，三宫路轉鳳皇臺。雲飛北闕輕陰散，雨歇南山積翠來。御柳遥隨天仗發，林花不待曉風開。已知聖澤深無限，更喜年芳入睿才。

萬　楚

驄馬

金絡青驄白玉鞍，長鞭紫陌野遊盤。朝驅東道塵恒滅，暮到河源日未闌。汗血每隨邊地苦，蹄傷不憚隴陰寒。君能一飲長城窟，爲盡天山行路難。

祖詠

望薊門

燕臺一望客心驚，笙鼓喧喧漢將營。萬里寒光生積雪，三邊曙色動危旌。沙場烽火侵胡月，海畔雲山擁薊城。少小雖非投筆吏，論功還欲請長纓。

黄鐘大吕，音響鏗鍧。

崔曙

九日登望仙臺呈劉明府

漢文皇帝有高臺，此日登臨曙色開。三晋雲山皆北向，二陵風雨自東來。關門令尹誰能識，河上仙翁去不回。且欲近尋彭澤□〔一〕，陶然共醉菊花杯。

《神仙傳》：河上公授文帝《老子》而去，失所在，帝於西山築壇望之。

一氣轉合，就題有法。

校記

〔一〕闕字，《全唐詩》此處有『辛』字。

張　謂

別韋郎中

星軺計日赴岷峩，雲樹連天阻笑歌。南入洞庭隨鴈去，西過巫峽聽猿多。崢嶸洲上飛黃葉，灩澦堆邊起白波。不醉郎中桑落酒，教人無奈別離何。

杜侍御送貢物戲贈

銅柱朱崖道路難，伏波橫海舊登壇。越人自貢珊瑚樹，漢使何勞獬豸冠。疲馬山中愁日晚，孤舟江上畏春寒。由來此貨稱難得，多恐君王不忍看。

亦嚴亦婉，諷侍御兼以諷君。

王　維

右丞七言律，雍容都雅，劇有餘情，一唱三歎，味之不盡。

和賈至舍人早朝大明宫之作

絳幘雞人報曉籌，尚衣方進翠雲裘。九天閶闔開宫殿，萬國衣冠拜冕旒。日色才臨仙掌動，香烟欲傍衮龍浮。朝罷須裁五色詔，珮聲歸到鳳池頭。

和太常韋主簿五郎温泉寓目

漢主離宫接露臺，秦川一半夕陽開。青山盡是朱旗繞，碧澗翻從玉殿來。新豐樹裏行人度，小苑城邊獵騎回。聞道甘泉能獻賦，懸知獨有子雲才。

奉和聖製從蓬萊向興慶閣道中留春雨中春望之作應制

渭水自縈秦塞曲，黄山舊繞漢宫斜。鑾輿迥出千門柳，閣道迴看上苑花。雲裹帝城雙鳳闕，雨中春樹萬人家。詩中有畫。爲乘陽氣行時令，不是宸遊玩物華。結意寓規於諷，臣子立言方爲得體。

敕賜百官櫻桃

芙容闕下會千官，紫禁朱櫻出上蘭。《三輔黄圖》：上林有上蘭觀。纔是寢園春薦後，非關御苑鳥銜殘。歸鞍競帶青絲籠，中使頻傾赤玉盤。飽食不須愁内熱，大官還有蔗漿寒。

起句敕賜之由，三、四見敬禮臣下，結見君恩無已。詞氣雍和，淺深合度，與少陵《野人送櫻桃》詩，均爲三唐絶唱。他如鄭谷《鷓鴣》、崔珏《鴛鴦》、雍陶《白鷺》，墮詠物塵劫，不啻莛楹之別矣。

『纔是』，或作『總是』，誤。

敕借岐王九成避暑應制

帝子遠辭丹鳳闕，天書遥借翠微宫。隔窗雲霧生衣上，卷幔山泉入鏡中。林下水聲喧語笑，岩前樹色隱房櫳。仙家未必能勝此，何事吹簫向碧空。

出塞作

居延城外獵天驕，白草連天野火燒。暮雲空磧時驅馬，秋日平原好射雕。護羌校尉朝乘障，破虜將軍夜度遼。玉靶角弓珠勒馬，漢家將賜霍嫖姚。

上言疆埸有警，下言命將出師，一結得『彤弓弨兮，受言藏之』意。

酬郭給事

洞門高閣靄餘暉，桃李陰陰柳絮飛。禁裏疎鐘官舍晚，省中啼鳥吏人稀。晨摇玉珮趨金殿，夕奉天書拜瑣闈。强欲從君無那老，將因卧病解朝衣。

積雨輞川莊作

積雨空林烟火遲，蒸藜炊黍餉東菑。漠漠水田飛白鷺，陰陰夏木囀黄鸝。山中習静觀朝槿，松下清齋折露葵。野老與人争席罷，海鷗何事更相疑。

槿朝榮夕落，故習静者觀之。

送楊少府貶郴州

明到衡山與洞庭，若爲秋月聽猿聲。愁看北渚三湘遠，惡説南風五兩輕。青草瘴時過夏口，白頭浪裏出湓城。長沙不久留才子，賈誼何須吊屈平。

明，指明日，詩人用字法也。

不能北歸，反惡南風，語妙至是。

送方尊師歸嵩山

仙官欲住九龍潭，毛節朱幡倚石龕。山壓天中半天上，洞穿江底出江南。奇境，非此奇句不能寫出。瀑布杉松常帶雨，夕陽彩翠忽成嵐。借問迎來雙白鶴，已曾衡岳送蘇耽。

孟浩然

登安陽城樓

縣城南面漢江流，江漲開成南雍州。才子乘春來騁望，群公暇日坐銷憂。樓臺晚映青山郭，羅綺晴嬌緑水洲。向夕波摇明月動，更疑神女弄珠遊。

李頎

東川諸作，詩家神品。明嘉隆諸子，不善學之，但存門面膚語。蕭山毛秋晴，因此並訾東川，猶因噎而廢食也。

送魏萬之京

朝聞遊子唱離歌，昨夜微霜初度河。鴻鴈不堪愁裏聽，雲山况是客中過。關城曙色催寒近，御苑砧聲向晚多。莫是長安行樂處，空令歲月易蹉跎。
結意勉以立功，若曰勿以長安爲行樂之地，而蹉跎無成也。

送司勳盧員外

流澌臘月下河陽，草色新年發建章。秦地立春傳太史，漢宮題柱憶仙郎。歸鴻欲度千門雪，侍女新添五夜香。早晚薦雄文似者，故人今已賦長楊。望人薦引，却能自占身分。

題璿公山池

遠公遁迹廬山岑，開士幽居只樹林。片石孤雲窺色相，清池皓月照禪心。指揮如意天花落，坐卧閑房春草深。此外俗塵都不染，惟餘玄度得相尋。

寄綦毋三

新加大邑綬仍黄，近與單車向洛陽。顧盼一過丞相府，風流三接令公香。南川粳稻花侵縣，西嶺雲霞色滿堂。共道進賢蒙上賞，看君幾歲作臺郎。卜其不終留滯也。

送李回

知君官屬大司農，詔幸驪山職事雄。歲發金錢供御府，晝看仙液注離宮。千巖曙雪旌門上，十月寒花輦路中。不覩聲名與文物，自傷留滯去關東。

宿瑩公禪房聞梵

花宮仙梵遠微微，月隱高城鐘漏稀。夜動霜林驚落葉，曉聞天籟發清機。蕭條已入寒空静，颯沓仍隨秋雨飛。始覺浮生無住著，頓令心地欲皈依。

高適

送前衛縣李寀少府

黄鳥翩翩楊柳垂，春風送客使人悲。怨別自驚千里夢，論交却憶十年時。雲開汶水孤帆遠，路繞梁山匹馬遲。此地從來可乘興，留君不住益淒其。

情不深而自遠，景不麗而自佳，韻使之也。

送李少府貶峽中、王少府貶長沙

嗟君此別意何如，駐馬銜盃問謫居。巫峽啼猿數行淚，衡陽歸鴈幾封書。青楓江上秋天遠，白帝城邊古木疎。聖代即今多雨露，暫時分手莫躊躇。

連用四地名，終非律詩所宜。

夜別韋司士

高館張燈酒復清，夜鐘殘月鴈歸聲。只言啼鳥堪求侶，無那春風欲送行。風神詄蕩。黄河曲裏沙爲岸，白馬津邊柳向城。莫怨他鄉暫離別，知君到處有逢迎。

岑參

和賈至舍人早朝大明宫之作

雞鳴紫陌曙光寒，鶯囀皇州春色闌。金闕曉鐘開萬户，玉階仙仗擁千官。花迎劍佩星初落，柳拂旌旗露未乾。獨有鳳凰池上客，陽春一曲和皆難。

早朝大明宫詩，以嘉州爲第一，精神色澤，種種絶妙，『明秀』二字，不足以盡之。

和祠部王員外雪後早朝即事

長安雪後似春歸，積素凝華連曙輝。色借玉珂迷曉騎，光添銀燭晃朝衣。西山落月臨天仗，北闕晴雲捧禁闈。聞道仙郎歌白雪，由來此曲和人稀。闕合。

奉和杜相公發益州

相國臨戎別帝京，擁旄持節遠横行。朝登劍閣雲隨馬，夜渡巴江雨洗兵。天然富麗。山花萬朵迎征蓋，川柳千條拂去旌。暫到蜀城應計日，須知明主待持衡。

九日使君席奉餞衛中丞赴長水

節使横行西出師，鳴弓擐甲羽林兒。臺上霜威凌草木，軍中殺氣傍旌旗。預知漢將宣威日，正是胡塵欲滅時。爲報使君多汎菊，更將絃管醉東籬。

首春渭西郊行呈藍田張二主簿

回風度雨渭城西，細草新花踏作泥。秦女峰頭雪未盡，胡公陂上日初低。愁窺白髮羞微禄，悔别青山憶舊溪。聞道輞川多勝事，玉壺春酒正堪攜。

暮春虢州東亭送李司馬歸扶風别廬

柳嚲鶯嬌花復殷，紅亭緑酒送君還。到來函谷愁中月，歸去磻溪夢裹山。簾前春色應須惜，世上浮名好是閑。西望鄉關腸欲斷，對君衫袖淚痕班。夢裹山，言客中所夢之山。今始得歸也。

杜　甫

杜七言律，有不可及者四：學之博也，才之大也，氣之盛也，格之變也。五色藻繢，八音和鳴，後人不易髣髴！王維、李頎，品格最高，復饒遠韵，爲律詩正宗。然遇《諸將》及《詠懷古蹟》等篇，不免瞠乎其後矣。中有踈宕一體，實爲宋元濫觴。學者不應從此種入。名家詩有名句可摘，杜詩元氣渾淪，不能指何句最佳。

題張氏隱居

春山無伴獨相求，伐木丁丁山更幽。澗道餘寒歷冰雪，石門斜日到林丘。不貪夜識金銀氣，遠害朝看麋鹿遊。乘興杳然迷出處，對君疑是泛虚舟。

無欲者其見必精，全生者與物無忤。寔理自然，何煩註脚。

九日藍田崔氏莊

老去悲秋强自寬，興來今日盡君歡。羞將短髮還吹帽，笑倩旁人爲正冠。藍水遠從千澗落，玉山高並兩峰寒。明年此會知誰健，醉把茱萸子細看。得「藍水」一聯，全體俱振。

紫宸殿退朝口號

户外昭容紫袖垂，雙瞻御座引朝儀。香飄合殿春風轉，花覆千官淑景移。晝漏希聞高閣報，天顔有喜近臣知。宫中每出歸東省，會送夔龍集鳳池。

曲江對雨

城上春雲覆苑墻，江亭晚色静年芳。林花著雨燕脂濕，水荇牽風翠帶長。龍武新軍深駐輦，芙蓉別殿謾焚香。何時詔此金錢會，暫醉佳人錦瑟旁。

追憶承平時事，低徊傷感，無限深情。《秋興》中『蓬萊宮闕』『瞿唐峽口』之作，《諸將》中『洛陽宮殿』『迴首扶桑』之作，連此篇，聲色俱備。如洞庭美人，芙容衣而翠羽旍，非人世間物也。

送鄭十八虔貶台州司户，傷其臨老陷賊之故，闕爲面別，情見於詩

鄭公樗散鬢成絲，酒後常稱老畫師。萬里傷心嚴譴日，百年垂死中興時。蒼惶已就長途往，邂逅無端出餞遲。便與先生應永訣，九重泉路盡交期。

通首屈折赴題，清空如話。杜集中有此一格。後元白倣之便成傖父面目，何也？

蜀相

丞相祠堂何處尋，錦官城外柏森森。映階碧草自春色，隔葉黄鸝空好音。三顧頻煩天下計，兩朝開濟老臣心。出師未捷身先死，長使英雄淚滿襟。

賓至

幽棲地僻經過少，老病人扶再拜難。豈有文章驚海内，漫勞車馬駐江干。竟日淹留佳客坐，百年粗糲腐儒餐。不嫌野外無供給，乘興還來看藥欄。

後漢魏覇爲鉅鹿太守，常服粗糲。糲，音辣。

野老

野老籬前江岸迴，柴門不正逐江開。漁人網集澄潭下，賈客船隨返照來。長路關心悲劍閣，片雲何意傍琴臺。王師未報收東郡，城闕秋生畫角哀。

前寫晚景，後説旅情，不相承接，亦不必承接，杜詩每創此格。

南鄰

錦里先生烏角巾，園收芋栗不全貧。慣看賓客兒童喜，得食階除鳥雀馴。秋水纔深四五尺，野航恰受兩三人。白沙翠竹江村暮，相送柴門月色新。

恨别

洛城一别四千里，胡騎長驅五六年。草木變衰行劍外，兵戈阻絶老江邊。思家步月清宵立，憶弟看雲白日眠。聞道河陽近乘勝，司徒急爲破幽燕。

若説如何思、如何憶，情事易盡。步月、看雲，有不言神傷之妙。

末語見公將略。

送韓十四江東覲省

兵戈不見老萊衣，歎息人間萬事非。我已無家尋弟妹，君今何處訪庭闈。黄牛峽静灘聲轉，白馬江寒樹影稀。此别應惜各努力，故鄉猶恐未同歸。

灘聲樹影，寫離情鄉思，情致淋灕。

野人送朱櫻

西蜀櫻桃也自紅，野人相贈滿筠籠。數迴細寫愁仍破，萬顆匀圓訝許同。憶昨賜霑門下省，退朝擎出大明宫。金盤玉箸無消息，此日嘗新任轉蓬。

曲禮器之溉者，不寫其餘，皆寫謂傳之器中也。『也自紅』、『愁仍破』、『訝許同』，俱對賜櫻桃着筆。下半流走直下，格法矯變，見此老無所不有。

聞官軍收河南河北

劍外忽傳收薊北，初聞涕淚滿衣裳。卻看妻子愁何在，漫卷詩書喜欲狂。白首放歌須縱酒〔一〕，青春作伴好還鄉。即從巴峽穿巫峽，便下襄陽向洛陽。

一氣流注，曲折盡情。篇法之妙，不可思議。對結自是落句，故佳，他人爲之，不免收束不佳。

校記

〔一〕《全唐詩》卷二二七作『白日放歌須縱酒』，《杜詩詳注》卷十一作『白首放歌須縱酒』，『首』字下有注『一作「日」』。

登高

風急天高猿嘯哀，渚清沙白鳥飛迴。無邊落木蕭蕭下，不盡長江滚滚來。萬里悲秋常作客，百年多病獨登臺。艱難苦恨繁霜鬢，潦倒新停濁酒杯。

八句皆對。首二句，對舉之中，仍復用韵，格法奇變。前人謂兩聯俱可截去二字，以此爲病。試思『落木蕭蕭下』、『長江滚滚來』，復何語耶？不成議論如是。

一氣呵成，光芒萬丈，登高第一首詩。結語意盡詞竭，不必曲爲之諱。

將赴荆南寄别李劍州

使君高義驅今古，寥落三年坐劍州。但見文翁能化俗，焉知李廣未封侯。路經灔澦雙蓬鬢，天入滄浪一釣舟。老經險地，身寄孤舟，寫來如許沉着。戎馬相逢更何日，春風迴首仲宣樓。

登樓

花近高樓傷客心，萬方多難此登臨。錦江春色來天地，玉壘浮雲變古今。北極朝廷終不改，西山寇盜莫相侵。可憐後主還祠廟，日暮聊爲《梁父吟》。玉壘，山名，見《蜀都賦》。

氣象雄偉，籠蓋宇宙。

起二語倒裝，故妙。若一换轉，與近人詩何異。

『北極』一聯，前人謂可抵一篇王命論，信然。

《錢箋》謂：代宗用程元振、魚朝恩，致蒙塵之禍，故以後主之任黄皓諷之。

野望

西山白雪三城戍，南浦清江萬里橋。海内風塵諸弟隔，天涯涕淚一身遥。惟將遲暮供多病，未有涓埃答聖朝。跨馬出郊時極目，不堪人事日蕭條。

前半思家，後半憂國。

閣夜

歲暮陰陽催短景，天涯霜雪霽寒宵。五更鼓角聲悲壯，三峽星河影動摇。野哭幾家聞戰伐，胡歌數處起漁樵。卧龍躍馬終黄土，人事依依漫寂寥。

《蜀都賦》云：公孫躍馬而稱帝。『卧龍躍馬』，因夔州祠廟而及之。

白帝城最高樓

城尖徑昃旌斾愁，獨立縹緲之飛樓。峽坼雲霾龍虎卧，江清日抱黿鼉游。扶桑西枝對斷石，弱水東影隨長流。杖藜歎世者誰子，泣血迸空迴白頭。

拗體，歌行變調。

秋興八首

俞瑒犀月云：『「身居巫峽，心憶京華」爲八詩大旨。』曰巫峽、曰夔府、曰瞿唐、曰江樓、滄江、關塞，皆言身之所處；曰故國、曰故園、曰京華、長安、蓬萊、曲江、昆明、紫閣，皆言心之所思，此八詩中線索。

懷鄉戀闕、弔古傷今，其才氣之大、聲調之高，天風海濤、金鐘大鏞，莫能擬其所到。

玉露凋傷楓樹林，巫山巫峽氣蕭森。江間波浪兼天湧，塞上風雲接地陰。叢菊兩開他日淚，孤舟一繫故園心。寒衣處處催刀尺，白帝城高急暮砧。

此八首發端。

夔府孤城落日斜，每依北斗望京華。聽猿實下三聲淚，奉使虚隨八月槎。畫省香爐違伏枕，山樓粉堞隱悲笳。請看石上藤蘿月，已映洲前蘆荻花。

言夔州暮景。

『畫省』句以京華言，『山樓』句以夔府言。

千家山郭静朝暉，日日江樓坐翠微。信宿漁人還泛泛，清秋燕子故飛飛。匡衡抗疏功名薄，劉向傳經心事違。同學少年多不賤，五陵衣馬自輕肥。

言夔州朝景。

漁人、燕子，喻己之荒凉；匡衡、劉向，慨己之不遇。

以上指夔州言，以下指長安言。

聞道長安似弈棋，百年世事不勝悲。王侯第宅皆新主，文武衣冠異昔時。直北關山金鼓振，征西車馬羽書馳。魚龍寂寞秋江冷，故國平居有所思。

前半指長江之變遷，下半指邊境之侵逼。北憂回紇，西患吐蕃。追維往事，不勝今昔之感云。

蓬萊宮闕對南山，承露金莖霄漢間。西望瑶池降王母，東來紫氣滿函關。雲移雉尾開宫扇，日繞龍鱗識聖顔。一卧滄江驚歲晚，幾回青瑣點朝班。

追思長安全盛時，宫闕壯麗、朝省尊嚴，而末歎己之久違朝寧也！

侈陳盛事，無譏刺神仙荒晏意。

瞿唐峽口曲江頭，萬里風烟接素秋。花萼夾城通御氣，芙蓉小苑入邊愁。珠簾繡柱圍黄鵠，錦纜牙檣起白鷗。回首可憐歌舞地，秦中自古帝王州。

此記長安失陷之由。

城通御氣，指敦倫勤政時；苑入邊愁，即所云『長安鞶鼓動地來』。上言治，下言亂也。下追叙遊幸之時，見盛衰無常，自古爲然，言下不盡，猛省。

昆明池水漢時功，武帝旌旗在眼中。織女機絲虚夜月，石鯨鱗甲動秋風。波漂菰米沈雲黑，露冷蓮房墜粉紅。關塞極天惟鳥道，江湖滿地一漁翁。

借漢喻唐，極寫蒼凉景象。結意身阻鳥道，迹比漁翁，見還京無期也。

中間故實，點化《西京賦》及《西京雜記》中語意。

昆吾御宿自逶迤，紫閣峰陰入渼陂。香稻啄餘鸚鵡粒，碧梧棲老鳳凰枝。佳人拾翠春相問，仙侶同舟晚更移。彩筆昔曾干氣象，白頭吟望苦低垂。

思昔遊之長安，與岑參兄弟宴遊渼陂時事。

詠懷古迹五首

支離東北風塵際，漂泊西南天地間。三峽樓臺淹日月，五溪衣服共雲山。羯胡事主終無賴，詞客哀時且未還。庾信平生最蕭瑟，暮年詩賦動江關。

首以庾信自況，非專詠庾也。五、六賓主雙關。以上少陵自叙。

夔州無庾信古迹。

摇落深知宋玉悲，風流儒雅亦吾師。悵望千秋一灑淚，蕭條異代不同時。江山故宅空文藻，雲雨荒臺豈夢思。最是楚宫俱泯滅，舟人指點到今疑。

群山萬壑赴荆門，生長明妃尚有邨。一去紫臺連朔漠，獨留青塚向黄昏。畫圖省識春風面，環珮空歸月夜魂。千載琵琶作胡語，分明怨恨曲中論。

佳人亦靈秀所鍾無窮珍惜。

詠昭君詩，此爲絶唱，其餘俱屬平平。至楊憑『馬駝絲管向陰山』句，風斯下矣。

蜀主窺吴幸三峽，崩年亦在永安宫。翠華想像空山裏，玉殿虚無野寺中。古廟杉松巢水鶴，歲時伏臘走村翁。武侯祠屋常鄰近，一體君臣祭祀同。

考亭南軒以前，能以正統予蜀者，少陵一人而已。

諸葛大名垂宇宙，宗臣遺像肅清高。三分割據紆籌策，萬古雲霄一羽毛。伯仲之間見伊吕，指揮若定失蕭曹。運移漢祚終難復，志决身殲軍務勞。

雲霄、羽毛，猶鸞鳳高翔，狀其才品之高也。

文中子謂：『諸葛武侯不死，禮樂其有興乎？』正是失蕭曹之旨。

不以成敗論人，眉山父子遠不及此。

諸將五首

五章議論時事，慷慨藴藉。而於每篇結語，丁寧反覆，所謂『言之者無罪，聞之者足戒』。

漢朝陵墓對南山，胡虜千秋尚入關。昨日玉魚蒙葬地，早時金盌出人間。見愁汗馬西戎逼，曾閃朱旗北斗殷。多少材官守涇渭，將軍且莫破愁顔。

爲吐蕃内侵，諸將不能禦寇而言。不忍直言，故借漢爲比。

韓公本意築三城，擬絶天驕拔漢旌。豈謂盡煩回紇馬，翻然遠救朔方兵。胡來不覺潼關隘，龍起猶聞晉水清。獨使至尊憂社稷，諸君何以答升平。

爲回紇入境，責諸將不能分憂而言。築城本以禦戎，豈謂反賴以平亂耶？『胡來』句傷今，『龍起』句追昔。思創業之艱，正以勗諸君也。

韓公張仁願也於河北築三受降城。

洛陽宫殿化爲烽，休道秦關百二重。滄海未全歸禹貢，薊門何處盡堯封。朝廷衮職雖多預，天下軍儲不自供。稍喜臨邊王相國，肯銷金甲事春農。

起追言安史陷京，下指河北餘孽。因傷轉輸不繼，而以王相國愧勵諸藩，其言微矣！

王縉黨附元載，『稍喜』者，亦不滿之詞。

迴首扶桑銅柱標，冥冥氛祲未全銷。越裳翡翠無消息，南海明珠久寂寥。殊錫曾爲大司馬，總戎皆插侍中貂。炎風朔雪天王地，只在忠良翊聖朝。

言南方不靖，貢獻久稀，由諸將膺異寵、擁高官，而不盡撫綏之道耳！故於忠良有厚望焉。

錦江春色逐人來，巫峽清秋萬壑哀。正憶往時嚴僕射，共迎中使望鄉臺。主恩前後三持節，軍令分明數舉杯。西蜀地形天下險，安危須仗出群材。

『數舉杯』，有雅歌投壺氣象。

思嚴武，傷鎮蜀之非其人也。

夜

露下天高秋氣清，空山獨夜旅魂驚。疎燈自照孤帆宿，新月猶懸雙杵鳴。南菊再逢人卧病，北書不至雁無情。步簷倚杖看牛斗，銀漢遥應接鳳城。

返照

楚王宫北正黄昏，白帝城西過雨痕。返照入江翻石壁，歸雲擁樹失山邨。衰年肺病惟高枕，絶塞愁時早閉門。不可久留豺虎亂，南方實有未招魂。

九日

重陽獨酌杯中酒，抱病起登江上臺。竹葉於人既無分，菊花從此不須開。殊方日落玄猿哭，舊國霜前白鴈來。弟妹蕭條各何在，干戈衰謝兩相催。

吹笛

吹笛秋山風月清，誰家巧作斷腸聲。風飄律吕相和切，月傍關山幾處明。胡騎中宵堪北走，武陵一曲想南征。故園楊柳今摇落，何得愁中曲盡生。笛中有《折楊柳》曲，故翻其意作結。

周弘讓『長笛吐清氣』詩：『胡騎爭北歸，偏知别鄉苦。』『武陵一曲』，即《武陵深》，馬援南征所作也。援門生爰寄生善吹笛，作歌以和之。

暮歸

霜黄碧梧白鶴棲，城上擊柝復烏啼。客子入門月皎皎，誰家擣練風凄凄。南渡桂水闕舟楫，北歸秦川多鼓鼙。年過半百不稱意，明日看雲還杖藜。

傾欹歷落，不衫不履。

小寒食舟中作

佳辰强飯食猶寒，隱几蕭條戴鶡冠。春水船如天上坐，老年花似霧中看。娟娟戲蝶過閑幔，片片輕鷗下急湍。雲白山青萬餘里，愁看直北是長安。

唐詩宗卷十二 七言律

長洲沈德潛碻士選　　門人盧鉉鼎臣手録

劉長卿

七律至隨州，工絶、亦秀絶矣。然前人渾厚兀奡之氣不存。降而君平、茂政，抑又甚焉。風會使然，豈作者莫能自主耶？

過賈誼宅

三年謫宦此栖遲，萬里惟留楚客悲。秋草獨尋人去後，寒林空見日斜時。漢文有道恩猶薄，湘水無情吊豈知。寂寂江山摇落處，憐君何事到天涯。

誼之遷謫，本因被讒，今云『何事』而來，含情不盡。

登餘干古城

孤城上與白雲齊，萬古蕭條楚水西。官舍已空秋草没，女墻猶在夜烏啼。平沙渺渺迷人遠，落日亭亭向客低。飛鳥不知陵谷變，朝來暮去弋陽溪。

獻淮寧軍節度李相公

建牙吹角不聞喧，三十登壇衆所尊。家散萬金酬士死，身留一劍答君恩。漁陽老將多回席，魯國諸生半在門。白馬翩翩春草緑，邵陵西去獵平原。回席，避席也。

贈別嚴士元

春風倚棹闔閭城，水國春寒陰復晴。細雨溼衣看不見，閑花落地聽無聲。日斜江上孤帆影，草緑湖南萬里情。東道若逢相識問，青袍今已誤儒生。

三、四只分寫陰晴之景。注釋家謂比讒言之漸漬，朝廷之棄賢，初無此意。

自夏口至鸚鵡洲望岳陽寄阮中丞

汀洲無浪復無煙，楚客相思益渺然。漢口夕陽斜度鳥，洞庭秋水遠連天。孤城背嶺寒吹角，獨戍臨江夜泊船。賈誼上書憂漢室，長沙謫去古今憐。

直説淺露，右丞則云：『長沙不久留才子，賈誼何須弔屈平？』

送柳使君赴袁州

宜陽出守新恩至，京口因家始願違。五柳閉門高士去，三苗按節遠人歸。袁州與古三苗地接。月明江路聞猿斷，花暗山城見吏稀。惟有郡齋窗裏岫，朝朝空對謝玄暉。

觀校獵上淮西相公

龍驤校獵邵陵東，野火初燒楚澤空。師事黄公千載後，身騎白馬萬人中。笳隨晚吹迎邊草，箭没寒雲落塞鴻。三十擁旄誰不羨，周郎少小立奇功。

使次安陸寄友人

新年草色遠萋萋，久客將歸問路蹊。暮雨不知涢口處，春風只到穆陵西。孤城盡日空花落，三户無人自鳥啼。君在江南相憶否，門前五柳幾枝低。

送耿拾遺歸上都

若爲天畔獨歸秦，對水看山欲暮春。窮海別離無限路，隔河征戰幾歸人。長安萬里傳雙淚，建德千峰寄一身。想到郵亭愁駐馬，不堪西望見風塵。

送陸灃倉曹西上

長安此去欲何依，先達誰當薦陸機。日下鳳翔雙闕迥，雪中人去二陵稀。舟從故里難移棹，家在寒塘獨掩扉。臨水自傷流落久，贈君空有淚沾衣。

江州重別薛六柳八二員外

生涯豈料承優詔，世事空知學醉歌。江上月明胡鴈過，淮南木落楚山多。寄身且喜滄洲近，顧影無如白髮何。今日龍鐘人共棄，愧君猶遣慎風波。

錢起

和李員外扈駕幸温泉宫

未央月曉度疎鐘，鳳輦時巡出九重。雪霽山門迎瑞日，雲開水殿候飛龍。輕寒不入宫中樹，佳氣長浮仗外峰。遥羨枚皋扈仙蹕，偏承霄漢渥恩濃。秀麗，高於偶句。

贈闕下裴舍人

二月黄鸝飛上林，春城紫禁曉陰陰。長樂鐘聲花外盡，龍池柳色雨中深。陽和不散窮途恨，霄漢常懸捧日心。獻賦十年猶未遇，羞將白髮對華簪。

何減東川風調？惟結意平直。

漢武出獵

漢家無事樂時雍，羽獵年年出九重。玉帛不朝金闕路，旌旗長繞彩霞峰。且貪原獸輕黄屋，寧畏漁人犯白龍。薄暮方歸長樂觀，垂楊幾處緑煙濃。

和王員外晴雪早朝

紫微晴雪帶恩光，繞仗偏隨鴛鷺行。長信月留寧避曉，宜春花滿不飛香。獨看積素凝清禁，已覺輕寒讓太陽。題柱盛名兼絶唱，風流誰繼漢田郎。

可追嘉州作，惜一結泛然，不如岑詩關合。

山中酬楊補闕見過

日煖風恬種藥時，紅泉翠壁薜蘿垂。幽溪鹿過苔還静，深樹雲來鳥不知。鮮色可摘。青瑣同心多逸興，春山載酒遠相隨。卻慙身外牽纓冕，未勝尊前倒接䍠。

韋應物

自鞏洛舟行入黄河即事寄府縣僚友

夾水蒼山路向東，東南山豁大河通。寒樹依微遠天外，夕陽明滅亂流中。孤村幾歲臨伊岸，一鴈初晴下朔風。爲報洛橋遊宦侶，扁舟不繫與心同。

「寒樹」句，畫本；「夕陽」句，畫亦難到。「鷺鷥飛破夕陽煙」「水面迴風聚落花」「芰荷翻雨潑鴛鴦」，同是名句，然有意求工，失自然之致矣。山水雲霞，皆成繪圖；指點顧盼，自然得之，才是古人佳處。

寄李儋元錫

去年花裏逢君別，今日花開又一年。世事茫茫難自料，春愁黯黯獨成眠。身多疾病思田里，邑有流亡愧俸錢。不負心語。聞道欲來相問訊，西樓望月幾回圓。

皇甫冉

同温丹徒登萬歲樓

高樓獨上思依依，極浦遥山合翠微。江客不堪頻北望，塞鴻何事又南飛。丹陽古渡寒煙積，瓜步空洲遠樹稀。聞道王師猶轉戰，誰能談笑解重圍。

三月三日義興李明府後亭泛舟

江南烟景復如何，開道新亭更可過。處處執蘭春浦緑，萋萋借草遠山多。壺觴須就陶彭澤，風俗猶傳晋永和。更使輕橈徐轉去，微風落日水增波。

『執蘭』，即《鄭風》『秉蕑』。於上已爲典切，别本作『藝蘭』者，非。

春思

鶯啼燕語報新年，馬邑龍堆路幾千。家住秦城鄰漢苑，心隨明月到胡天。機中錦字論長恨，樓上花枝笑獨眠。爲問元戎竇車騎，何時返旆勒燕然。

『盧家少婦』之亞，惟『笑獨眠』句，不無涉於纖巧。難與沈詩争席耳。

送李録事赴饒州

北人南去雪紛紛，雁叫汀洲不可聞。積水長天隨遠客，荒城極浦足寒雲。山從建業千峰出，江至潯陽九派分。借問督郵才弱冠，府中年少不如君。

皇甫曾

早朝日寄所知

長安雪後見歸鴻，紫禁朝天拜舞同。曙色漸分雙闕下，漏聲遥在百花中。爐煙乍起開仙仗，玉珮成行引上公。共荷發生同雨露，不應黄葉久從風。

秋夕寄懷契上人

已見槿花朝委露，獨悲孤鶴在人群。真僧出世心無事，静夜名香手自焚。窻臨絶澗聞流水，客至孤峰掃白雲。更想清晨誦經處，獨看嶺上雪紛紛。爲後人開便易一路。

李嘉祐

暮春宜陽郡齋愁坐，忽枉劉七侍御詩，因以酬答

子規夜夜題[一]檻葉，遠道逢春半是愁。芳草伴人還易老，落花隨水亦東流。山當睥睨常多雨，地近瀟湘畏及秋。惟羡君爲周柱史，手持黄紙到滄洲。

校記

〔一〕題，《全唐詩》二〇七卷作『啼』。

自蘇臺至望亭驛，人家盡空，春物增思，悵然有作，因寄從弟紓

南浦菰蒲覆白蘋，東吴黎庶逐黄巾。野棠自發空流水，江燕初歸不見人。遠樹依依如送客，平田渺渺獨傷春。那堪回首長洲苑，烽火年年報虜塵。

寫亂後景象。『江燕』句尤工，隱然用元嘉時，『春燕歸來，巢於林木』意。

郎士元

贈錢起秋夜宿靈臺寺見寄

石林精舍虎溪東，夜扣禪扉謁遠公。月在上方諸品静，心持半偈萬緣空。蒼苔古道行應徧，落木寒泉聽不窮。更憶雙峰最高頂，此心期與故人同。

韓翃

同題仙遊觀

仙臺初見五城樓，風物凄凄宿雨收。山色遥連秦樹晚，砧聲近報漢宫秋。疎松影落空壇静，細草春香小洞幽。何用别尋方外去，人間亦自有丹丘。

送冷朝陽還上元

青絲纜引木蘭船，名遂身歸拜慶年。落日澄江烏榜外，秋風疎柳白門前。橋通小市家林近，山帶平蕪野寺連。別後剛逢寒食節，共誰携手在東田。

東田，沈休文別業，在上元。

送劉評事赴廣州使幕

征南官屬似君稀，才子當今劉孝威。蠻府參軍趨傳舍，交州刺史拜行衣。前臨漲海無人過，卻望衡陽少鴈飛。爲報蒼梧雲影道，明年早送客帆歸。

送王光輔歸青州兼寄儲侍御

幾回奏事建章宮，聖主偏知漢將功。身著紫衣趨闕下，口銜丹詔出關東。蟬鳴驛路秋山裏，草色河橋落照中。遠憶故人滄海別，當年好躍五花驄。

盧　綸

長安春望

東風吹雨過青山，却望千門草色閑。家在夢中何日到，春來江上幾人還。川原繚繞浮雲外，宮闕參差落照間。誰念爲儒逢世難，獨將衰鬢客秦關。

　　𡘙猶綽約，風致天成。詩貴一語百媚，大曆十子是也；尤貴一語百情，少陵、摩詰是也。

晚次鄂州

雲開遠見漢陽城，猶是孤帆一日程。估客晝眠知浪静，舟人夜語覺潮生。三湘愁鬢逢秋色，萬里歸心對月明。舊業已隨征戰盡，更堪江上鼓鼙聲。

　　讀估客一聯，如身在江舟間矣，詩不貴景象耶！

至德中途中書事寄李僴

亂離無處不傷情，況復看碑到古城。路繞寒山人獨去，月臨秋水雁空驚。顏衰重喜歸鄉國，身賤多慚問姓名。今日主人還共醉，應憐世故一儒生。

夜投豐德寺謁液上人

半夜風中有磬聲，偶逢樵者問山名。上方月曉聞僧語，下界林疎見客行。野鶴巢邊松最老，毒龍潛處水偏清。願得遠公知姓字，焚香洗鉢過浮生。

司空曙

長安曉望寄程補闕

迢遞山河擁帝京，參差宮殿接雲平。風吹曉漏經長樂，柳帶晴煙出禁城。天净笙歌臨路發，日高車馬隔塵行。獨有淺才甘未達，多慙名在魯諸生。

酬李端校書見贈

綠槐垂穗乳烏飛，忽憶山中獨未歸。青鏡流年看髮變，白雲芳草與心違。乍逢酒客春游慣，久別林僧夜坐稀。昨日聞君到城闕，莫將簪弁勝荷衣。

李　端

宿淮浦憶司空文明

愁心一倍長離憂，夜思千重戀舊遊。秦地故人成遠夢，楚天涼雨在孤舟。諸溪近海潮皆應，獨樹邊淮葉盡流。別恨轉深何處寫，前程惟有一登樓。

閑園即事贈考功王員外

南陌晴雲稍變霞，東風動柳水紋斜。園林帶雪潛生草，桃李雖春未有花。清標絶勝。幸接上賓登鄭驛，羞爲長女似黄家。今朝一望還成暮，欲别芳菲戀歲華。

張南史

陸勝宅秋雨中探韵

同人永日自相將，深竹閑園偶辟疆。已被秋風教憶鱠，更聞寒雨動飛觴。歸心莫問三江水，旅服從沾九日霜。醉裏欲尋騎馬路，蕭條是處有垂楊。

劉方平

秋夜呈皇甫冉鄭豐

洛陽秋夜白雲歸，城裏長河列宿稀。秋後見飛千里鴈，月中聞擣萬家衣。長辭西雍青門道，久別東吴黄鶴磯。借問客書何所寄，用心不啻兩鄉違。

耿湋

上裴行軍中丞

胡塵已滅天山外，閉閣陰陰日復曛。櫪上驊騮嘶鼓角，門前老將識風雲。旌旗四面高秋見，絲竹千家静夜聞。莫道古來多計策，功成唯有李將軍。

李　益

送賈校書東歸寄振上人

北風吹鴈數聲悲，况指前林是别時。秋草不堪頻送遠，白雲何處更相期。山隨匹馬行看暮，路入寒城獨去遲。爲向東州故人道，江淹已擬惠休詩。

鹽州過胡兒飲馬泉

緑楊着水草如煙，舊是胡兒飲馬泉。幾處吹笳明月夜，何人倚劍白雲天。惜其無備，語殊含蓄。從來凍合關山路，今日分流漢使前。莫遣行人照容鬢，恐驚憔悴入新年。

劉禹錫

中唐七律，夢得可繼隨州，後人與樂天並稱，因劉白有唱和詩耳。神彩骨幹，惡可同日語。

送源中丞充新羅册立使

相門才子稱華簪，持節東行捧德音。身帶霜威辭鳳闕，口傳天語到雞林。煙開鼇背千尋碧，日浴鯨波萬頃金。想見扶桑受恩處，一時西拜盡傾心。

西塞山懷古

王濬樓船下益州，金陵王氣黯然收。千尋鐵鎖沉江底，一片降幡出石頭。人世幾回傷往事，山形依舊枕寒流。今逢四海爲家日，故壘蕭蕭蘆荻秋。

起手如黄鵠高舉，見天地方員。

漢壽城春望

漢壽城邊野草春，荒祠古墓對荆榛。田中牧豎燒芻狗，陌上行人看石麟。華表半空經霹靂，碑文才見滿埃塵。不知何日東瀛變，此地還成要路津。

荆門道懷古

南國山川舊帝畿，宋臺梁館尚依稀。馬嘶古道行人歇，麥秀空城野雉飛。風吹落葉填宫井，火入荒陵化寶衣。徒使詞臣庾開府，咸陽終日苦思歸。

松滋渡望峽中

渡頭輕雨灑寒梅，雲際溶溶雪水來。夢渚草長迷楚望，《左傳》，江漢雎漳，楚之望。夷陵土黑有秦灰。巴人淚應猿聲落，蜀客船從鳥道迴。十二碧峰何處所，永安宫外是荒臺。

奉送浙西李僕射赴鎮

建節東行是舊遊，歡聲喜氣滿吴州。郡人重得黄丞相，童子争迎郭細侯。運事穩切。詔下初辭温室樹，夢中先到景陽樓。自憐不識平津閤，遥望旌旆汝水頭。

早春對雪奉寄澧州元郎中

新賜魚書墨未乾，賢人暫屈遠人安。朝驅旌旆行時令，夜見星辰憶舊官。梅蘂覆階鈴閣暖，雪花當户戟枝寒。寧知楚客思公子，北望長吟澧有蘭。顧澧州作結。

始聞秋風

昔看黄菊與君别，今聽玄蟬我卻回。五夜颼飀枕前覺，一年形狀鏡中來。馬思邊草拳毛動，雕盼青雲睡眼開。天地肅清堪四望，爲君扶病上高臺。

一起不知所謂，下半首英氣勃發，少陵操管，不過如是。

再授連州至衡陽酬柳柳州贈别

去國十年同赴召，渡湘千里又分岐。重臨事異黄丞相，三黜名慚柳士師。歸目併隨回鴈盡，愁腸正遇斷猿時。桂江東過連山下，相望長吟有所思。

武元衡

送張六諫議歸朝

詔書前日下丹霄，頭帶儒冠脱皂貂，笛怨柳營煙漠漠，雲愁江館雨蕭蕭。鴛鴻得路争先翥，松柏凌寒獨後凋。歸去朝端如有問，玉門關外老班超。

鮑　溶

蔡平喜遇河陽馬判官寬話别

從事東軍正四年，相逢且喜偃兵前。看尋狡兔翻三窟，見射妖星落九天。江上柳營回鼓角，河陽花府望神仙。秋風蕭颯醉中别，白馬嘶霜鴈叫煙。

柳宗元

登柳州城樓寄漳、汀、封、連四州刺史

城上高樓接大荒，海天愁思正茫茫。驚風亂颭芙蓉水，密雨斜侵薜荔墻。嶺樹重遮千里目，江流曲似九迴腸。共來百越文身地，猶是音書滯一鄉。

靈均遺則，哀怨動人。

驚風密雨，言在此而意不在此。《嶺南江行》詩中『射工』『颶母』亦然。

嶺南江行

瘴江南去入雲烟，望盡黄茅是海邊。山腹雨晴添象迹，潭心日暖長蛟涎。射工巧伺遊人影，颶母偏驚旅客船。從此憂來非一事，豈容華髮待流年。

别舍弟宗一

零落殘魂倍黯然，雙垂别淚越江邊。一身去國六千里，萬死投荒十二年。桂嶺瘴來雲似墨，洞庭春盡水如天。欲知此後相思夢，長在荆門郢樹煙。

楊巨源

贈張將軍

關西諸將揖容光，獨立營門劍有霜。知愛魯連歸海上，肯令王翦在頻陽。天晴紅幟當山滿，日暮清笳入塞長。年少功高人共羡，漢家壇樹月蒼蒼。

神骨俱王。

言當時急於用人，必不令如王翦之在頻陽也。豈將軍有歸隱之志，故云爾耶？

和侯大夫秋原山觀征人回

兩河戰罷萬方清，原上軍回識舊營。立馬望雲秋塞静，射雕臨水晚天晴。戍閑部伍分岐路，地遠家鄉寄旆旌。聖代止戈資廟略，諸侯不復更長征。

送澹公歸嵩山龍潭葬本師

野煙秋水蒼茫遠，禪境真機去住閑。雙樹爲家思舊壑，千花成塔禮寒山。洞宫曾向龍邊宿，雲徑應從鳥外還。莫戀本師金骨地，空門無處復無關。

韓　愈

奉和庫部盧四兄、曹長元日朝迴

天仗宵嚴建羽旄，春雲送色曉雞號。金爐香動螭頭暗，玉珮聲來雉尾高。戎服上趨承北極，儒冠列侍映東曹。太平時節難身遇，郎署何須笑二毛。

入賈、岑唱和作中，可以伯仲。

賈　島

寄韓潮州愈

此心曾與木蘭舟，直到天南潮水頭。隔嶺篇章來華岳，出關書信過瀧流。峰懸驛路殘雲斷，海浸城根老樹秋。一夕瘴煙風卷盡，月明初上浪西樓。

杜牧

題青雲館在商於。

虬蟠千仞劇羊腸，天府由來百二强。四皓有芝輕漢祖，張儀無地與懷王。雲連帳影蘿陰合，枕繞泉聲客夢凉。深處會容高尚者，水苗三頃百株桑。

寄題甘露寺北軒

曾上蓬萊宫裏行，北軒闌檻最留情。孤高堪弄桓伊笛，縹緲宜聞子晋笙。天接海門秋水色，煙籠隋苑暮鐘聲。他年會著荷衣去，不向山僧道姓名。

李商隱義山近體襞績重重，長於諷諭，晚唐有此可云『枇杷晚翠』，惟欲言不言處，過於沉悶，覺有幾回不能自在。《碧城》、《一片》、《無題》等作，塗澤太過，如叢綵爲花，絶少生韻。鈔中所存，俱骨幹聳拔、真氣流行，得老杜一體者。《衛風》之《碩人》、《離騷》之《招魂》，何嘗不艷？予之汰《碧城》等作，以真意不存，非關穠艷也。

馬嵬

海外徒聞更九州，他生未卜此生休。空聞虎旅傳宵柝，無復雞人報曉籌。此日六軍同駐馬，當時七夕笑牽牛。如何四紀爲天子，不及盧家有莫愁。

起無原委，一病也；徒聞、空聞，犯複，二病也；虎、雞、馬、牛同用，三病也；落句擬人不倫，四病也。因屬對精工、詞氣宕逸，無取青妃白之迹，故欲去而仍存之。

五、六，逆挽法。

重過聖女祠

白石巖扉碧蘚滋，上清淪謫得歸遲。一春夢雨常飄瓦，盡日靈風不滿旗。萼緑華來無定所，杜蘭香去未移時。王郎會此通仙籍，憶向天階問紫芝。

隋宫

紫泉宫殿鎖烟霞，欲取蕪城作帝家。玉璽不緣歸日角，錦帆應是到天涯。於今腐草無螢火，終古垂楊有暮鴉。地下若逢陳后主，豈宜重問後庭花。

南朝

玄武湖中玉漏催，雞鳴埭口繡襦迴。誰言瓊樹朝朝見，不及金蓮步步來。敵國軍營漂木梯，前朝神廟鎖烟煤。滿宫學士皆顔色，江令當年只費才。

籌筆驛

猿鳥猶疑畏簡書，風雲長爲護儲胥。徒令上將揮神筆，終見降王走傳車。管樂有才无不忝，關張無命復何如。他年錦里經祠廟，《梁父吟》成恨有餘。

辯香在老杜，故能神完氣足，邊幅不窘。

九成宮

十二層城閬苑西，平時避暑拂虹霓。雲隨夏后雙龍尾，風逐周王八馬蹄。吴岳曉光連翠巘，甘泉晚景上丹梯。荔枝盧橘霑恩澤，鸞鵲天書溼紫泥。

重有感

玉帳牙旗得上遊，安危須共主君憂。竇融表已來關右，陶侃軍宜次石頭。豈有蛟龍愁失水，更無鷹隼與高秋，晝號夜哭兼幽顯，早晚星關雪涕收。

茂陵

漢家天馬出蒲梢，苜蓿榴花遍近郊。內苑只知含鳳觜，屬車無復插雞翹。玉桃偷得憐方朔，金屋修成貯阿嬌。誰料蘇卿老歸國，茂陵松柏雨蕭蕭。

贈别前蔚州契苾使君

何年部落到陰陵，奕世勤王國史稱。夜卷牙旗千帳雪，朝飛羽騎一河冰。蕃兒襁負來青塚，狄女壺漿出白登。日晚鸊鵜泉畔獵，路人遥識郅都鷹。

隋師東

東征日調萬黄金，幾竭中原買鬬心。軍令未聞誅馬謖，捷書惟是報孫歆。但須鸑鷟巢阿閣，豈假鴟鴞在泮林。可惜前朝玄菟郡，積骸成莽陣雲深。

曲江

望斷平時翠輦過，空聞子夜鬼悲歌。金輿不返傾城色，玉殿猶分下苑波。死憶華亭聞唳鶴，老憂王室泣銅駝。天荒地變心雖折，若比傷春意未多。

哭劉蕡

上帝深居閉九閽，巫咸不下問銜冤。廣陵別後春濤隔，湓浦書來秋雨翻。只有安仁能作誄，何曾宋玉解招魂。平生風義兼師友，不敢同君哭寢門。

安定城樓

迢遞高城百尺樓，緑楊枝外盡汀洲。賈生年少虚垂涕，王粲春來更遠遊。永憶江湖歸白髮，欲回天地入扁舟。不知腐鼠成滋味，猜意鵷雛竟未休。

井絡

井絡天彭一掌中，漫誇天設劍爲鋒。陣圖東聚燕江石，邊柝西懸雪嶺松。堪歎故君成杜宇，可能先主是真龍。將來爲報奸雄輩，莫向金井訪舊蹤。

許渾

金陵懷古

玉樹歌殘王氣終，景陽兵合戍樓空。楸梧遠近千官塚，禾黍高低六代宮。石燕拂雲晴亦雨，江豚吹浪夜還風。英雄一去豪華盡，惟有青山似洛中。

六朝建都金陵，至陳后主始滅，故以此發端。

題衛將軍廟

武牢關上護龍旂，挾槊彎弓馬上飛。漢業未興王霸在，秦軍纔散魯連歸。墳穿大澤埋金劍，廟枕長溪掛鐵衣。欲奠忠魂何處問，葦花楓葉雨霏霏。

咸陽城東樓

獨上高樓萬里愁，蒹葭楊柳似汀洲。溪雲初起日沉閣，山雨欲來風滿樓。鳥下緑蕪秦苑夕，蟬鳴黄葉漢宫秋。行人莫問當年事，渭水寒聲晝夜流。

一結恐落弔古套語。少陵懷古詩，每章各有結束。

朝臺送客有懷

趙佗西拜已登壇，馬援南征土宇寬。越國舊無唐印綬，蠻鄉今有漢衣冠。江雲帶日秋偏熱，海雨隨風夏亦寒。嶺北歸人莫回首，蓼花楓葉萬重灘。

晨起白雲樓寄龍興江準上人兼呈竇秀才

兹樓今是望鄉臺，鄉信全稀曉雁哀。山翠萬重當檻出，水光千里抱城來。東巖月在僧初定，南浦花殘客未回。欲吊靈均能賦否，秋風還有木蘭開。

温庭筠

語曰：『情生於文，文生於情。』情不足而文多，晚唐詩所以病也。得此意，以去取温李，則真詩出矣。

馬嵬驛

穆滿曾爲物外遊，六龍經此暫淹留。返魂無驗青煙滅，埋血空成碧草愁。香輦卻歸長樂殿，曉鐘還下景陽樓。甘泉不得重相見，誰道文成是故侯。

周穆、漢武，俱屬借言，勿疑首尾錯雜。

經李徵君故居

露濃煙重草萋萋，樹映闌干柳拂隄。一院落花無客醉，五更殘月有鶯啼。芳筵想象情難盡，故樹荒凉路已迷。風景宛然人自改，却經門巷馬頻嘶。

過陳琳墓

曾於青史見遺文，今日飄蓬過此墳。詞客有靈應識我，霸才無主始憐君。石麟埋没藏春草，銅雀荒凉對暮雲。莫怪臨風倍惆悵，欲將書劍學從軍。

言袁紹非霸才，不堪爲主也。有傷其生不逢時意。

蘇武廟

蘇武魂銷漢使前，古祠高樹兩茫然。雲邊雁斷胡天月，隴上羊歸塞草煙。回日樓臺非甲帳，去時冠帶是丁年。茂陵不見封侯印，空向秋波哭逝川。

《漢武故事》：以琉璃珠玉、明月夜光錯雜，天下珍寶爲甲帳，其次爲乙帳。甲以居神，乙以自居。

五、六與『此日六軍同駐馬』一聯，俱屬逆挽法。律詩得此，化板滯爲跳脱矣。

經五丈原

鐵馬雲雕共絶塵，柳營高壓漢宫春。天清殺氣屯關右，夜半妖星照渭濱。下國卧龍空寤主，別本作『空誤主』，非是。中原得鹿不由人。象牀寶帳無言語，從此譙周是老臣。

贈蜀將

十年分散劍關秋，萬事皆隨錦水流。心氣已曾明漢節，功名猶自滯吴鈎。雕邊認箭寒雲重，馬上聽笳塞草愁。今日逢君倍惆悵，灌嬰韓信盡封侯。

雍　陶

晴詩

晚虹斜日塞天昏，一半山川帶雨痕。新水亂侵青草路，殘煙猶傍緑楊邨。胡人羊馬休南牧，漢將旌旗在北門。行子喜聞無戰伐，閑看遊騎獵秋原。

李　頻

湘中送友人

中流欲暮見湘煙，岸葦無窮接楚天。去雁遠衝雲夢雪，離人獨上洞庭船。風波盡日依山轉，星漢通宵向水懸。零落梅花過殘臘，故園歸去又經年。

詩格猶在大曆間。

薛　逢

開元後樂

莫奏開元後樂章，樂中歌曲斷人腸。邠王玉笛三更咽，虢國金車十里香。一自犬戎生薊北，便從征戰老汾陽。中原駿馬搜求盡，沙苑年來草又芳。

送靈州田尚書

陰風獵獵滿旌竿，白草颼颼劍戟攢。九姓羌渾隨漢節，六州蕃落從戎鞍。霜中入塞雕弓響，月下翻營玉帳寒。今日路旁誰不指，穰苴門户慣登壇。

趙　嘏

長安月夜與友人話故山

宅邊秋水浸苔磯，日日持竿去不歸。楊柳風多潮未落，蒹葭霜冷雁初飛。重嘶匹馬吟紅葉，
卻聽疎鐘憶翠微。今夜秦城滿樓月，故人相見一沾衣。

送李裴評事

塞垣從事識兵機，只擬平戎不擬歸。入夜笳聲含白髮，報秋榆葉落征衣。城臨戰壘黄雲晚，
馬渡寒沙夕照微。此别不應書斷絶，滿天霜雪有鴻飛。

長安秋望

雲物淒清拂曙流，漢家宫闕動高秋。殘星幾點鴈横塞，長笛一聲人倚樓。紫艷半開籬菊静，

紅衣落盡渚蓮愁。鱸魚正美不歸去，空戴南冠學楚囚。

『長笛』句清峭，差可，當時以此得名，何耶？

劉　滄

經煬帝行宫

此地曾經翠輦過，浮雲流水竟如何。香銷南國美人盡，怨入東風芳草多。殘柳宫前空露葉，夕陽江上浩烟波。行人遥起廣陵思，古渡月明聞棹歌。

懷古詩如《咸陽》《鄴都》《長洲》諸作，設色寫景，互相統易。《詩品》在許用晦下，惟此首稍見典切，餘韵猶存。

鄭谷

漂泊

槿墜蓮疎池館清，日光風緒淡無情。鱸魚斫鱠輸張翰，橘樹呼奴羨李衡。十口飄零猶寄食，兩川消息未休兵。黄花催促重陽酒，何處登高望二京。

少華甘露寺

石門蘿逕與天鄰，雨檜風篁遠近聞。飲澗鹿喧雙派水，上樓僧踏一梯雲。孤煙薄暮關城没，遠色初晴渭曲分。長欲燃燈來此宿，北林猿鶴舊同群。

李郢

江亭春霽

江籬漠漠荇田田，江上雲亭霽景鮮。蜀客帆檣背歸燕，楚山花木怨啼鵑。春風掩映千門柳，曉色凄凉萬井煙。金磬泠泠水南寺，上方僧室翠微連。

上裴晋公

四朝憂國鬢如絲，龍馬精神海鶴姿。天上玉書傳詔夜，陣前金甲受降時。曾經庾亮三秋月，下盡羊曇兩路棋。惆悵舊堂扃緑野，夕陽無限鳥飛遲。

下半荒凉滿目，似經晉公故居。『上』字應譌。

贈羽林將軍

虬鬢憔悴羽林郎，曾入甘泉侍武皇。雕没夜雲知御苑，馬隨仙仗識天香。五湖歸去孤舟月，六國平來兩鬢霜。唯有桓伊江上笛，卧吹三弄送殘陽。

『五湖』句比范蠡，『六國』句比王翦。

李群玉

黄陵廟

小姑洲北浦雲邊，二女明粧共儼然。野廟向江春寂寂，古碑無字草芊芊。東風近墓吹芳芷，落日深山哭杜鵑。猶似含嚬望巡狩，九疑如黛隔湘川。

韋　莊

柳谷道中作卻寄

馬前紅葉正紛紛，馬上離情欲斷魂。曉發獨辭殘月店，暮程遥宿隔雲村。心如岳色留秦地，夢逐河聲出禹門。莫怪苦吟鞭拂地，有誰傾蓋待王孫。

贈邊將

曾因征遠向金微，馬出榆關一鳥飛。萬里只攜孤劍去，十年空逐塞鴻歸。手招都護新降虜，身著文皇舊賜衣。只待二字語病。烟塵報天子，滿頭霜雪爲兵機。

譚用之

秋宿湘江遇雨

江上陰雲鎖夢魂，江邊深夜舞劉琨。秋風萬里芙容國，暮雨千家薜荔村。鄉思不堪悲橘柚，旅遊誰肯重王孫。漁人相見不相問，長笛一聲歸島門。

意雖不厚，聲調卻高。

張　蠙

錢塘夜燕留别郡守

四方騷動一州安，夜列尊罍伴客歡。簟簇調高山閣迥，蝦蟆更促海濤寒。屏間佩響藏歌妓，幕外刀光立從官。沉醉不辭歸棹遠，晚風吹上子陵灘。

沈彬

塞下

塞葉聲悲秋欲霜，寒山數點下牛羊。映霞旅雁隨疎雨，向磧行人帶夕陽。邊騎不來沙路失，國恩深後海城荒。胡兒嚮化新成長，猶自千回問漢王。

《塞下》詩防其粗豪，此首最見品格。

唐詩宗卷十三 五言長律

長洲沈德潛碻士選　門人盧鉉鼎臣手録

楊師道

還山宅

暮春還舊嶺，徙倚玩年華。芳草無行逕，空山正落花。垂藤掃幽石，卧柳礙浮槎。鳥散茅簷静，雲披澗户斜。依然此泉路，猶是昔煙霞。

清音，開王孟一派。

楊　炯

送劉校書從軍

天將下三宫，星門召五戎。坐謀資廟略，飛檄佇文雄。赤土流星劍，烏號明月弓。秋陰生蜀道，殺氣繞湟中。風雨何年别，琴尊此日同。離亭不可望，溝水自西東。

盧照鄰

西使兼送孟學士南遊

地道巴陵北，天山弱水東。相看萬餘里，共倚一征蓬。零雨悲王粲，清尊别孔融。徘徊聞夜鶴，悵望待秋鴻。骨肉胡秦外，風塵關塞中。唯餘劍鋒在，耿耿氣成虹。

『零雨被秋草』，本孫楚詩，王粲無『零雨』句也。豈沈約有『仲宣《灞岸》之篇，子荆《零雨》之章』等語，故誤用耶？

前人但賞其起語雄渾，須看一氣承接不平，寔不板滯，後太白每有此種格法。

駱賓王

晚泊蒲類

二庭歸望斷，萬里客心愁。山路猶南屬，河源自北流。晚風連朔氣，新月照邊秋。竈火通軍壁，烽烟上戍樓。龍庭但苦戰，燕頷會封侯。莫作蘭山下，空令漢國羞。

二庭，即南庭、北庭，復用龍庭，亦病。

靈隱寺

鷲嶺鬱岧嶤，龍宫鎖寂寥。樓觀滄海日，門聽浙江潮。桂子月中落，天香雲外飄。捫蘿登塔遠，刳木取泉遥。霜薄花更發，冰輕葉互凋。夙齡尚遐異，披對滌煩囂。待入天台路，看余度石橋。

楊師道《還山宅》五韻，此篇七韵，初唐有之。後人用偶不用奇，乃見正格。

宿温城望軍營

虜地寒膠折，邊城夜柝聞。兵符關帝闕，天策動將軍。塞静胡笳徹，沙明楚練分。風旂翻翼影，霜劍轉龍文。白羽摇如月，青山斷若雲。煙疎疑卷幔，塵滅似銷氛。投筆懷班業，臨戎想顧勳。還應雪漢耻，持此報明君。

《晁錯傳》：『欲立威者，始於折膠。』言秋氣至，膠可折也。

長律以此種爲正，少陵力量大，故能推擴。至元、白，動成百韻，潦倒極矣。鈔中所存，皆敷陳典切，篇法簡勁者。

盧　僎

上幸皇太子新院應制

佳氣曉葱蔥，乾行入震宫。前星迎北極，少海被南風。視膳銅樓下，吹笙玉座中。訓深家以政，義舉俗爲公。父子成釗合，君臣禹啓同。仰天歌聖道，猶愧乏雕蟲。

陳子昂

白帝懷古

日落滄江晚，停橈問土風。城臨巴子國，臺没漢王宫。荒服仍周甸，深山尚禹功。巖懸青壁斷，地險碧流通。古木生雲際，歸帆出霧中。川途去無限，客思坐何窮。

峴山懷古

秣馬臨荒甸，登高覽舊都。猶悲墮淚碣，尚想卧龍圖。城邑遥分楚，山川半入吴。丘陵徒自出，賢聖幾凋枯。野樹蒼煙斷，津樓晚氣孤。誰知萬里客，懷古正踟躕。

西王母《白雲謡》：『白雲在天，丘陵自出。』

杜審言

贈蘇味道

北地寒應苦，南庭戍不歸。邊聲亂羌笛，朔氣卷戎衣。雨雪關山暗，風霜草木稀。胡兵戰欲盡，漢卒尚重圍。雲净妖星落，秋高塞馬肥。據鞍雄劍動，搖筆羽書飛。輿駕還京邑，朋游滿帝畿。方期來獻凱，歌舞共春暉。

沈佺期

酬蘇員外味玄夏晚寓直省中見贈

並命登仙閣，通宵值禮闈。大官供宿膳，侍史護朝衣。卷幔天河入，開窗月露微。小池殘暑退，高樹早凉歸。冠劍無時釋，軒車待漏飛。明朝題漢柱，三署有光輝。

同韋舍人早朝

閶闔連雲起，巖廊拂霧開。玉珂雲影度，珠履雁行來。長樂宵鐘盡，明光曉奏催。一經傳舊德，五字擢英材。儼若神仙去，紛從霄漢回。千春奉休曆，分禁喜趨陪。

奉和晦日幸昆明池

法駕乘春轉，神池象漢迴。雙星遺舊石，孤月隱殘灰。戰鷁逢時去，思魚望幸來。山花緹騎遠，堤柳幔城開。思逸橫汾唱，歌流宴鎬杯。微臣彫朽質，羞覩豫章林。晦日意，宋詩明寫。此篇與昆池合賦。固是敵手，唯落句寬泛，誠如昭容所評耳。詩品高下，定於婦人女子，奇哉。

宋之問

奉和幸長安未央宮應制

漢皇未息戰，蕭相乃營宮。壯麗一朝盡，威靈千載空。皇明悵前迹，置酒宴群公。寒輕彩仗外，春發幔城中。樂思回斜日，歌詞繼大風。今朝天子貴，不假叔孫通。恰好作結。

『不愁明月盡』，以巧思勝，此以冠冕典切勝，今人但尚巧思耳。

奉和晦日幸昆明池應制

春豫靈池會，滄波帳殿開。舟凌石鯨度，槎拂斗牛迴。節晦蓂全落，春遲柳暗催。合下句看，是正月晦日。象溟看浴景，燒劫辨沉灰。鎬飲周文樂，汾歌漢武才。不愁明月盡，自有夜珠來。

早發始興江口至虛氏村作

候曉踰閩嶂，乘春望越臺。宿雲鵬際落，殘月蚌中開。薜荔摇青氣，桄榔翳碧苔。桂香多露裛，石響細泉回。抱葉玄猿嘯，銜花翡翠來。南中雖可悦，北思日悠哉。鬒髮俄成素，丹心已作灰。何當首歸路，行剪故園萊。

登粤王臺

江上粤王臺，登高望幾回。南溟天外合，北户日邊開。地溼煙嘗起，山晴雨半來。冬花採盧橘，夏果摘楊□〔一〕。迹類虞翻枉，人非賈誼才。歸心不可見，白髮重相催。

校記

〔一〕闕字，《全唐詩》卷五十三作『梅』。

蘇　頲

奉和聖製途次舊居

潞國臨淄邸，天王别駕輿。出潛離隱際，小往大來初。東陸行春典，南陽即舊居。均川星罕駐，扶道日旂舒。雲覆連行在，風回助掃除。木行城邑望，皋落土田疏。昔試邦興后，今過俗徯予。示威寧校獵，崇讓不陳漁。府吏趨宸扆，鄉耆捧帝車。帳傾三飲處，閑整六飛餘。盛業銘汾鼎，昌期應洛書。願陪歌賦末，留比蜀相如。

御箭連中雙兔試帖。

宸游經上苑，羽獵向閒田。狡兔初迷窟，纖纚詎著鞭。三驅仍百步，一發遂雙連。典切。影射含霜草，魂銷向月弦。歡聲動寒木，喜氣滿晴天。那似陳王意，空隨樂府篇。

同錢楊將軍兼原州都督御史中丞

右地接龜沙，中朝任虎牙。然明方改俗，去病不爲家。將禮登壇盛，軍容出塞華。朔風摇漢鼓，邊月思胡笳。旗合無邀正，冠危有觸邪。當看勞旋日，及此御溝花。

後漢張奐，字然明，桓、靈間三爲大將，正身潔己，威化大行。

結用《出車》詩末章意。

張說

將赴朔方軍應制

禮樂逢明主，韜鈐用老臣。恭憑神武策，遠静鬼方人。莊重。不作一小家語。供帳恩榮餞，山川喜詔巡。天文日月送，朝賦管絃新。幼志傳三略，衰材謝六鈞。膽猶忠作屏，心故道爲鄰。漢保河南地，胡清塞北塵。連年大軍後，不日小康辰。劍舞輕離别，酣歌忘苦辛。從來思博望，許國不謀身。

奉和聖制途經華〔一〕

西嶽鎮皇京，中峰入太清。玉鑾重嶺應，緹騎薄雲迎。白日懸高掌，寒空映削成。軒遊會神處，漢幸望仙情。舊廟青林古，新碑緑字生。群臣願封岱，迴駕勒鴻名。

校記

〔一〕《全唐詩》卷八十八詩題作『奉和聖制途經華嶽應制』。

張九齡

郡内閑齊

郡閣晝常掩，庭蕪日復滋。簷風落鳥毳，窻葉掛蟲絲。拙病宦情少，羇閑秋氣悲。理人無異績，爲郡但經時。唯有江湖意，沈冥空在兹。

奉和聖製早度蒲關

魏武中流處，軒皇問道迴。長堤春樹發，高掌曙雲開。龍負王舟渡，人占仙氣來。河津會日月，仙仗役風雷。東顧重關盡，西馳萬國陪。還聞股肱郡，元首咏康哉。

奉和聖制送尚書燕國公説赴朔方軍

宗臣事有征，廟算在休兵。天與三台座，人當萬里城。聳拔。朔南方偃革，河内暫揚旌。寵錫從仙禁，光華出漢京。山川勤遠略，原隰軫皇情。爲奏薰琴倡，仍題珸劍名。珸即寶作瑶非聞風六郡勇，計日五戎平。山甫歸應疾，留侯功復成。歌鐘旋可望，枕席豈難行。四牡何時入，吾君聽履聲。

曲江長律，安詳合度，不在燕、許下。

同綦毋學士月夜聞鴈

棲宿豈無意，飛飛更遠尋。長途未及半，中夜有遺音。月思關山笛，風號流水琴。空聲兩相應，幽感一何深。避繳歸南浦，離群叫北林。聯翩俱不定，憐爾越鄉心。

張子容

長安早春試帖。

開國移東井，長安，秦地爲東井。方城啓北辰。咸歡太平日，共樂建寅春。雪盡黄山樹，冰開黑水津。草迎金埒馬，花待玉樓人。鴻漸看無數，鶯遷聽轉頻。何當桂枝擢，還及柳條新。

鄭愔

塞外二首

塞外蕭條望，征人此路賒。邊聲亂朔馬，秋引動胡笳。遥障侵歸日，長城帶晚霞。斷蓬飛古戍，連雁聚寒沙。海暗雲無葉，山春雪作花。丈夫期報主，萬里獨歸家。

陽鳥南飛夜，陰山北地寒。漢家征戍客，年歲在樓蘭。玉塞朔風起，金河秋月圓。邊聲入鼓吹，霜氣下旌竿。海外歸書斷，天涯旅鬢殘。子卿猶奉使，恒向節旄看。

宋璟

奉和御製璟與張説源乾曜同日上官命宴都堂賜詩一首應製

丞相邦之重，非賢諒不居。老臣庸且憊，何德以當諸。以箋表中語入詩，莊重得體。厚秩先爲忝，崇班復此除。太常陳禮樂，中掖降簪裾。聖酒江河潤，仙文象緯舒。冒恩懷寵錫，陳力省空虛。郭隗慙無駿，馮諼愧有魚。不知周勃者，榮幸定何如。

常　理

古别離

君御狐白裘，妾居緗綺幬。粟鈿金夾膝，花錯玉搔頭。離别生庭草，征衣斷戍樓。蠨蛸網清曙，菡萏落紅秋。小膽空房怯，長眉滿鏡愁。爲傳兒女意，不用遠封侯。

幽艷，比薛道衡「空梁落燕泥」之作，似又過之。

玄宗皇帝

早度蒲關

鐘鼓嚴更曙，山河野望通。鳴鑾下蒲坂，飛旆入秦中。地險關逾壯，天平鎮尚雄。春來津樹合，月落戍樓空。馬色分朝景，雞聲逐曉風。寫曉景，無刻畫痕迹。所希常道泰，非復棄繻同。

荆公選唐詩，以此章壓卷

早登太行山中言志

清蹕度河陽，凝笳上太行。火龍明鳥道，鐵騎繞羊腸。白霧埋陰壑，丹霞助曉光。澗泉含宿凍，山木帶餘霜。野老茅爲室，樵人薜作裳。宣風問耆艾，敦俗勸耕桑。凉德慙先哲，徽猷慕昔皇。不因今展義，何以冒垂堂。

南出雀鼠谷答張説

雷出應乾象，風行順國人。川途猶在晋，車馬漸歸秦。背陝關山險，横汾鼓吹頻。草依陽谷變，花待北巖春。聞有鵷鸞客，清詞雅調新。求音思欲報，心迹竟難陳。

王維

奉和聖製上巳於望春亭觀禊飲應制

長樂青門外，宜春小苑東。樓開萬户上，輦過百花中。畫鷁移仙仗，金貂列上公。清歌邀落日，妙舞向春風。渭水明秦甸，黄山入漢宫。君王來祓禊，灞滻亦朝宗。宗，借二冬韵。

奉和聖制與太子諸王三月三日龍池春禊應制

故事修春禊，新宫展豫遊。明君移鳳輦，太子出龍樓。賦掩陳王作，杯如洛水流。金人來捧劍，畫鷁去回舟。花樹浮宫闕，天池照冕旒。宸章在雲漢，垂象滿皇州。

奉和聖制暮春送朝集使歸郡應制

萬國仰宗周，衣冠拜冕旒。玉乘迎大客，金節送諸侯。祖席傾三省，褰帷向九州。楊花飛上路，槐色蔭通溝。來預鈞天樂，歸分漢主憂。宸章類河漢，垂象滿中州。複州韻。

春日直門下省早朝

騎省直明光，雞鳴謁建章。遥聞侍中珮，暗識令公香。玉漏隨銅史，陸倕《新漏刻銘》：『銅史司刻，金徒抱箭。』天書拜夕郎。旌旗映閶闔，歌吹滿昭陽。官舍梅初紫，宫門柳欲黄。願將遲日意，同與聖恩長。

送李太守赴上洛

商山包楚鄧，積翠藹沈沈。驛路飛泉灑，關門落照深。野華開古戍，行客響空林。板屋春多雨，山城晝欲陰。丹泉通虢略，白羽抵荆岑。若見西山爽，應知黄綺心。

似欲諷其歸隱。

曉行巴峽

際曉投巴峽，餘春憶帝京。晴江一女浣，朝日衆禽鳴。水國舟中市，山橋樹杪行。登高萬井出，眺迴二流明。人作殊方語，鶯爲舊國聲。賴多山水趣，稍解别離情。

奉秘書晁監還日本

積水不可極，安知滄海東。九州何處遠，萬里若乘空。向國唯看日，歸帆但信風。鰲身映天黑，魚眼射波紅。鄉樹扶桑外，主人孤島中。别離方異域，音信若爲通。

寫景奇險，一時送晁作無有過之者。

姚合《極玄集》以此詩壓卷。

遊感化寺

翡翠香烟合，琉璃寶殿平。龍宫連棟宇，虎穴傍簷楹。谷静唯松響，山深無鳥聲。瓊峰當户拆，金澗透林明。郢路雲端迥，秦川雨外晴。鴈王銜果獻，鹿女踏花行。抖擻辭貧里，歸依宿化城。繞籬生野蕨，空館發山櫻。香飯青菰米，嘉蔬緑笋羹。誓陪清梵末，端坐學無生。

過沈居士山居哭之

楊朱來此哭，桑扈返於真。獨自成千古，依然舊四鄰。閑簷喧鳥雀，故榻滿埃塵。曙月孤鶯囀，空山五柳春。野花愁對客，泉水咽迎人。善卷明時隱，黔婁在日貧。逝川嗟爾命，丘井歎吾身。前後徒言隔，相思詎幾晨。

《高士傳》：舜以天下讓善卷，卷曰：『吾何以天下爲哉？』丘井，用佛語，猶言空井。

奉和聖製幸玉霄公主山莊因題石壁十韵之作應制

碧落風烟外，瑶臺道路賒。如何連帝苑，别自有仙家。比地迴鑾駕，《易》：『地上有水，比。』言相比之無間也。近本譌作『此地』。緣溪轉翠華。洞中開日月，窻裏發雲霞。庭養衝天鶴，溪留上漢槎。種田生白玉，泥竈化丹砂。谷静泉逾響，山深日易斜。御羹和石髓，香飯進胡麻。大道今無外，長生詎有涯。還瞻九霄上，來往五雲車。

李白

送儲邕之武昌

黄鶴西樓月，長江萬里情。春風三十度，空憶武昌城。送爾難爲别，啣杯惜未傾。湖連張樂地，山逐汎舟行。諾謂楚人重，詩傳謝朓清。滄浪吾有曲，寄入棹歌聲。

以古風起法運作長律，太白天才，不拘繩墨乃爾。

送友人尋越中山水

聞道稽山去，偏宜謝客才。千巖泉灑落，萬壑樹縈迴。東海横秦望，西陵繞越臺。湖清霜鏡曉，濤白雪山來。八月枚乘筆，三吴張翰杯。此中多逸興，早晚向天台。

秋日與張少府楚城韋公藏書高齋作

日下空亭暮，城荒古迹餘。地形連海盡，天影落江虚。舊賞人雖隔，新知樂未疎。彩雲思作賦，丹壁問藏書。查擁隨流葉，萍開出水魚。夕來秋興滿，回首意何如。

春日歸山寄孟浩然

朱紱遺塵境，青山謁梵筵。金繩開覺路，寶筏度迷川。嶺樹攢飛拱，巖花覆谷泉。塔形標海月，樓勢出江煙。香氣三天下，三天，謂清微天、禹餘天、大赤天。鐘聲萬壑連。荷秋珠已滿，松密蓋初圓。鳥聚疑聞法，龍參若護禪。愧非流水韻，叨入伯牙弦。

秋日登揚州西靈塔

寶塔凌蒼蒼，登攀覽四荒。頂高元氣合，標出海雲長。萬象分空界，三天接畫梁。水摇金刹影，日動火珠光。鳥拂瓊簾度，霞連繡栱張。目隨征路斷，心逐去帆揚。露浩梧楸白，霜催橘柚黄。玉毫如可見，於此照迷方。

中丞宋公以吴兵赴河南，軍次尋陽，脱余之囚，參謀幕府，因贈之

獨坐清天下，專征出海隅。九江皆渡虎，三郡盡還珠。組練明秋浦，樓船入郢都。風高初選

將，月滿欲平胡。殺氣橫千里，軍聲動九區。白猿慙劍術，黄石借兵符。戎虜行當剪，鯨鯢立可誅。自憐非劇孟，何以佐良圖。

孟浩然

西山尋辛諤

漾舟尋水便，因訪故人居。落日清川裏，誰言獨羡魚。石潭窺洞徹，沙岸歷紆餘。竹嶼見垂釣，茅齋聞讀書。款言忘景夕，清興屬凉初。回也一瓢飲，賢哉常晏如。

高適

送柴司户充劉卿判官之嶺外

嶺外資雄鎮，朝端寵節旄。月卿臨幕府，星使出詞曹。海對羊城闊，山連象郡高。風霜驅瘴癘，忠信涉波濤。忠信句不落塵腐，彌見其健。別恨隨流水，交情脱寶刀。有才無不適，行矣莫徒勞。

陪竇侍御泛靈雲池

白露先時降，清川思不窮。江湖仍塞上，舟楫在軍中。舞换臨津樹，歌饒向晚風。夕陽連積水，邊色滿秋空。乘興宜投轄，邀歡莫避驄。誰憐持弱羽，猶欲伴鵷鴻。

李頎

聖善閣送裴迪入京

雪華滿高閣，苔色上構闌。藥草空堦静，梧桐返照寒。清吟可愈疾，攜手暫同歡。墜葉和金磬，饑烏鳴露盤。伊流惜東别，灞水向西看。舊託含香署，雲霄何足難。

送劉主簿歸金壇

與子十年舊，其如離別何。宦遊憐故國，歸夢是滄波。京口青山遠，金陵芳草多。雲帆曉容裔，江日晝清和。縣郭舟人飲，津亭漁者歌。茅山有仙洞，羨爾再經過。

岑　參

早秋與諸子登虢州西亭觀眺

亭高出鳥外，客到與雲齊。樹點千家小，天圍萬嶺低。殘虹掛陝北，急雨過關西。酒榼緣青壁，瓜田傍緑溪。微官何足道，愛客且相攜。唯有鄉園處，依依望不迷。

杜有『開筵對鳥巢』，一種落想。『殘虹』一聯，尤見寫景雄濶。

六月十三日水亭送華陰王少府還縣

亭晚人將別，池涼酒未酣。關門勞夕夢，仙掌引歸驂。荷葉藏魚艇，藤花罥客簪。殘雲收夏暑，新雨帶秋嵐。失路情無適，離懷思不堪。賴茲庭户裏，别有小江潭。

送盧郎中除杭州之任

罷起郎官草，初分刺史符。海雲迎過楚，江月引歸吴。城底濤聲震，樓頭蜃氣孤。千家窺驛舫，五馬飲春湖。柳色供詩用，鶯聲送酒須。不穩而穩。知君望鄉處，枉道上姑蘇。

送郭僕射節制劍南

鐵馬擐紅纓，幡旃出禁城。明王親授鉞，丞相欲專征。玉饌天厨送，金杯御酒傾。劍門乘險過，閣道踏空行。山鳥驚吹笛，江猿看洗兵。曉雲隨去陣，夜月逐行營。南仲今時往，西戎計日平。將心感知己，萬里寄懸旌。

盧象

送祖詠

田家宜伏臘，歲晏子言歸。石路雪初下，荒村雞共飛。東原多煙火，北澗隱寒輝。滿酌野人酒，倦聞鄰女機。胡爲困樵採，幾日罷朝衣。

祖詠

清明宴司勳劉郎中別業

田家復近臣，行樂不違親。霽日園林好，清明烟火新。以文常會友，唯德自成鄰。池照窗陰晚，杯香藥味春。欄前花覆地，竹外鳥窺人。何必桃源裏，深居作隱淪。

平格平調，然自穩稱。

張　謂

同諸公遊雲公禪寺

共許尋雞足，雞足山，名摩訶迦葉入定處。誰能惜馬蹄。長空净雲雨，斜日半虹霓。簷下千峰轉，窗前萬木低。看花尋徑遠，聽鳥入林迷。地與喧聞隔，人將物我齊。不知樵客意，何事武陵溪。

張　巡

守睢陽詩

接戰春來苦，孤城日漸危。合圍侔月暈，分守若魚麗。屢厭黄塵起，時將白羽撝。裹瘡猶出陣，飲血更登陴。忠信應難敵，堅貞諒不移。無人報天子，心計欲何施。

唐詩宗卷十四 五言長律

長洲沈德潛碻士選　門人盧鉉鼎臣手録

杜甫

陳、杜、沈、宋，簡老爲宗；燕、許、曲江，詣崇典实。老杜出，而推擴之，精力團聚、氣象光芒，猶高山、深林、龍虎，變化不測，極人間鉅麗之觀。後有作者，莫能跂及。

冬日洛城北謁玄元皇帝廟 廟有吴道子畫《五聖圖》。

配極玄都閟，憑虚禁御長。守祧嚴具禮，掌節鎮非常。碧瓦初寒外，金莖一氣旁。山河扶繡户，日月近雕梁。仙李盤根大，猗蘭奕葉光。《漢武故事》：武帝以七月七日，生於猗蘭殿。此以漢武比玄宗也。世家遺舊史，道德付今王。畫手看前輩，吴生遠擅場。森羅移地軸，妙絶動宫墻。五聖聯龍衮，五聖，高祖、太宗、高宗、中宗、睿宗也。千官列鴈行。冕旒俱秀發，旌旆盡飛揚。翠柏深留景，紅梨迥得霜。風箏吹玉柱，露井凍銀牀。身退卑周室，經傳拱漢皇。谷神如不死，養拙更何鄉。『傳經』，用河上公授老子於文帝意。

投贈哥舒開府翰二十韻

今代麒麟閣，何人第一功。君王自神武，駕馭必英雄。起有主腦。開府當朝傑，論兵邁古風。先鋒百戰在，略地兩隅空。青海無傳箭，天山早掛弓。廉頗仍走敵，魏絳已和戎。每惜河湟棄，新兼節制通。智謀垂睿想，出入冠諸公。日月低秦樹，乾坤繞漢宮。胡人愁逐北，宛馬又從東。受命邊沙遠，歸來御席同。軒墀曾寵鶴，指同御席之人。畋獵舊非熊。茅土加名數，山河誓始終。策行遺戰伐，契合動昭融。勳業青冥上，交親氣概中。二語轉接有力。以下叙入自己，此投贈體也。未爲珠履客，已見白頭翁。壯節初題柱，生涯獨轉蓬。幾年春草歇，今日暮途窮。軍事留孫楚，行間識吕蒙。防身一長劍，將欲倚崆峒。

有氣象、有神力，長律中超群軼倫之作。

上韋左相見素二十韻

鳳曆軒轅紀，龍飛四十春。八荒開壽域，一氣轉洪鈞。從朝廷用人説起，與前篇同是高屋建瓴之法。霖雨思賢佐，丹青憶老臣。應圖求駿馬，驚代得麒麟。沙汰江河濁，調和鼎鼐新。十字叙相業，簡老。韋賢初相漢，范叔已歸秦。盛業今如此，傳經固絶倫。豫樟深出地，滄海闊無津。北斗司喉舌，東方領搢紳。持衡留藻鑑，聽履上星辰。獨步才超古，餘波德照鄰。聰明過管輅，尺牘倒陳遵。豈是池中物，由來席上珍。廟堂知至理，風俗盡還淳。才傑俱登用，愚蒙但隱淪。叙入自己，每用承上接下之法。長卿多病久，子夏索居頻。回首驅流俗，生涯似衆人。巫咸不可問，鄒魯莫容身。感激時將晚，蒼茫興有神。爲公歌此曲，涕淚在衣巾。

敬贈鄭諫議十韻

諫官非不達，詩義早知名。破的由來事，先鋒孰敢争。思飄雲物外，律中鬼神驚。毫髮無遺恨，波瀾獨老成。野人寧得所，天意薄浮生。多病休儒服，冥搜信客旌。築居仙縹緲，旅食歲峥嶸。使者求顔闔，諸公厭禰衡。將期一諾重，欻使寸心傾。君見途窮哭，宜憂阮步兵。

贈特進汝陽王二十韻

特進群公表，天人夙德升。霜蹄千里駿，風翮九霄鵬。服禮求毫髮，惟忠忘寢興。聖情常有眷，朝退若無憑。猶漢祖云如失左右手也仙醴來浮蟻，奇毛或賜鷹。清關塵不雜，中使日相乘。晚節嬉遊簡，平居孝義稱。自多親棣蕚，誰敢問山陵。錢箋寧王憲薨。追謚曰讓皇帝。長子璡上表辭，手制不許。號其墓爲皇陵。學業醇儒富，辭華哲匠能。筆飛鸞聳立，章罷鳳騫騰。精理通談笑，忘形向友朋。寸長堪繾綣，一諾豈驕矜。已忝歸曹植，何知對李膺。叙重文好士，接入自叙，滅去痕迹。招要恩屢至，崇重力難勝。披霧初歡夕，高秋爽氣澄。樽罍臨極浦，鳧雁宿張燈。花月窮游宴，炎天避鬱蒸。硯寒金井水，簷動玉壺冰。瓢飲唯三徑，巖棲在百層。且持蠡測海，況挹酒如澠。鴻寶寧全祕，丹梯庶可凌。淮王門有客，終不愧孫登。

送蔡希曾都尉還隴右因寄高三十五書記

時哥舒入奏，勒蔡子先歸。

蔡子勇成癖，彎弓西射胡。健兒寧鬭死，壯士耻爲儒。官是先鋒得，材緣挑戰須。身輕一鳥過，槍急萬人呼。雲幕隨開府，春城赴上都。馬頭金狎帢，駝背錦糢糊。咫尺雲山路，歸飛青海隅。上公猶寵錫，突將且前驅。漢使黄河遠，凉州白麥枯。因君問消息，好在阮元瑜。寄高書記只一點。

遣興

驥子好男兒，前年學語時。問知人客姓，誦得老夫詩。世亂憐渠小，家貧仰母慈。鹿門攜有處，鳥道去無期。天地軍麾滿，山河戰角悲。儻歸免相失，見日敢辭遲。

行次昭陵

舊俗疲庸主，群雄問獨夫。讖歸龍鳳質，威定虎狼都。隋主昏庸，群雄割據，唐宗受命，以四語了之。天屬尊堯典，神功協禹謨。風雲隨絶足，日月繼高衢。文物多師古，朝廷半老儒。直詞寧戮辱，賢路不崎嶇。往者灾猶降，言天寶之亂，故思開國之日，不勝流恨云。蒼生喘未蘇。指麾安率土，盪滌撫洪爐。壯士悲陵邑，幽人拜鼎湖。玉衣晨自舉，鐵馬汗常趨。猶《騷》所云『神之來兮夾兩旗』，言神靈陟降也。松柏瞻虚殿，塵沙立暝途。寂寥開國日，流恨滿山隅。

重經昭陵

草昧英雄起，謳歌曆數歸。風塵三尺劍，社稷一戎衣。翼亮貞文德，丕承戢武威。聖圖天廣大，宗祀日光輝。陵寢盤空曲，能羆守翠微。再窺松柏路，還見五雲飛。

前首傷亂，此望中興。以『五雲飛』作結，大旨顯然。

喜聞官軍已臨賊境二十韻

胡騎潛京縣，官軍擁賊壕。鼎魚猶假息，穴蟻欲何逃。帳殿羅玄冕，轅門照白袍。秦山當警蹕，漢苑入旌旄。路失羊腸險，雲横雉尾高。五原空壁壘，八水散風濤。今日看天意，遊魂貸爾曹。乞降那更得，尚詐莫徒勞。元帥歸龍種，謂廣平王。司空握豹韜。謂郭汾陽。前軍蘇武節，謂李嗣業。左將吕虔刀。僕固懷恩。兵氣回飛鳥，威聲没巨鼇。戈鋋開雪色，弓矢尚秋毫。天步艱方盡，時和運更遭。誰云遺毒螫，已是沃腥臊。睿想丹墀近，神行羽衛牢。花門騰絶漠，拓羯渡臨洮。拓羯，安西募勇健者爲拓羯，猶華言『戰士』也。此輩感恩至，羸俘何足操。鋒先衣染血，騎突劍吹毛。喜覺都城動，悲憐子女號。家家賣釵釧，只待獻香醪。

寄李十二白二十韻

昔年有狂客，號爾謫仙人。筆落驚風雨，詩成泣鬼神。聲名從此大，汩没一朝伸。文彩承殊渥，流傳必絕倫。龍舟移棹晚，獸錦奪袍新。白日來深殿，青雲滿後塵。乞歸優詔許，遇我宿心親。未負幽棲志，兼全寵辱身。劇談憐野逸，嗜酒見天真。醉舞梁園夜，行歌泗水春。才高心不展，道屈善無鄰。處士禰衡俊，諸生原憲貧。稻粱求未足，薏苡謗何頻。五嶺炎蒸地，三危放逐臣。幾年遭鵩鳥，獨泣向麒麟。蘇武先還漢，黃公豈事秦。楚筵辭醴日，梁獄上書辰。已用當時法，誰將此義陳。太史公《報任安書》中意。老吟秋月下，病起暮江濱。莫怪恩波隔，乘槎與問津。

奉和嚴中丞西城晚眺十韻

汲黯匡君切，廉頗出將頻。宜詞才不世，雄略動如神。政簡移風速，詩清立意新。層城臨暇景，絕域望餘春。旗尾蛟龍會，樓頭燕雀馴。地平江動蜀，天濶樹浮秦。帝念深分閫，軍須遠算緡。花羅封蛺蝶，瑞錦送麒麟。辭第輸高義，觀圖憶古人。征南多興緒，事業闇相親。

傷春

日月還相鬬，星辰屢合圍。不成誅執法，焉得變危機。大角纏兵氣，鉤陳出帝畿。烟塵昏御道，耆舊把天衣。行在諸軍闕，來朝大將稀。賢多隱屠釣，王肯載同歸。

王閬州筵奉酬十一舅惜别之作

萬壑樹聲滿，千崖秋氣高。警絶。浮舟出郡郭，别酒寄江濤。良會不復久，此生何太勞。窮愁但有骨，群盜尚如毛。吾舅惜分手，使君寒贈袍。沙頭暮黄鵠，失侣亦哀號。

奉送嚴公入朝十韻

鼎湖瞻望遠，象闕憲章新。四海猶多難，中原憶舊臣。與時安反側，自昔有經綸。感激張天步，從容静塞塵。南圖回羽翮，北極捧星辰。漏鼓還思晝，宫鶯罷囀春。空留玉帳術，愁殺錦城人。閣道通丹地，江潭隱白蘋。此生那老蜀，不死會歸秦。公若登台地，臨危莫愛身。結語見古人直諒。

春歸

苔徑臨江竹，茅簷覆地花。别來頻甲子，倏忽又春華。倚杖看孤石，傾壺就淺沙。遠鷗浮水静，輕燕受風斜。世路雖多梗，吾生亦有涯。此身醒復醉，乘興即爲家。

奉觀嚴鄭公廳事岷山沲江畫圖十韻

沲水臨中座，岷山對北堂。白波吹粉壁，青嶂插雕梁。即『堂上不合生楓樹』起法。宜訝杉松冷，兼疑菱荇香。雪雲虛點綴，沙草得微茫。嶺雁隨毫末，川霓飲練光。霏紅洲蕊亂，拂黛石蘿長。暗谷非關雨，丹楓不爲霜。秋城玄圃外，景物洞庭旁。繪事功殊絕，幽襟興激昂。從來謝太傅，丘壑道難忘。每聯中山水分寫，一結歸重鄭公，雙收通體，格律極細。

東屯月夜

抱疾漂萍老，防邊舊穀屯。春農親異俗，歲月在衡門。青女霜楓重，黃牛峽水喧。泥留虎鬬迹，月掛客愁邨。喬木澄稀影，輕雲倚細根。數驚聞雀噪，暫睡想猿蹲。日轉東方白，風來北斗昏。天寒不成寢，無夢寄歸魂。

謁先主廟

慘淡風雲會，乘時各有人。力侔分社稷，志屈偃經綸。復漢留長策，中原仗老臣。雜耕心未已，歐血事酸辛。霸氣西南歇，雄圖曆數屯。三分割據、君臣魚水，孔明之鞠躬盡瘁後主之面縛出降，數語中包括殆盡，是何等筆力！錦江元過楚，劍閣復通秦。錦江劍閣，複通秦楚，言合并於晉也。舊俗存祠廟，空山泣鬼神。虛簷交鳥道，枯木半龍鱗。竹送清溪月，苔移玉座春。閭閻兒女換，歌舞歲時新。絶域歸舟遠，荒城繫馬頻。如何對摇落，况乃久風塵。孰與關張並，功臨耿鄧親。應天才不小，得士契無鄰。遲暮堪帷幄，飄零且釣緡。向來憂國淚，寂寞灑衣巾。

『絶域歸舟』下，純是自傷語，謂今風塵未靖，孰與關張並其忠勇，而其功可與耿鄧相親者乎？使有英主應天而出，得士相契，則吾雖遲暮，猶堪共謀帷幄。唯飄零不偶，所以憂國之淚不能自已也！若末段仍説向先主，不免前後重複。

哭李尚書之芳。

漳濱與蒿里，逝水竟同年。欲掛留徐劍，猶迴憶載船。相知成白首，此别間黄泉。風雨嗟何及，江湖涕泣然。修文將管輅，奉使失張騫。史閣行人在，詩家秀句傳。客亭鞍馬絶，旅櫬網蟲懸。復魄昭丘遠，歸魂素滻偏。樵蘇封葵地，喉舌罷朝天。秋色凋春草，王孫若箇邊。

李　華

尚書都堂瓦松試帖。

華省祕仙蹤，高堂露瓦松。葉因春後長，花爲雨來濃。影混鴛鴦色，光含翡翠容。近天忻所寄，拔地歎無從。接棟凌雙闕，連甍蓋九重。寧知深澗底，霜雪歲兼封。

不落纖巧，結意脱祈請卑格。

錢　起仲文長律，擬之春華來被，草石皆鮮，高於文房一籌矣。

省試湘靈鼓瑟試帖。

善鼓雲和瑟，常聞帝子靈。馮夷空自舞，楚客不堪聽。苦調淒金石，清音入杳冥。蒼梧來怨慕，白芷動芳馨。流水傳湘浦，悲風過洞庭。曲終人不見，江上數峰青。落句固好，然亦詩人意中所有，謂得自鬼語，蓋謗之耳。

唐人試帖，無出其右者。神來之候，功力不與。

題玉山村叟壁

谷口好泉石，居人能陸沉。牛羊下山小，烟火隔雲深。一逕入溪口，數家連竹陰。藏虹辭晚雨，驚隼落殘禽。涉趣皆流目，將歸羨在林。卻思黄綬事，辜負紫芝心。

送王使君赴太原行營

太白明無象，皇威未戢戈。諸侯持節鉞，千里控山河。漢驛雙旌度，胡沙七騎過。驚蓬連鴈起，牧馬入雲多。不賣盧龍塞，能消瀚海波。須傳出師頌，莫奏式微歌。

奉和宣城張太守南亭秋夕懷友

池館蟪蛄聲，梧桐秋露晴。月臨朱戟静，河近畫樓明。卷幔浮涼入，聞鐘永夜清。片雲懸曙斗，數雁過秋城。羽扇揚風暇，瑶琴悵别情。江山飛麗藻，謝朓讓詩名。

劉長卿

大曆以後，邊幅既狹，氣味亦薄，如聽金鐘大鏞，忽换錚錚細響，令人索然。

棲霞寺東峰尋南齊明徵君故居

山人今不見，山鳥自相從。長笑思齊主，終身卧此峰。泉源通石徑，澗户掩塵容。古墓依寒草，前朝寄老松。片雲生半壁，萬壑徧疎鐘。惆悵長空去，猶疑林下逢。

行營酬吕侍御

不敢淮南卧，來趨漢將營。受辭瞻左鉞，扶疾拜前旌。井税鶉衣樂，壺漿鶴髮迎。水歸餘斷岸，烽至掩孤城。晚日當千騎，秋風合五兵。孔璋才素健，早晚檄書成。

自道林寺西入石路，至麓山寺，過法崇師故居

山僧候谷口，石路拂莓苔。深入泉源去，遥從樹杪回。香隨青靄散，鐘過白雲來。野雪空齋掩，山風古殿開。桂寒知自發，松老問誰栽。惆悵湘江水，何人更渡杯。

送鄭説之歙州謁薛侍御

漂泊來千里，謳歌滿百城。漢家尊太守，魯國重諸生。俗變人難理，江傳水至清。船經危石住，路入亂山行。老得滄洲趣，春傷白首情。嘗聞馬南郡，門下有康成。

謫居於越亭作

天南愁望絶，亭上柳條新。落日獨歸鳥，孤舟何處人。言鳥歸故處，人滯孤舟，作感興語看，愈覺有味。生涯投越徼，世業陷胡塵。杳杳鍾陵暮，悠悠鄱水春。秦臺悲白首，楚澤怨青蘋。草色迷征路，鶯聲傍逐臣。獨醒翻引笑，直道不容身。得罪風霜苦，全生天地仁。歸美君恩，風人

之旨。青山數行淚，滄海一窮鱗。牢落機心盡，唯憐鷗鳥親。

皇甫冉

送歸中丞使新羅

詔使殊方遠，朝儀舊典行。浮天無盡處，望日計前程。䰀喜孤山出，長愁積水縈。野風飄疊鼓，海雨濕危旌。異俗知文教，通儒有令名。還將大戴禮，方外授諸生。

河南鄭少尹城南亭送鄭判官還河東

使臣懷餞席，亞尹有前溪。客是仙舟裏，塗從御苑西。泉聲喧暗竹，草色引長隄。故絳青山在，新田緑樹齊。天秋聞别鶴，關曉候鳴雞。應歎沈冥者，年年津路迷。

李嘉祐

和袁郎中破賊後經剡中山水

授律仙郎貴，長驅下會稽。鳴笳山月曉，摇旆野雲低。剪寇人皆賀，回軍馬自嘶。地閑春草緑，城静夜烏啼。破竹清閩嶺，看花入剡溪。元戎催獻捷，莫道事攀躋。

韋應物

送崔押衙赴相州

禮樂儒家子，英豪燕趙風。驅雞嘗理邑，走馬卻從戎。白刃千夫闢，黄金四海同。嫖姚思頋下，諸將指揮中。別路憐芳草，歸心伴塞鴻。鄴城新騎滿，魏帝舊臺空。望闕應懷戀，遭時貴立功。萬方如已静，何處欲輸忠。

韓　翃

奉送王相公赴幽州

黄閣開帷幄，丹墀侍冕旒。位高湯左相，權總漢諸侯。不改周南化，仍分趙北憂。雙旌過易水，千騎入幽州。塞草連天暮，邊聲動地秋。無因隨遠道，結束佩吴鈎。

盧　綸

從軍行

二十在邊城，軍中得勇名。卷旗收敗馬，占磧擁殘兵。覆陣烏鳶起，燒山草木鳴。塞閑思遠獵，師老厭分營。雪嶺無人迹，冰河有雁聲。李陵甘此没，惆悵漢公卿。

逢南中使因寄嶺外故人

見説南來處，蒼梧接桂林。過秋天更暖，邊海日長陰。巴路緣雲出，蠻鄉入洞深。信迴人自老，夢到月應沉。二句苦心得之，終乏渾成之致。碧水通春色，青山寄遠心。炎方難久客，爲爾一沾襟。

徐　凝

送日本使還

絶國將無外，扶桑更有東。來朝逢聖日，歸去及秋風。夜汎潮回際，晨征莽蒼中。鯨波騰水府，蜃氣狀仙宮。天眷何期遠，王文久已同。相望杳不見，離思托飛鴻。

猶有盛唐家數。

張繼

送判官往陳留

齊宋分巡地，頻年此用兵。女停襄邑杼，農廢汶陽耕。使者乘軺去，諸藩擁節迎。深仁佐君子，薄賦恤黎甿。火燎原猶熱，風搖海未平。應將否泰理，一問魯諸生。

武元衡

途次近蜀驛，蒙恩賜寶刀及飛龍廐馬，使還，因寄李鄭二中書

草草事行役，遲遲出故關。碧幢遥隱霧，紅斾漸依山。感激酧恩淚，風霜去國顔。捧刀金錯字，歸馬玉連環。威鳳翔雙闕，征夫護百蠻。應憐宣室召，温樹不同攀。

裴度

中書即事

有意效承平，無功答聖明。灰心緣忍事，霜鬢爲論兵。道直身還在，恩深命轉輕。是大臣語。鹽梅非擬議，葵藿是平生。白日常懸照，蒼蠅謾發聲。嵩陽舊田里，終使謝歸畊。

中和節詔賜公卿尺試帖。

陽和行慶賜，尺度爲臣工。寵荷乘佳節，傾心立大中。短長思合製，遠近貴攸同。共荷裁成德，將酧分寸功。作程施有用，垂範播無窮。願續延洪壽，千春奉聖躬。

《尚書》「天降割於我家，不少延洪。惟我幼冲人」，孔《傳》以「延洪」作句，釋云：延，長也；洪，大也。借尺意以祝聖壽，最有關合。後人改南山，遂成套語。

柳宗元

酬婁秀才寓居開元寺，早秋月夜病中見寄

客有故園思，瀟湘生夜愁。病依居士室，夢繞羽人邱。味道憐知止，遺名得自求。壁空殘月曙，門掩候蟲秋。謬忝雙金重，難徵雜佩詶。碧霄無枉路，徒此助離憂。

韓　愈

送鄭尚書赴南海

番禺軍府盛，欲説暫停盃。蓋海旗幢出，連天觀閣開。衙時龍户集，龍户，採珠户也。上日馬人來。馬人，因馬援留南蠻，去後有不去者十三户，隋末衍至三百户，皆姓馬，俗以爲『馬留人』。風静鶢居去，官廉蚌蛤回。貨通師子國，樂奏武王臺。事事皆殊異，無嫌屈大才。

有高健之氣，稍振卑習。

焦　都

賦得白雲向空盡試帖。

白雲生遠岫，摇曳入晴空。乘化隨舒卷，無心任始終。欲銷仍帶日，將斷不因風。勢薄飛難見，天高色易窮。影收元氣表，光滅太虚中。倘若乘龍去，還施潤物功。

刻劃殆盡，試帖中名作。

賈　島

别徐明府

抱琴非本意，生事偶相縈。口尚袁安節，身無子賤名。地寒春雪盛，山淺夕風輕。百戰餘荒野，千夫漸偶耕。一杯宜獨夜，孤客戀交情。明日疲驂去，蕭條過古城。

李商隱

戲贈張書記

别館君孤枕，空庭我閉關。池光不受月，野氣欲沈山。星漢秋方會，關河夢幾還。危絃傷遠道，明鏡惜紅顔。古木含風久，平蕪盡日閑。心知兩愁絶，不斷若連環。

武侯廟古柏

蜀相階前柏，龍蛇捧閟宫。陰成外江畔，老向惠陵東。大樹思馮異，甘棠憶召公。葉雕湘燕雨，枝折海鵬風。玉壘經綸遠，金刀曆數終。誰將《出師表》，一爲報昭融。

杜牧

題安崇西平王宅太尉愬院六韻

天下無雙將，關西第一雄。授符黄石老，學劍白猿翁。矯矯雲長勇，恂恂郤縠風。家呼小太尉，國號大梁公。半夜龍驤去，中原虎穴空。隴山兵十萬，嗣子握雕弓。

杜荀鶴

御溝新柳試帖。

律到九重春，溝連柳色新。細籠穿禁水，輕拂入朝人。日近韶光早，天低聖澤勻。谷鶯栖未穩，宮女畫難真。楚國空摇浪，隋隄暗惹塵。何如帝城裏，先得覆龍津穩極秀極。

唐詩宗卷十五 五言絶

長洲沈德潛碻士選　門人盧鉉鼎臣手録

王　勃

子安五言，淡然無意，要足爲正始之音。

寒夜思

久别侵懷抱，他鄉變容色。月夜調鳴琹，相思此何極。雲間征思斷，月下歸愁切。鴻鴈西南飛，如何故人别。

江亭月夜送别

江送巴南水，山横塞北雲。津亭秋夜月，誰見泣離群。

思歸

長江悲已滯，萬里念將歸。況復高風晚，山山黄葉飛。

盧照鄰

曲池荷

浮香繞曲岸，圓影覆華池。常恐秋風早，飄零君不知。

駱賓王

易水

此地别燕丹，壯士髮衝冠。昔時人已没，今日水猶寒。

韋承慶

南行别弟

萬里人南去，三春鴈北飛。未知何歲月，得與爾同歸。

宋之問

送杜審言

卧病人事絶，嗟君萬里行。河橋不相送，江樹遠含情。

張　説

蜀道後期

客心争日月，來往預期程。秋風不相待，先至洛陽城。

郭元振

子夜春歌

陌頭楊柳枝，已被春風吹。妾心正斷絶，君懷那得知。

蘇　頲

汾上驚秋

北風吹白雲，萬里渡河汾。心緒逢摇落，秋聲不可聞。

一氣流注中，仍復含蓄，五言佳境。

將赴益州題小園壁

歲窮唯益老，春至卻辭家。可惜東園樹，無人也作花。

張九齡

自君之出矣

自君之出矣，不復理殘機。思君如滿月，夜夜減清輝。

巧思全在『滿』字生出。

盧　僎

南樓望

去國三巴遠，登樓萬里春。傷心江上客，不是故鄉人。

七歲女子

送兄

如意中，有七歲女子能詩，太后命賦《別兄》詩，應聲而成云。

別路雲初起，離亭葉正飛。所嗟人異鴈，不作一行歸。

風格老成

王　維

臨高臺送黎拾遺

相送臨高臺，川原杳無極。日暮飛鳥還，行人去不息。

寫離情，能不露情態最高。

鳥鳴澗

人閑桂花落，夜静春山空。月出驚山鳥，時鳴春澗中。

輞川諸咏，聲息臭味，迥出常格之外，任後人百擬不到，其故難知。

鸕鷀堰

乍向紅蓮没，復出青蒲颺。獨立何褷褷，銜魚古查上。

孟城坳

新家孟城口，古木餘衰柳。來者復爲誰，空悲昔人有。

鹿柴

空山不見人，但聞人語響。返景入深林，復照青苔上。
佳處不在語言。

竹里館

獨坐幽篁裏，彈琴復長嘯。深林人不知，明月來相照。

辛夷塢

木末芙蓉花，山中發紅萼。磵户寂無人，紛紛開且落。

幽極。借用《楚詞》，因顔色相似也。

山中送别

山中相送罷，日暮掩柴扉。春草明年緑，王孫歸不歸。

雜味

已見寒梅發，復聞啼鳥聲。心心視春草，畏向玉階生。

李　白

玉階怨

玉階生白露，夜久侵羅襪。却下水精簾，玲瓏望秋月。

妙在不明説怨。

夜思

牀前明月光，疑是地上霜。舉頭望山月，低頭思故鄉。化工。旅中情思雖説明，却不説盡。

敬亭獨坐

衆鳥高飛盡，孤雲去獨閑。相看兩不厭，只有敬亭山。

獨坐神理。

青溪半夜聞笛

羌笛梅花引，吴溪隴水清。寒山秋浦月，腸斷玉關情。

勞勞亭

天下傷心處，勞勞送客亭。春風知别苦，不遣柳條青。

杜　甫

復愁

萬國尚防寇，故園今若何。昔歸相識少，早已戰場多。

『早已』二字含蓄。

先言今，追言昔，可會作法。

八陣圖

功蓋三分國，名成八陣圖。江流石不轉，遺恨失吞吴。

武侯廟

遺廟丹青落，空山草木長。猶聞辭後主，不復卧南陽。

辭后主，指《出師》二表言。

孟浩然

宿建德江

移舟泊煙渚，日暮客愁新。野曠天低樹，江清月近人。

下半不復言情，而客愁自見。

祖詠

望終南殘雪

終南陰嶺秀，積雪浮雲端。林表明霽色，城中增暮寒格高。

崔國輔

銅雀臺

朝日照紅粧，擬上銅雀臺。畫眉猶未了，魏帝使人催。

怨詞

妾有羅衣裳，秦王在時作。爲舞春風多，秋來不堪着。

少年行

遺卻珊瑚鞭，白馬驕不行。章臺折揚柳，春日路旁情。

崔　顥

長干曲

君家住何處，妾住在横塘。停舟暫借問，或恐是同鄉。

不必作桑濮者。

王昌齡

題僧房

棕櫚花滿院，苔蘚入閑房。彼此名言絶，空中聞異香。

作禪寂語，超而又超

高　適

哭單父梁少府

開篋淚沾臆，見君前日書。夜臺猶寂寞，疑是子雲居。

岑參

見渭水思秦川

渭水東流去，何時到雍州。憑添兩行淚，寄向故園流。

題平陽群〔一〕汾橋邊柳樹

此地曾居住，今來宛似歸。可憐汾上柳，相見也依依。

校記

〔一〕群，字誤，應爲『郡』。

九日思長安故園

强欲登高去，無人送酒來。遥憐故園菊，應傍戰場開。

可悲在『戰場』二字。

王之涣

登鸛雀樓

白日依山盡，黄河入海流。欲窮千里目，更上一層樓。

四語皆對，讀去不嫌其排，骨高故也。

薛奇童

吴聲子夜歌

净掃黄金階，飛霜皎如雪。下簾彈箜篌，不忍見秋月。

韋應物

宿永陽寄璨師

遥知郡齋夜，凍雪封松竹。時有山僧來，懸燈獨自宿。

秋夜寄丘員外

懷君屬秋夜，散步詠凉天。山空松子落，幽人應未眠。

登樓

兹樓日登眺，流歲暗蹉跎。坐厭淮南守，秋山紅樹多。

聞鴈

故園渺何處，歸思方悠哉。淮南秋雨夜，高齋聞鴈來。

歸思後説聞雁，其情自深。一倒轉説，則近人能之矣。

劉長卿

逢雪宿芙蓉山

日暮蒼山遠，天寒白屋貧。柴門聞犬吠，風雪夜歸人。

送上人

孤雲將野鶴，豈向人間住。莫買沃洲山，時人已知處。

送靈澈

蒼蒼竹林寺，杳杳鐘聲晚。荷笠帶斜陽，青山獨歸遠。

錢　起

江行無題

咫尺愁風雨，匡廬不可登。秖疑雲霧裏，猶有六朝僧。

劉方平

長信宫

夢裏君王近，宫中河漢高。秋風能再熱，團扇不辭勞。

敦厚。

暢當

登鸛雀樓

迥臨飛鳥上，高出世塵間。天勢圍平野，河流入斷山。

耿湋

秋日

返照入閭巷，憂來誰與語。古道無人行，秋風動禾黍。

盧綸

塞下曲

林暗草驚風，將軍夜引弓。平明尋白羽，没在石稜中。

月黑鴈飛高，單于夜遁逃。欲將輕騎逐，大雪滿弓刀。

雄健。

贈李果毅

嚮日磨金鏃，當風著錦衣。上城邀賊語，走馬截雕飛。

皇甫冉

送王司直

西塞雲山遠，東風道路長。人心勝潮水，相送過潯陽。

淮口寄趙員外

欲逐淮潮上，暫停魚子溝。相望知不見，終是屢回頭。

司空曙

金陵懷古

輦路江楓暗，宮庭野草春。傷心庾開府，老作北朝臣。神傷。

送盧秦卿

知有前期在，難分此夜中。無將故人酒，不及石尤風。

金昌緒

春怨 一作無名氏《伊州歌。》

打起黄鶯兒，莫教枝上啼。啼時驚妾夢，不得到遼西。

其音一何脆！一氣蟬聯而下者，以此爲法。

柳中庸

江行

繁陰乍隱洲，落葉初飛浦。蕭蕭楚客帆，暮入寒江雨。

戴叔倫

題三閭大夫廟

沅湘流不盡，屈子怨何深。日暮秋風起，蕭蕭楓樹林。

憂愁幽思，筆端繚繞。屈子之怨，豈沅湘所能流去耶？發端妙！

柳宗元

長沙驛

海鶴一爲別，存亡三十秋。今來數行淚，獨上驛南樓。

入黄溪聞猿

溪路千里曲，哀猿何處鳴。孤臣淚已盡，虚作斷腸聲。

翻出新意，愈苦。

春懷故園

九扈鳴已晚，楚鄉農事春。悠悠故池水，空待灌園人。

江雪

千山鳥飛絶，萬徑人蹤滅。孤舟蓑笠翁，獨釣寒江雪。

詠雪絶調。

劉禹錫

經檀道濟故壘

萬里長城壞，荒營野草秋。秣陵多士女，猶唱白符鳩。

當時人歌曰：『可憐白符鳩，枉殺檀江州。』見《南史》。

視刀環

常恨言語淺，不如人意深。今朝兩相視，脈脈萬重心。

秋風引

何處秋風至，蕭蕭送鴈群。朝來入庭樹，孤客最先聞。

若説『不堪聞』，便淺。

孟郊

古別離

欲別牽郎衣，郎今向何處。不恨歸來遲，莫向臨邛去。

王　建

新嫁娘

三日入厨下，洗手作羹湯。未諳姑食性，先遣小姑嘗。

真正風雅

令狐楚

從軍行

卻望冰河闊，前登雪嶺高。征人幾多在，又擬戰臨洮。

王　涯

閨人贈遠

花明綺陌春，柳拂御溝新。爲報遼陽客，流光不待人。鶯啼緑樹深，燕語雕梁晚。不省出門行，沙場知近遠。遠戍功名薄，幽閨年貌傷。妝成對春樹，不語淚千行。形影一朝别，烟波千里分。君看望君處，只是起行雲。

静而遠。

張仲素

春閨思

裊裊城邊柳，青青陌上桑。提籠忘採葉，昨夜夢漁陽。

楊用修謂從《卷耳》首章翻出，妙悟。

元稹

行宮 一作王建詩

寥落古行宮，宮花寂莫紅。白頭宮女在，閑坐説玄宗。

説玄宗，不説玄宗長短，佳絶。

只四言，抵一篇《長恨歌》矣。

張祜

宮詞

故國三千里，深宮十二年。一聲《河滿子》，雙淚落君前。自倚能歌曲，先皇掌上憐。新聲何處唱，腸斷李延年。

文宗皇帝

宫中題

太和九年，殺王涯、鄭注後，仇士良專權，上遊幸，往往獨語，左右莫敢進，因賦此。

輦路生秋草，上林花滿枝。憑高何限意，無復侍臣知。

雍　陶

送陳標

滿酌勸僮僕，好隨郎馬蹄。春風慎行李，莫上白銅鞮。

許　渾

塞下曲

夜戰桑乾雪，秦兵半不歸。朝來有鄉信，猶自寄寒衣。

苦極，可與陳陶《隴西行》相證。

施肩吾

湘竹詞

萬古湘江竹，無窮奈怨何。年年長春筍，只是淚痕多。

幼女詞

幼女才六歲，未知巧與拙。向夜在堂前，學人拜新月。

李頻

渡漢江 一作宋之問詩

嶺外音書絶，經冬復立春。近鄉情更怯，不敢問來人。

鄭谷

望湖亭

湘水似伊水，湘人非故人。登臨獨無語，風柳自摇春。

崔道融

梅

數萼初含雪，孤標畫本難。香中別有韻，清極不知寒。

宋人愈刻劃，愈不可耐，此何其自然也！

班婕妤

寵極辭同輦，恩深棄後宮。自題秋扇後，不敢怨春風。

西鄙人

哥舒歌

北斗七星高，哥舒夜帶刀。至今窺牧馬，不敢過臨洮。

與《敕勒歌》同是天籟，不可以工拙求之。

荆　叔

不知何時人。

題慈恩寺塔

漢國山河在，秦陵草木深。暮雲千里色，無處不傷心。

神完氣足。暗合少陵《春望》起法。

釋靈澈

題天姥

天台衆峰外，歲晚當寒空。有時半不見，崔嵬在雲中。

王韞秀

偕夫入秦

路掃飢寒迹，天哀志氣人。休零別離淚，攜手入西秦。

作丈夫語。

薛　濤

高駢席上作

聞説邊城苦，如今到始知。好將筵上曲，唱與隴頭兒。

劉採春

囉嗊曲

莫作商人婦，金釵當卜錢，朝朝江上望，錯認幾人船。

不喜秦淮水，生憎江上船。載兒夫壻去，經歲又經年。

不喜、生憎，經歲、經年，重複，可笑的是兒女子口角。

唐詩宗卷十六 七言絶

長洲沈德潛碻士選　門人盧鉉鼎臣手録

王勃

九日升高 勃既廢，客劍南時作。

九月九日望鄉臺，他席他鄉送客杯。人今已厭南中苦，鴻雁那從北地來。

似對不對，初唐標格，不得認作律詩之半。

杜審言

贈蘇書記

知君書記本翩翩，爲許從戎赴朔邊。紅粉樓中應計日，燕支山下莫經年。

燕支、紅粉，略見映帶。

渡湘江

遲日園林悲昔遊，今春花鳥作邊愁。獨憐京國人南竄，不似湘江水北流。

張　説

送梁六

巴陵一望洞庭秋，日見孤峰水上浮。聞道神仙不可接，心隨湖水共悠悠。

遠神、遠韻，送别意自在其中。

張敬忠

邊詞

五原春色舊來遲，二月垂楊未掛絲。即今河畔冰開日，正是長安花落時。

不須用意。

王　翰

凉州詞

蒲萄美酒夜光杯，欲飲琵琶馬上催。醉卧沙場君莫笑，古來征戰幾人回。

楊仲弘論絶句以第三句爲主，而第四句發之。盛唐多與此合。

李　白

五言絶，右丞、供奉；七言絶，龍標、供奉。妙絶古今，别有天地。

七言絶句，以語近情遥、含吐不露爲貴，只眼前景、口頭語，而有絃外音，使人神遠，太白有焉。

越中懷古

越王勾踐破吴歸，戰士還家盡錦衣。宫女如花滿春殿，秖今惟有鷓鴣飛。

三句説盛，一句説衰，其格獨創。

送孟浩然之廣陵

故人西辭黄鶴樓，烟花三月下揚州。孤帆遠影碧空盡，惟見長江天際流。

春夜洛陽聞笛

誰家玉笛暗飛聲，散入東風滿洛城。此夜曲中聞折柳，何人不起故園情。

峨眉山月歌

峨眉山月半輪秋，影入平羌江水流。夜發青溪向三峽，思君不見下渝州。

横江詞

横江館前津吏迎，向余東指海雲生。郎今欲渡緣何事，如此風波不可行。

上皇西巡南京歌

誰道君王行路難，六龍西幸萬人歡。地轉錦江成渭水，天迴玉壘作長安。

劍閣重關蜀北門，上皇歸馬若雲屯。少帝長安開紫極，雙懸日月照乾坤。

二句上皇，三句少帝，而以末句總收，格法又别。

黄鶴樓聞笛

一爲遷客去長沙，西望長安不見家。黄鶴樓中吹玉笛，江城五月落梅花。

下江陵

朝辭白帝彩雲間，千里江陵一日還。兩岸猿聲啼不住，輕舟已過萬重山。

寫出瞬息千里，若有神助。入『猿聲』一句，文勢不傷於直，畫家布景設色，每於此處用意。

客中作

蘭陵美酒鬱金香，玉盌盛來琥珀光。但使主人能醉客，不知何處是他鄉。

舟下荆門

霜落荆門煙樹空，布帆無恙挂秋風。此行不爲鱸魚膾，自愛名山入剡中。

明明説天下將亂，風塵將起，卻又推開解説，此古人身分不可及處。

與賈舍人至汎洞庭

洞庭西望楚江分，水盡南天不見雲。日落長沙秋色遠，不知何處吊湘君。

巴陵贈賈舍人

賈生西望憶京華，湘浦南遷莫怨嗟。聖主恩深漢文帝，憐君不遣到長沙。

望天門山

天門中斷楚江開，碧水東流向北迴。兩岸青山相對出，孤帆一片日邊來。

蘇臺覽古

舊苑荒臺楊柳新，菱歌清唱不勝春。只今惟有西江月，曾照吴王宫裏人。

贈汪倫

李白乘舟將欲行，忽聞岸上踏歌聲。桃花潭水深千尺，不及汪倫送我情。

清平調

雲想衣裳花想容，春風拂檻露華濃。若非群玉山頭見，會向瑶臺月下逢。

一枝紅艷露凝香，雲雨巫山枉斷腸。借問漢宫誰得似，可憐飛燕倚新粧。

名花傾國兩相歡，常得君王帶笑看。解釋春風無限恨，沉香亭北倚闌干。本言釋天子之愁恨，托以春風，措詞巧妙。

三章合花與人言之，風流旖旎，絶世丰神。

聞王昌齡左遷龍標遥有此寄

楊花落盡子規啼，聞道龍標過五溪。我寄愁心與明月，隨風直到夜郎西。

即『將心寄明月，流影入君懷』意，出以摇曳之筆，語意一新。

王昌齡

龍標絶句，深情幽怨，令人測之無端、玩之無盡，謂之唐人《騷》語可。

聽流人水調子

孤舟微月對楓林，分付鳴筝與客心。嶺色千重萬重雨，斷腸收與淚痕深。

梁苑

梁園秋竹古時煙，城外風悲欲暮天。萬乘旌旗何處在，平臺賓客有誰憐。

芙蓉樓送辛漸

寒雨連江夜入吴，平明送客楚山孤。洛陽親友如相問，一片冰心在玉壺。

送狄宗亨

秋在水清山暮蟬，洛陽樹色鳴皋煙。送君歸去愁不盡，又惜空度凉風天。

送别魏二

醉别江樓橘柚香，江風引雨入船凉。憶君遥在湘山月，愁聽清猿夢裏長。

長信秋詞

奉帚平明金殿開，且將團扇暫徘徊。玉顔不及寒鴉色，猶帶昭陽日影來。

優柔婉麗，含藴無窮，使人一唱而三歎。

真成薄命久尋思，夢見君王覺後疑。火照西宫知夜飲，分明複道奉恩時。

下『分明』二字，寫夢境入微。

西宫春怨

西宫夜静百花香，欲卷珠簾春恨長。斜抱雲和深見月，朦朧樹色隱昭陽。

從軍行

青海長雲暗雪山，孤城遥望玉門關。黄沙百戰穿金甲，不破樓蘭終不還。

作豪語亦可，然作歸期無日看，倍有意味。

烽火城西百尺樓，黄昏獨坐海風秋。更吹羌笛關山月，無那金閨萬里愁。

秦時明月漢時關，萬里長征人未還。但使龍城飛將在，不教胡馬度陰山。

備胡築城，起於秦漢，明月屬秦，關屬漢，互文也。

師勞力竭，而功不成，由將非其人之故，故思飛將軍云云。第三句喚得起，乃見警策。

大漠風塵日色昏，紅旗半卷出轅門。前軍夜戰洮河北，已報生禽吐谷渾。

殿前曲

昨夜風開露井桃，未央前殿月輪高。平陽歌舞新承寵，簾外春寒賜錦袍。

只説他人之承寵，而己之失寵，悠然可會，此《國風》體也。

青樓曲

白馬金鞍從武皇，旌旗十萬宿長楊。樓頭小婦鳴箏坐，遥見飛塵入建章。

有『敵愾執殳』之意，爲女人占身分。

王　維

送元二使安西

渭城朝雨裛輕塵，客舍青青柳色新。勸君更盡一杯酒，西出陽關無故人。

相傳曲調最高，倚歌者笛爲之裂。

陽關在中國外，安西更在陽關外。　言陽關已無故人矣，況安西乎？此意須微參。

少年行

新豐美酒斗十千，咸陽遊俠多少年。　相逢意氣爲君飲，繫馬高樓垂柳邊。

九月九日憶山東兄弟

獨在異鄉爲異客，每逢佳節倍思親。　遥知兄弟登高處，遍插茱萸少一人。

即《陟岵》詩意。　誰謂唐人不近《三百篇》耶？

送韋評事

欲逐將軍取右賢，沙場走馬向居延。　遥知漢使蕭關外，愁見孤城落日邊。

送沈子

楊柳渡頭行客稀，罟師盪槳向臨沂。唯有相思似春色，江南江北送君歸。

寒食汜上作

廣武城邊逢暮春，汶陽歸客淚沾巾。落花寂寂啼山鳥，楊柳青青渡水人。

王之渙

凉州詞

黄河遠上白雲間，一片孤城萬仞山。羌笛何須怨楊柳，春光不度玉門關。

李於鱗推王昌齡『秦時明月』爲壓卷，王元美推王翰『葡萄美酒』爲壓卷，王新城尚書則云：

必求壓卷，王維之『渭城』、李白之『白帝』、王昌齡之『奉帚平明』、王之涣之『黄河遠上』，其庶幾乎！而終唐之世，絶句亦無出四章之右者矣。愚謂李益之『回樂峰前』、劉禹錫之『山圍故國』、杜牧之『煙籠寒水』、鄭谷之『楊子江頭』，氣象稍殊，亦堪接武。

九日送別

薊庭蕭瑟故人稀，何處登高且送歸。今日暫同芳菊酒，明朝應作斷蓬飛。

杜　甫

少陵絶句，直抒胸臆，自是大家氣度，然以爲正聲，則非也。宋人不善學之，往往流於粗率。楊廉夫謂『學杜須從絶句入』，真欺人語！

贈花卿

錦城絲管日紛紛，半入江風半入雲。此曲只應天上有，人間能得幾回聞。

書堂飲，既夜，復邀李尚書下馬月下賦

湖月林風相與清，殘尊下馬復同傾，久拚野鶴如雙鬢，遮莫鄰雞下五更。

江南逢李龜年

岐王宅裏尋常見，崔九堂前幾度聞。正是江南好風景，落花時節又逢君。

含意未伸，高於『錦城絲管』之作。

孟浩然

送杜十四之江南

荆吴相接水爲鄉，君去春江正淼茫。日暮孤帆泊何處，天涯一望斷人腸。

濟江問同舟人

潮落江平未有風，輕舟共濟與君同。時時引領望天末，何處青山是越中。

常　建

塞下曲

玉帛朝回望帝鄉，烏孫歸去不稱王。天涯静處無征戰，兵氣銷爲日月光。

三日尋李九莊

雨歇楊林東渡頭，永和三日蕩輕舟。故人家在桃花岸，直到門前溪水流。

高適

除夜

旅館寒燈獨不眠，客心何事轉凄然。故鄉今夜思千里，霜鬢明朝又一年。

『故鄉』句，作『故鄉親友』。思千里外人，意味愈永。

營州歌

營州少年厭原野，狐裘蒙茸獵城下。虜酒千鍾不醉人，胡兒十歲能騎馬。

別董大

千里黄雲白日曛，北風吹雁雪紛紛。莫愁前路無知己，天下何人不識君。

岑參

酒泉太守席上醉後歌

酒泉太守能劍舞，高堂置酒夜擊鼓。胡笳一曲斷人腸，座客相看淚如雨。

嘉州邊塞詩，尤爲獨步。

武威送劉判官赴磧西行軍

火山五月行人少，看君馬去疾如鳥。都護行營太白西，角聲一動胡天曉。

磧中作

走馬西來欲到天，辭家見月兩回圓。今夜不知何處宿，平沙萬里絶人烟。

送人

西原驛路掛城頭，客散江亭雨未休。君去試看汾水上，白雲猶似漢時秋。塵視千古。

逢入京使

故園東望路漫漫，雙袖龍鍾淚不乾。馬上相逢無紙筆，憑君傳語報平安。

人人胸臆中語，卻成絶唱。

山房春事

梁園日暮亂飛鴉，極目蕭條三兩家。庭樹不知人去盡，春來還發舊時花。

封大夫破播仙凱歌

漢將承恩西破戎，捷書先奏未央宮。天子預開麟閣待，秖今誰數貳師功。

日落轅門鼓角鳴，千群面縛出蕃城。洗兵魚海雲迎陣，秣馬龍堆月照營。誦之氣壯。

賈　至

送李侍郎赴常州

雪晴雲散北風寒，楚水吴山道路難。今日送君須盡醉，明朝相憶路漫漫。

巴陵與李十二裴九汎洞庭

江上相逢皆舊遊，湘山永望不堪愁。明月秋風洞庭水，孤鴻落葉一扁舟。

楓岸紛紛落葉多，洞庭秋水晚來波。乘興輕舟無近遠，白雲明月吊湘娥。

前人謂末句翻太白案，試思『白雲明月』，仍是不知何處矣，何嘗翻案耶？

張　潮

江南行

茨菰葉爛别西灣，蓮子花開不見還。妾夢不離江上水，人傳郎在鳳皇山。

總以行踪無定，言在水在山，俱難寔指。

張　謂

送人使河源

故人行役向邊州，匹馬今朝不少留。長路關山何日盡，滿堂絲竹爲君愁。

張　旭

山中留客

山光物態弄春暉，莫爲輕陰便擬歸。縱使晴明無雨色，入雲深處亦沾衣。

嚴　武

軍城早秋

昨夜秋風入漢關，朔雲邊月滿西山。更催飛將追驕虜，莫遣沙場匹馬還。
英爽！宜乎少陵傾倒。

韋應物

登樓寄王卿

踏閣攀林恨不同，楚雲滄海思無窮。數家砧杵秋山下，一郡荊榛寒雨中。

書寄諸弟

雨中禁火空齋冷，江上流鶯獨坐聽。把酒看花想諸弟，杜陵寒食草青青。

休日訪人不遇

九日驅馳一日閑，尋君不遇又空還。怪來詩思清人骨，門對寒流雪滿山。

滁州西澗

獨憐幽草澗邊生，上有黄鸝深樹鳴。春潮帶雨晚來急，野渡無人舟自横。

此即景好句。元人謂刺君子在下、小人在上，此輩難與説詩。

劉長卿

送李判官之潤州行營

萬里辭家事鼓鼙，金陵驛路楚雲西。江春不肯留行客，草色青青送馬蹄。

酬李穆見寄

孤舟相訪至天涯，萬轉雲山路更賒。欲掃柴門迎遠客，青苔黄葉滿貧家。劉后村謂魏野、林逋俱不能及。

重送裴郎中貶吉州

猿啼客散暮江頭，人自傷心水自流。同作逐臣君更遠，青山萬里一孤舟。

錢　起

歸雁

瀟湘何事等閒回，水碧沙明兩岸苔。二十五弦彈夜月，不勝清怨卻飛來。從琴操中落想。

暮春歸故山草堂

谷口春殘黄鳥稀，辛夷花盡杏花飛。始憐幽竹山窗下，不改清陰待我歸。

韓翃

送客之鄂州

江口千家帶楚雲，江花亂點雪紛紛。春風落日誰相見，青翰舟中有鄂君。孤寂可見，點綴恰好。

寒食

春城無處不飛花，寒食東風御柳斜。日暮漢宫傳蠟燭，輕煙散入五侯家。

皇甫冉

答張繼

悵望南徐登北固，迢遥西塞阻東關。落日臨川問音信，寒潮惟帶夕陽還。

送魏十六

秋夜沈沉此送君，陰蟲切切不堪聞。歸舟明日毘陵道，回首姑蘇是白雲。

王　烈

塞上曲

孤城夕對戍樓閑，廻合青冥萬仞山。明鏡不須生白髮，風沙自鮮老紅顏。

唐詩宗卷十七 七言絶

長洲沈德潛確士選　門人盧鉉鼎臣手録

李益 七言絶句，中唐以李庶子、劉賓客爲最。

夜上受降城聞笛

回樂峰前沙似雪，受降城外月如霜。不知何處吹蘆管，一夜征人盡望鄉。

音節、神韻，可追逐龍標供奉。

從軍北征

天山雪後海風寒，横笛偏吹《行路難》。磧裏征人三十萬，一時回首月中看。

拂雲堆

漢將新從虜地來，旌旗半上拂雲堆。單于每向沙場獵，南望陰山哭幾回。

春夜聞笛

寒山吹笛喚春歸，遷客相逢淚落衣。洞庭一夜無窮雁，不待天明向北飛。

聽曉角

邊霜昨夜墮關榆，吹角當城片月孤。無限塞鴻飛不度，秋風吹入小單于。

汴河曲

汴水東流無限春，隋家宮闕已成塵。行人莫上長隄望，風起楊花愁殺人。

上汝州郡樓

黄昏鼓角似邊州，三十年前上此樓。今日山川對垂淚，傷心不獨爲悲秋。意思曲折。

張　繼

楓橋夜泊

月落烏啼霜滿天，江楓漁火對愁眠。姑蘇城外寒山寺，夜半鐘聲到客船。塵市喧闐之處，只聞鐘聲，荒凉寥寂可知。原本亂後楓橋夜泊也，共有數首，合看，益知此詩之妙。

閶門即事

耕夫召募逐樓船，春草青青萬頃田。試上吴門窺郡郭，清明幾處有新煙。

戴叔倫

湘南即事

盧橘花開楓葉衰，出門何處望京師。沅湘日夜東流去，不爲愁人住少時。

嚴維

丹陽送人

丹陽郭裏送行舟，一别心知兩地秋。日晚江南望江北，寒鴉飛盡水悠悠。

李涉

宿武關

遠別秦城萬里愁，亂山高下入商州。關門不鎖寒溪水，一夜潺湲送客愁。『永夜不寐』意，説來偏曲。

竹枝詞

十二峰頭月欲低，空舲灘上子規啼。孤舟一夜東歸客，泣向春風憶建溪。

柳中庸

征怨

歲歲金河復玉關，朝朝馬策與刀環。三春白雪歸青塚，萬里黄河遶黑山。近岑嘉州『凱歌』。

權德輿

贈天竺靈隱二寺主

石路泉流兩寺分，尋常鐘磬隔山聞。山僧半在中峰住，共占清猿與白雲。

武元衡

題嘉陵驛

悠悠風旆繞山川，山驛空濛雨似煙。路半嘉陵頭已白，蜀門西更上青天。

韓　愈

次潼關先寄張十二閣老

荆山已去華山來，日照潼關四扇開。刺史莫辭迎候遠，相公新破蔡州迴。没石飲羽之技，不必以尋常絶句法求之。

柳宗元

柳州二月

宦情羈思共凄凄，春半如秋意轉迷。山城過雨百花盡，榕葉滿庭鶯亂啼。

夏晝偶作

南州溽暑醉如酒，隱几熟眠開北牖。日午獨覺無餘聲，山童隔竹敲茶臼。

酬曹侍御

破額山前碧玉流，騷人遥駐木蘭舟。春風無限瀟湘意，欲採蘋花不自由。哀怨起騷人。

劉禹錫

石頭城

山圍故國周遭在，潮打空城寂寞回。淮水東邊舊時月，夜深還過女墻來。

烏衣巷

朱雀橋邊野草花，烏衣巷口夕陽斜。舊時王謝堂前燕，飛入尋常百姓家。言王謝家成民居耳！用筆巧妙，如是此唐人三昧。

聽舊宮人穆氏唱歌

曾隨織女渡天河，記得雲間第一歌。休唱貞元供奉曲，當時朝士已無多。宋人謂『西方美人』之思。

與歌者何戡

二十餘年別帝京，重聞天樂不勝情。舊人惟有何戡在，更與殷勤唱渭城。

楊柳枝詞

煬帝行宫汴水濱，數枝殘柳不勝春。晚來風起花如雪，飛入宫墻不見人。

似勝李君虞《汴河曲》。

白居易

邯鄲至夜思親

邯鄲驛裏逢冬至，抱膝燈前影伴身。想得家中夜深坐，還應説着遠遊人。

自然入妙！

令狐楚

少年行

弓背霞明劍照霜，秋風走馬出咸陽。未收天子河源地，不擬回頭望故鄉。

張仲素

塞下曲

朔雪飄飄開雁門，平沙歷亂轉蓬根。功名耻計擒生數，直斬樓蘭報國恩。

愁閨思

碧牕斜日藹深暉，愁聽寒螿淚溼衣。夢裏分明見關塞，不知何路向金微。

即王涯所云『不省出門行，沙場知近遠』。

張籍

凉州詞

鳳林關裏水東流，白草黄榆六十秋。邊將皆承主恩澤，無人解道取凉州。

哭孟寂

曲江院裏題名處，十九人中最少年。今日春光君不見，杏花零落寺門前。

秋思

洛陽城裏見秋風，欲作家書意萬重。復恐匆匆説不盡，行人臨發又開封。亦復人人胸臆語。

王　建

十五夜望月

中庭地白樹棲鴉，冷露無聲濕桂花。今夜月明人盡望，不知秋思在誰家。

羊士諤

登樓

槐柳蕭踈繞郡城，夜添山雨作江聲。秋風南陌無車馬，獨上高樓故國情淡遠。

竇牟

奉誠園聞笛

曾絶朱纓吐錦茵，欲披荒草訪遺塵。秋風忽灑西園淚，滿目山陽笛裏人。

竇鞏

南遊感興

傷心欲問前朝事，惟見江流去不回。日暮東風春草緑，鷓鴣飛上越王臺。

楊　凝

送客入蜀

劍閣迢迢夢想間，行人歸路繞梁山。明朝騎馬摇鞭去，秋雨槐花子午關。

賈　島

渡桑乾

客舍并州已十霜，歸心日夜憶咸陽。無端更渡桑乾水，卻望并州是故鄉。

謂并州且不得久住，况咸陽乎？仍是思故鄉，非不忘并州也，王敬美駁謝注，甚允。

張祜

雨霖鈴

雨霖鈴夜卻歸秦，猶是張徽一曲新。長説上皇和淚教，月明南内更無人。

情韻雙絶。

祜又有《集靈臺詩》：『却嫌脂粉污顔色，淡埽蛾眉朝至尊』，譏刺輕薄，絶無詩品。後人雜入杜集，衆口交贊，真不可解。

王維之『白眼看他世上人』、張謂之『世人結交須黄金』、曹松之『一將功成萬骨枯』、章碣之『劉項原來不讀書』，此粗詩之派也；朱慶餘之『鸚鵡前頭不敢言』，此纖小詩之派也；李商隱之『薛王沉醉壽王醒』，『不從金輿惟壽王』，此輕薄詩之派也。世雖盛稱，愚不敢取。因論張祜詩而備及之。

陳　羽

吴中覽古

吴王舊國水烟空，香徑無人蘭葉紅。春色似憐歌舞地，年年先發館娃宫。

湘君祠

二妃哭處湘江深，二妃愁處雲沉沉。商人酒滴廟前草，蕭颯風生班竹林。

僧道振

送友人之上都

玉帛徵賢楚客稀，猿啼相送武陵歸。潮頭望入桃花去，一片征帆帶雨飛。

杜　牧

牧之絶句，遠韻、深情。《秦淮》一章，尤爲神到。然如《赤壁詩》『東風不與周郎便，銅雀春深鎖二喬』，乃惡薄少年語。而詩家盛稱之，何也？

過華清宫

長安回望繡成堆，山頂千門次第開。一騎紅塵妃子笑，無人知是荔枝來。

登樂遊原

長空淡淡孤鳥没，萬古銷沉向此中。看取漢家何事業，五陵無樹起秋風。

樹樹起秋風，已不堪回首矣，况無樹耶！

江南春

十里鶯啼緑映紅，水村山郭酒旗風。南朝四百八十寺，多少樓臺烟雨中。

醉後題僧院

觥船一櫂百分空，十載青春不負公。今日鬢絲禪榻畔，茶煙輕颺落花風。

泊秦淮

煙籠寒水月籠沙，夜泊秦淮近酒家。商女不知亡國恨，隔江猶唱後庭花。

題桃花夫人廟

細腰宫裏露桃新，脈脈無言度幾春。至竟息亡緣底事，可憐金谷墮樓人。

不廢議論

寄揚州韓綽判官

青山隱隱水迢迢，秋盡江南草未凋。二十四橋明月夜，玉人何處教吹簫。

邊上聞笳

何處吹笳薄暮天，塞垣高鳥没狼烟。遊人一聽頭堪白，蘇武争禁十九年。

『争禁』，妙！俗本作『曾禁』。

雍　陶

和孫明府懷舊山

五柳先生本在山，偶然爲客落人間。秋來見月多歸思，自起開籠放白鷴。

動歸思而放鷴，不關合中關合妙絶。

李商隱

義山長於風諭，工於徵引，唐人中另開一境。顧其中譏刺太深，往往失之輕薄。

夜雨寄北

君問歸期未有期，巴山夜雨漲秋池，何當共剪西窗燭，卻話巴山夜雨時。

寄令狐郎中

嵩雲秦樹久離居，雙鯉迢迢一紙書。休問梁園舊賓客，茂陵秋雨病相如。

漢宮詞

青雀西飛竟未回，君王長在集靈臺。侍臣最有相如渴，不賜金莖露一杯。

言求仙無益也。或謂刺好神仙而疎賢才，或謂天子求仙，宮闈必曠，故以《宮詞》名篇。以相如比宮女，皆穿鑿之論。

宮妓

珠箔輕明拂玉墀，披香新殿鬬腰支。不須看盡魚龍戲，終遣君王怒偃師。

齊宮詞

永壽兵來夜不扃，金蓮無復印中庭。梁臺歌管三更罷，猶自風摇九子鈴。

此篇不着議論，『可憐夜半虚前席』竟著議論，異體而各極其致。

賈生

宣室求賢訪逐臣，賈生才調更無倫。可憐夜半虚前席，不問蒼生問鬼神。

錢牧齋『絳灌但知讒賈誼，可思流汗媿陳平』，全學此種。

温庭筠

贈彈箏人

天寶年中事玉皇，曾將新曲教寧王。鈿蟬金雁皆零落，一曲伊州淚萬行。

瑶瑟怨

冰簟銀牀夢不成，碧天如水夜雲輕。鴈聲遠過瀟湘去，十二樓中月自明。

經故翰林袁學士居

劍逐驚波王委塵，謝安門下更何人。西州城外花千樹，盡是羊曇醉後春。

許渾

謝亭送別

勞歌一曲解行舟，紅葉青山水急流。日暮酒醒人已遠，滿天風雨下西樓。

趙嘏

經汾陽舊宅

門前不改舊山河，破虜曾輕馬伏波。今日獨經歌舞地，古槐疎冷夕陽多。

見山河如故，而恢復山河者已不堪憑弔矣！可感全在起句。

尋僧

溪户無人谷鳥飛，石橋橫木挂禪衣。看雲日暮倚松立，野水亂鳴僧未歸。

唐彦謙

仲山 漢高祖兄劉仲所葬。

千載遺蹤寄薜蘿，沛中鄉里舊山河。長陵亦是閑丘壟，異日誰知與仲多。《漢書》：高祖置酒，奉玉卮爲太上皇壽曰：『始大人以臣無賴，不能治産業，不如仲力，今與仲孰多？』

盧弼

邊庭四時怨

春風昨夜到榆關，故國烟花想已殘。少婦不知歸不得，朝朝應上望夫山。

盧龍塞外草初肥，乳鴈平蕪曉不飛。鄉國近來音信斷，至今猶自著寒衣。
八月霜飛柳遍黄，蓬根吹斷雁南翔。隴頭流水關山月，泣上龍堆望故鄉。
朔風吹雪透刀瘢，飲馬長城窟更寒。半夜火來知有敵，一時齊保賀蘭山。
四首猶近盛唐。

鄭　谷

淮上與友人别

揚了江頭楊柳春，楊花愁殺渡江人。數聲風笛離亭晚，君向瀟湘我向秦。
落句不言離情，却從言外領取，與韋左司《聞雁詩》同一法也。謝茂秦尚不得其旨，而欲顛倒其文，安問悠悠流俗？

席上贈歌者

花月樓臺近九衢，清歌一曲倒金壺。坐中亦有江南客，莫向春風唱鷓鴣。

李拯

退朝望終南山 黄巢亂後，車駕還京作。

紫宸朝罷綴鵷鸞，丹鳳樓前駐馬看。唯有終南山色在，晴明依舊滿長安。

杜老王侯第宅，文武衣冠之感。然以藴藉出之，得絶句體。

崔櫓

華清宮

草遮回磴絶鳴鑾，雲樹深深碧殿寒。明月自來還自去，更無人倚玉闌干。熟語，讀之不厭。
門横金鎖悄無人，落日秋聲渭水濱。紅葉下山寒寂寂，濕雲如夢雨如塵。

陳陶

隴西行

誓掃匈奴不顧身，五千貂錦喪胡塵。可憐無定河邊骨，猶是春閨夢裏人。
作苦語無過此者，然使王之涣、王昌齡爲之，更有餘藴，此時代使然，作者亦不知其然而然也。

作苦語，須有餘韻。元微之『垂死病中驚坐起，暗風吹雨入寒窗』，雍陶『漸近蠻城誰敢哭，一時收淚羨猿啼』，皆蹙蹶聲矣，故不收入。

韋莊

古離別

晴煙漠漠柳毵毵，不那離情酒半酣。更把玉鞭雲外指，斷腸春色在江南。

金陵圖

江雨霏霏江草齊，六朝如夢鳥空啼。無情最是臺城柳，依舊煙籠十里隄。

杜常

華清宫

行盡江南數十程，曉風殘月入華清。朝元閣上西風急，都向長楊作雨聲。

末二句寫荒凉之狀，不求深解。

杜秋孃

金縷曲

勸君莫惜金縷衣，勸君須惜少年時。有花堪折直須折，莫待無花空折枝。

天籟。

武昌妓

續韋蟾句

悲莫悲兮生别離，登山臨水送將歸。武昌無限新栽柳，不見楊花撲面飛。

上二句集得好，下二句續得好。

樂府辭蓋嘉運進

凉州歌

朔風吹葉雁門秋，萬里烟塵昏戍樓。征馬長嘶青海北，胡笳夜聽隴山頭。

無名氏

雜詩

無定河邊暮笛聲，赫連臺畔旅人情。函關歸路千餘里，一夕秋風白髮生。

此書友人借去質錢，今得獲歸，喜作長句，書於編首。

廿載遺書沉水淵，每於清夜淚漣漣。不圖竟有珠還日，始信非無鶴返年。夙昔音容猶想象，至今手澤可相延。兒孫世世來珍重，破涕才能慰九泉。

男念昔恭識